HARALD DARER

MONGO

Gedruckt mit freundlicher Unterstützung von
Stadt Wien Kultur.

Klimaneutral
Druckprodukt
ClimatePartner.com/14924-2112-1005

FSC
www.fsc.org
MIX
Papier aus verantwortungsvollen Quellen
FSC® C004378

Grafische Gestaltung: Dorothea Löcker, Wien
Umschlagabbildung: © Wiliam Perry / Alamy Stock Photo
Druck und Verarbeitung:
EuroPB, s.r.o., Tschechische Republik
ISBN 978-3-7117-2119-8

Informationen über das aktuelle Programm
des Picus Verlags und Veranstaltungen unter
www.picus.at

HARALD DARER

MONGO

ROMAN

PICUS VERLAG WIEN

[Mongo, Schimpfwort];
abgeleitet vom Begriff *Mongolismus*.
Ursprünglich nur als Beleidigung für Menschen, die mit dem Down-Syndrom geboren wurden. Später vor allem in der Jugendsprache allgemein als Synonym für Idiot verwendet.

[Mongolismus, veraltet];
Abwertung von Menschen mit Down-Syndrom als vermeintlich minderwertiges, nicht voll Mensch gewordenes Sein.
Zugleich eine rassistische Herabsetzung der ethnischen Gruppe der Mongolen. Wurde und wird ebenfalls in rassistischem Kontext gebraucht.

Man kann nicht nie leben.

1
NOCH NICHTS

Ich hob ab, obwohl ich während der Arbeitszeit ungern abhebe. Normalerweise rufe ich ohnehin innerhalb von fünfzehn Minuten zurück, vor allem wenn Katja anruft, weil wir uns das so ausgemacht haben. Aber was gilt Ausgemachtes schon, seit es Handys gibt. Diesmal hob ich ab. Natürlich nicht beim ersten Mal, beim ersten Mal hebe ich nie ab, noch dazu, wenn Katja anruft, weil wir, wie gesagt, ausgemacht haben, dass ich so schnell wie möglich zurückrufe, spätestens aber nach fünfzehn Minuten. Beim zweiten Mal hob ich auch noch nicht ab, erst beim dritten Mal. Beim dritten Mal läuten, dachte ich, wird es wohl etwas Dringenderes sein, als dass sie mir sagen muss, ich soll noch Eier, Butter und Milch einkaufen, bevor ich heimfahre, oder ähnliches, das locker fünfzehn Minuten hätte warten können.

Ja, bitte?, sagte ich.

Ich hörte Katja nur schluchzen.

Was ist los?, sagte ich.

Kommst du bitte heim?, sagte sie nach einer kurzen Pause.

Jetzt gleich? Ist was passiert?, sagte ich, und, als sie mir darauf keine Antwort gab, mit etwas Nachdruck: Was ist passiert?

Ich versuchte trotz des Nachdrucks leise und gelangweilt zu reden und auch so zu wirken, um die Aufmerksamkeit und Neugierde der Arbeitskollegen nicht auf mich zu lenken.

Noch nichts, sagte Katja.

Wie bitte, sagte ich.

Noch ist nichts passiert, sagte sie, und jetzt komm!

Sie legte auf.

2
WAS WEISST DU SCHON

Weißt du noch, wie ich dich damals in der Firma angerufen und darauf bestanden habe, dass du sofort heimkommst?, fragte Katja beim Frühstück, während sie vorsichtig ein pochiertes Ei auf das vor ihr auf einem Teller liegende mit Lachs belegte Brot legte.
Ja, als wäre es gestern gewesen, kaum zu glauben, dass es schon über zehn Jahre her ist, sagte ich. Wie kommst du jetzt darauf?
Weil ich, als Papa vor einem Monat gestorben ist, auf einmal wieder die gleiche Panik bekommen habe wie damals.
Wegen Markus?
Sie nickte.
Aber warum wegen Markus? Ich dachte, dein Vater hat schon lange vorher alles geregelt gehabt?, sagte ich.
Trotzdem habe ich jetzt die Verantwortung, die ich nie haben wollte, und gleichzeitig schäme ich mich dafür, dass ich sie nie haben wollte, sagte sie. Damals habe ich sie nicht gewollt und jetzt auch nicht. Es hat sich nichts geändert. Noch dazu habe ich ihm damals, als ich davon erfahren habe, die Schuld dafür gegeben, dass ich mich überhaupt nicht richtig habe freuen können, sondern wegen ihm nur die Angst vor der Verantwortung gehabt habe, die möglicherweise auf mich zukommt, obwohl die Wahrscheinlichkeit äußerst gering war, wie alle Ärzte gesagt haben, aber was heißt das schon, du weißt ja, wie alt Mama war, da ist die Wahrscheinlichkeit auch äußerst gering gewesen. So wie ich ihm jetzt, wie Papa gestorben ist, die Schuld dafür gegeben habe, dass ich überhaupt nicht rich-

tig habe trauern können, sondern wegen ihm wieder nur die Angst vor der Verantwortung gehabt habe, obwohl Papa, wie du gesagt hast, schon lange vorher alles geregelt hat.

Es wird schon werden, sagte ich und legte meine Hand auf ihre, so wie ich vor über zehn Jahren meine Hand auf ihre gelegt und gesagt hatte: *Es wird schon werden*. Wie man es halt so sagt, wenn man nicht weiß, was man sagen soll, weil man eigentlich weiß, dass es genauso gut sein kann, dass es nicht werden wird und die Wahrscheinlichkeit, dass es nicht werden wird, gar nicht mal so klein ist. Noch dazu, wenn man, wie Katja, grundsätzlich davon ausgeht, dass es bei allen Angelegenheiten, die mit Menschen und dem Menschlichen zu tun haben, nur eine Frage der Zeit ist, bis es nicht mehr werden wird. Im gleichen Moment, wie ich gesagt habe, dass es schon werden wird, habe ich gemerkt, dass sie es ebenfalls ganz genau gemerkt hat, dass ich nicht gewusst habe, was ich sagen soll, und dass es ihr lieber gewesen wäre, ich hätte gar nichts gesagt, zumindest nicht: *Es wird schon werden*.

Was weißt du schon, sagte sie, du hast ja keine Ahnung, was diese Verantwortung bedeutet. Aber das stimmte nicht mehr. Damals schon, damals stimmte es noch, aber heute stimmte es nicht mehr.

3
ES WIRD SCHON WERDEN

Was weißt du schon, du hast ja keine Ahnung, was diese Verantwortung bedeutet, sagte Katja damals, als ich gesagt habe, dass es schon werden wird, und es stimmte ja auch, wie gesagt, ich wusste nichts und hatte keine Ahnung von der Verantwortung und davon, was auf uns würde zukommen können. Aber ich hatte nach ihrem Anruf auch mit etwas – für mich – viel Schlimmerem gerechnet. Einem Todesfall in ihrer Familie zum Beispiel. Oder etwas weniger Dramatischem wie einer Zyste auf der Gebärmutter, oder dass sie gekündigt worden war, ohne vorher etwaige Zeichen von ihrem Chef wahrgenommen zu haben, oder einem Autounfall mit lediglichem Blechschaden oder sonst irgendetwas in der Richtung. Etwas, was einen aus dem Alltag etwas hinausschmeißt, aber doch nicht so weit hinausschmeißt, dass man nicht mehr zurück hineinkommen würde können. Am Ende hatte es doch mit der Gebärmutter zu tun. Abseits sexueller Belange setzt man sich als Mann mit dem Unterleib der Frau ja kaum auseinander. Maximal setzt man sich als Mann mit den Monatszyklen der Frau auseinander, was natürlich indirekt wieder mit sexuellen Belangen zu tun hat. Auf den Gedanken mit der Zyste auf der Gebärmutter bin ich im zweiten Moment, als ich abgehoben habe, ja nur gekommen, weil Katja schon einmal wegen einer Zyste an der Gebärmutter operiert worden war und sie damals auch geschluchzt hatte, als sie mir davon erzählte.

Hast du mich angerufen, um mir zu sagen, dass ich Eier, Butter und Milch einkaufen soll?, rief ich vom Vorzimmer aus ins Wohnzimmer, nachdem ich gleich nach ihrem Anruf nach Hause gefahren war.

Sie fand das mit den Eiern undsoweiter nicht lustig, sagte nichts, sondern deutete mir mit der rechten Hand, in der sie ein mit Rotz und Tränen eingeweichtes Taschentuch knetete, mich an den Tisch zu setzen. Ich setzte mich also gegenüber von ihr hin.

Was ist los, was ist passiert?, sagte ich.

Noch nichts, sagte sie.

Das hast du mir schon am Telefon gesagt, sagte ich, also?

Sie fing wieder zu heulen an, schnäuzte sich immer wieder und sog dazwischen ruckartig Luft in ihre Lungen, wie es kleine Kinder tun, wenn sie in einem Wutanfall außer sich geraten.

Willst du einen Kaffee?, sagte ich.

Sie nickte.

Ich ging in die Küche und schaltete die Espressomaschine ein. Während sie sich durchspülte, holte ich die Schafmilch aus dem Kühlschrank. Seit Kurzem nahm sie zum Kaffee nur mehr Schafmilch. Milch sei ja grundsätzlich ungesund für den Darm und wegen der Wachstumshormone, die ja mutmaßlich krebserregend seien. Überhaupt herrsche in den heutigen Lebensmitteln geradezu eine Krebsübererregung, man könne eigentlich schon fast überhaupt nichts mehr essen und trinken, sagte sie immer. Aber die Schafmilch gehe, die Schafmilch habe im Gegensatz zur Kuhmilch mehr kurz- und mittelkettige Fettsäuren, dafür weniger langkettige wie die Kuhmilch und sei deshalb besser zu verdauen als die Kuhmilch. Also deshalb jetzt immer Schafmilch zum Kaffee anstatt der Kuhmilch. Ganz ohne Milch heißt es ja schließlich auch nichts, sagte sie immer, Krebserregung hin oder her. Die klassische österreichische Lösung, wie so oft, dachte ich mir. Ich drückte ihr einen Kaffee in ihre Tasse runter und füllte sie mit der guten Schafmilch auf, bis er hellbraun war. Ich ging zurück ins Wohnzimmer und stellte ihr den Kaffee hin. Bitteschön, sagte ich.

Danke, sagte sie.

Sie hatte sich wieder gefangen. Ihre Augen glänzten noch etwas und die Haut unter ihren Nasenlöchern war rot vom vielen Schnäuzen. Ich setzte mich wieder gegenüber von ihr hin und wartete.

Also?, sagte ich.

Die Regel ist mir ausgeblieben, sagte sie.

Okay, dachte ich, also doch wieder eine Zyste. Nein, es musste etwas Ernsteres sein als eine Zyste, wegen einer Zyste auf der Gebärmutter würde sie sicher nicht so ein Tamtam machen, dachte ich. Hat sie Krebs? Mir wurde ein bisschen schlecht. Oder einen Tumor vielleicht? Ihre Mutter hatte auch Gebärmutterhalskrebs, soweit ich mich erinnern konnte. Oder war es Brustkrebs? Ich wurde nervös.

Okay?, sagte ich, und weiter?

Ich bin schwanger, sagte sie.

Schwanger?, sagte ich. Ich war verblüfft. Aber auch erleichtert und irritiert zugleich. Mit dem hätte ich nicht gerechnet. Sicher, unter anderen Umständen hätte ich nach ihrer Aussage, dass ihr die Regel ausgeblieben sei, natürlich damit gerechnet, dass sie als Nächstes sagen würde, sie sei schwanger, das schon, wer hätte das denn nicht? Nur ihre Reaktion passte nicht dazu, weil sie doch sowieso immer Kinder haben wollte, dachte ich. Irgendwie war ich auch verärgert, weil ich mich aufgrund ihrer Reaktion gar nicht auf meine eigene Reaktion konzentrieren konnte. Also auf die Reaktion, wenn einem gesagt wird, dass man Vater wird. Schließlich war mir das vorher noch nie gesagt worden und das ist auch normalerweise ein Moment, den man nicht so schnell vergisst, beziehungsweise ein Moment, an den man sich immer wieder zurückerinnern würde, wie ich jetzt im

Nachhinein auch bestätigen kann. Und in meiner Erinnerung kann ich kein für diese Situation übliches Gefühl wie Freude, Schock, Übelkeit, Frust, Angst, Sorge undsoweiter abrufen, sondern nur ein diffuses Gefühl von Rat- und Hilflosigkeit.

Aber das ist ja eine gute Nachricht, oder?, sagte ich trotzdem und vorsichtig. Ich freue mich! Obwohl, wie gesagt, von Freude meinerseits nicht die Rede sein konnte, weil ich mich nicht auf die Tatsache, dass sie schwanger war, hatte konzentrieren können, sondern nur auf ihre seltsame Reaktion darauf.

Oder ist es nicht von mir?, sagte ich zum Spaß, beziehungsweise in der Hoffnung, dass es auch tatsächlich ein Spaß und nicht wirklich wahr war.

Du spinnst, sagte sie zum Glück und lachte.

Was ist es denn dann?, sagte ich, innerlich erleichtert, ohne mir die Erleichterung anmerken zu lassen. Es passt doch eigentlich ganz gut momentan. Und den perfekten Zeitpunkt gibt es sowieso nie, oder? Irgendwas ist ja immer. Und wenn man vorher wüsste, was einen nachher erwartet, würde sowieso keiner Kinder kriegen, oder?

Darum geht es ja auch gar nicht, sagte sie.

Nicht?

Nein.

Um was geht es denn dann?, sagte ich.

Ich kann mich nicht freuen, sagte sie. Ich weiß, ich sollte mich freuen, zumindest erwarten alle von mir, dass ich mich freue, aber ich freue mich nicht, sosehr ich auch versuche mich zu freuen, sosehr ich auch versuche, mich in eine Frau, die gerade erfahren hat, dass sie schwanger ist und die sich darüber freut, hineinzuversetzen, ich schaffe es nicht. Nicht einmal die Nachahmung einer schwangeren Frau, die sich darüber freut, gerade erfahren zu haben schwanger zu sein, schaffe ich. Im Gegenteil fühle ich mich so, als hätte ich von einem Todesfall in der Familie erfahren. So als wäre die beste Freundin gestorben. Ich sollte mich schämen, oder?, sagte sie.

Es ist doch normal, dass einem in so einer Situation die Gefühle durchgehen, sagte ich.

Ich habe Angst, sagte sie.

Das ist doch auch ganz normal, sagte ich. Ich würde auch Angst haben, wenn in meinem Körper auf einmal noch ein Körper wachsen würde. Das ist irgendwie grauslich, findest du nicht auch? Wie in einem Science-Fiction-Film, Alien zum Beispiel.

Deswegen habe ich keine Angst, sagte sie, zumindest noch nicht.

Was ist es dann, sagte ich?

Es ist wegen Markus, sagte sie.

Wegen Markus?, sagte ich. Du hast Angst, das Kind könnte werden wie Markus?

Markus ist Katjas Bruder.

Sie nickte.

Aber du hast mir doch schon einmal erklärt, dass das nicht vererbbar ist, oder? Dass das bei der Zeugung passiert, und meistens auch bei älteren Frauen, nicht wahr?

Ja, das stimmt ja auch, sagte sie, aber … aber Mama war achtzehn Jahre alt, als sie mit Markus schwanger geworden ist. Da kann man wohl nicht von einer älteren Frau reden, oder?, sagte sie.

Nein, da kann man wohl nur von Pech reden, sagte ich und versuchte, sie etwas aufzuheitern.

Pech, Pech, was heißt hier Pech!, sagte sie. Soll ich mich darauf verlassen, dass ich kein Pech haben werde? Soll ich mich auf mein Glück verlassen?, oder auf Gottes Willen, oder was?, sagte sie. Außerdem, von Pech kann man reden, wenn man den Bus verpasst, und nicht wenn man ein behindertes Kind kriegt!, sagte sie.

Es tut mir leid, sagte ich, ich habe es nicht so gemeint.

Ja, mir tut es auch leid!, sagte sie. Wie hast du es denn gemeint? Mir hat es auch leidgetan, dass ich eine von den wenigen war, die Markus auch bei seinem Namen genannt haben. Als Kind habe ich zuerst geglaubt, er hat viele unterschiedliche Namen. Das war etwas Besonderes für mich, weil die anderen Kinder, die ich gekannt habe, nur einen oder maximal zwei Namen gehabt haben. Erst später bin ich draufgekommen, dass es gar nicht seine Namen gewesen sind, die ihm die Kinder nachgerufen haben. Mongo, Mongo!, haben sie gerufen, oder, Spasti, Spasti!, oder Psycho, Psycho!, und manchmal: Dillo, Dillo! Die haben es auch alle nicht so gemeint, wie sie mir später versichert haben. Noch heute zucke ich innerlich zusammen, wenn ich jemanden sagen höre: *Du bist behindert!*, oder *Bist du behindert?* Da geht mein Puls gleich wieder rauf, wenn ich nur daran denke! Aber heute stelle ich mich ja nicht mehr hin zu denen, um zu fragen, was sie denn für ein Problem haben, weil ich mich meine ganze Kindheit habe hinstellen müssen für meinen Bruder, wenn sie uns auf der Straße Hirni!, Hirnederl!, Missgeburt! oder Gestörter!, nachgerufen haben. Irgendwann bin ich müde geworden, mich für ihn hinzustellen, verstehst du? Ich wollte mich nicht mehr hinstellen, ich wollte meine Ruhe haben. Ich habe es überhört, obwohl ich es jedes einzelne Mal ganz genau gehört habe, manchmal habe ich sogar mitgelacht und so getan, als wäre er nicht mein Bruder, kannst du dir das vorstellen? Ich war zornig, er ist mir so auf die Nerven gegangen, wenn er zum zehnten Mal am Tag zu mir gesagt hat: AH, ICH WEISS SO WELCHES, MEINE BESTE SCHWESTER! DU BIST SO SCHÖN!, und mir dabei zärtlich den Kopf gestreichelt hat. Immer hat er mir zärtlich den Kopf gestreichelt. Hör endlich damit auf, mir den Kopf zu streicheln!, habe ich immer gesagt, noch dazu so zärtlich! Aber er hat nie damit aufgehört, mir den Kopf zu streicheln. Er hat einen Kopfstreichelzwang. Heute noch streichelt er mir den Kopf. In den unangemessensten Situationen streichelt er mir den Kopf, das weißt du ja selber, dir streichelt er ihn ja auch immer, nicht wahr? Aber dir macht es nichts aus, ich weiß, du findest das witzig, *rührend* oder *süß und entzückend*, aber dir wurde auch nicht vorher dein ganzes Leben grundlos zärtlich der Kopf gestreichelt. Durch seinen Kopfstreichelzwang habe ich eine Kopfstreichelphobie entwickelt, eine generelle Streichelphobie habe ich aufgerissen deswegen. Du weißt ja, wie unrund ich werde, wenn du mich streichelst, oder? Sofort steigt mein Puls, wenn du mich streichelst, und ich muss deine Hand nehmen und zur Seite legen, sonst müsste ich zu schreien anfangen. Obwohl ich immer wieder versuche, mich zusammenzureißen. Immer wieder denke ich mir: Lass ihn mich doch streicheln! Streicheln ist schließlich was Schönes, was Angenehmes, was Normales! Oxytocin, das Streichelhormon, soll angeblich ausgeschüttet werden dabei, aber nicht bei mir, bei mir wird im Gegenteil Adrenalin ausgeschüttet … er mag mich, darum streichelt er mich!, denke ich mir, wenn du mich streichelst, um eine zärtliche, romantische Situation herzustellen oder mich einfach zu beruhigen, streichelt er mich halt, denke ich mir, sagte sie. Ich konzentriere mich sogar auf diesen Gedanken, und trotzdem steigt das Bedürfnis in mir auf, in deine mich streichelnde Hand eine Gabel hineinzustechen oder eine Zigarette auf deinem Handrücken auszudämpfen und das, obwohl ich nicht einmal mehr rauche! Sofort würde ich am liebsten wieder zu rauchen anfangen in diesem Moment, nur um dir eine Zigarette auf dem Handrücken ausdämpfen zu können! Oder ich denke mir: Er streichelt mich, weil es *ihn* beruhigt, weil es *ihm* ein gutes Gefühl gibt, oder einfach nur aus Gewohnheit streichelt er mich, einfach beiläufig, wie man eine Katze streichelt, die sich einem unerwartet auf den Schoß setzt. Ist doch auch nichts Schlimmes daran, denke ich mir, während du mich streichelst, sagte sie. Hast du schon jemals gehört, dass sich jemand solche Dinge denkt, während er gestreichelt wird? Natürlich nicht, oder?

Ich wollte was sagen, aber sie merkte es gar nicht und redete über mich drüber.

Und die Erwachsenen haben ihn Rauschkind gerufen und meine Mutter beim Einkaufen an der Kassa gefragt, ob sie ihn zu heiß gebadet hat oder sie ihn vom Wickeltisch fallen hat lassen. Irgendwas wird sie ja wohl falsch gemacht haben, meine Mutter, weil so was passiert einem ja nicht einfach so, nicht wahr? Das kann ja nicht einfach nur ein Pech gewesen sein, oder? Gott würfelt schließlich nicht!, sagte sie, so sagt man doch, stimmt's? Haben die es auch nicht so gemeint? Hm?

Es wird schon werden, sagte ich und legte meine Hand auf ihre, vermied es aber, sie zu streicheln, was ich sonst bestimmt getan hätte.

Was weißt du schon!, du hast ja keine Ahnung, was diese Verantwortung bedeutet, sagte sie.

Ich sagte nichts und schüttelte nur den Kopf. Ich wusste natürlich, dass ich nichts davon wusste. Wie auch?

Nach einer kurzen Pause sagte sie: Ich weiß ja, dass du es nur gut meinst, aber ich will kein Risiko eingehen, weißt du. Zumindest möchte ich mir sicher sein, dass *es werden wird*, sagte sie.

Es gibt Menschen, bei denen wird es fast immer, und es gibt welche, bei denen wird es fast nie, dachte ich. Ich gehöre zu denen, bei denen es fast immer wird. Ich habe keine Ahnung warum. Man könnte sagen, ich bin ein Glückskind. Du hast ja immer Glück im Leben gehabt, hat Katja immer zu mir gesagt. Es gibt andere, die nicht so viel Glück haben, die sich doppelt so viel anstrengen müssen, nur um die Hälfte von dem Glück zu haben wie du, hat sie gesagt, dachte ich. Das stimmte wahrscheinlich, ich konnte jedenfalls spontan nichts dagegen sagen. Zumindest hatte ich bis dahin noch nicht darüber nachgedacht, was natürlich auch ein Grund für ein gefühltes Glück beziehungsweise ein gefühltes Unglück in seinem Leben sein kann. Auf alle Fälle wollte sie sich in diesem Fall nicht darauf verlassen, dass es schon werden wird, das sagte sie ganz klar. Sie wollte alle medizinischen Möglichkeiten ausschöpfen, wie man so schön sagt, alle Eventualitäten berücksichtigen. Nur, was mich beschäftigte, was ich sie aber an diesem Tag nicht gefragt hatte, war: Was machen wir, oder besser, was macht *sie*, wenn alles medizinisch Mögliche ausgeschöpft war, alle Eventualitäten berücksichtigt worden sind und die Prognose trotzdem lautet, dass es nicht werden wird beziehungsweise es nicht so werden wird, wie sie es sich vorstellt? Was dann? Es wird ganz sicher nicht reichen, dass ich dann meine Hand auf ihre lege und sage: Es wird schon werden. Dann würde sie, würden *wir* eine Entscheidung treffen müssen, und die wollte ich nur treffen, wenn ich zumindest eine Ahnung hatte, was diese Verantwortung bedeutet. Natürlich, mehr als eine Ahnung konnte es nicht sein, aber diese Ahnung wollte ich untermauern, ich wollte möglichst viele Sichtweisen berücksichtigen, um meine eigene Sichtweise zu überprüfen und zu hinterfragen, damit ich was in der Hand hätte, bevor die Untersuchungen anfingen, ein Vergleichswerkzeug, eine Liste. Eine Liste mit zwei Seiten, Plus und Minus, Soll und Haben, Für und Wider. Und damit wollte ich als Erstes anfangen: mit meiner eigenen Sichtweise. Das würde nicht so schwierig sein, dachte ich, seine eigene Sichtweise kennt man ja schließlich, oder?

4
DIE RIESIGE GALEERE

Ich muss sagen, bevor ich Katjas Bruder kennengelernt habe, waren meine Erfahrungen mit behinderten Menschen und Menschen, bei denen man sich gleich einmal fragt, ob mit ihnen irgendetwas nicht stimmt, beschränkt. Und hätte ich ihren Bruder nicht kennengelernt, zwangsläufig, dann wäre das wohl auch so geblieben. Das liegt wahrscheinlich daran, dass man bei Begegnungen mit diesen Leuten immer etwas irritiert ist, beziehungsweise dass ich es gewesen und ihnen deshalb, so gut es ging, aus dem Weg gegangen bin. Das ist doch normal, oder? Man weiß ja nie, wie die reagieren. Ich war sowieso schon von Haus aus schüchtern, da war mir der Gedanke, es könnte mich so jemand grundlos ansprechen, ein Horror. Was hätte ich dann sagen sollen? Ja, es war mir einfach peinlich. Geändert hat sich das erst, nachdem ich Markus kennengelernt habe, aber so weit sind wir noch nicht, ich möchte von vorne anfangen, ich möchte mich soweit zurückerinnern wie möglich … Zum Glück waren diese Situationen, in denen ich einem von ihnen begegnet bin, selten, weil die Leute, die behinderte Kinder hatten, sie von der Öffentlichkeit fernhielten. Um sie vor den *Normalen* und der sogenannten *Welt da draußen* zu schützen, oder um sie vor sich selbst zu schützen, oder weil sie sich für sie schämten, das wusste ich nicht so genau. Die erste Erinnerung, die ich von einem behinderten Menschen habe, ist von einem Kind, beziehungsweise ist es angeblich ein Kind in meinem Alter damals gewesen. Das wusste ich nur aus Erzählungen von meiner Mutter und den anderen Kindern aus der Nachbarschaft vom sogenannten Hörensagen. Die Familie wohnte in einem großen Einfamilienhaus, *einer riesigen Galeere*, wie meine Mutter immer dazu gesagt hat, etwas abseits von der Mehrfamilienhaussiedlung, in der wir wohnten. Die Frau kannten wir von ihren gelegentlichen, hastigen Spaziergängen, von Begegnungen beim Einkaufen und unseren Aufenthalten vor ihrem Haus. Den Mann sahen wir nur, wenn er mit seinem Auto zur Arbeit oder zurück fuhr. Er war Ingenieur *in höherer Position*, wie die Mutter gesagt hat, in einem der Schwerindustrie-Betriebe in der Gegend. Ein schrecklicher Mensch, wie sie sagte, ein richtiger Patriot, meinte aber Patriarch. Diese Verwechslung sollte später bei mir noch oft für Verwirrung sorgen, wenn sich Leute in meiner Gegenwart, oder in den Medien, als stolze Patrioten bezeichneten. Auf jeden Fall soll dieser *richtige Patriot*, den Erzählungen meiner Mutter nach, seine Frau sehr schlecht behandelt haben. Ein jähzorniger Pedant sei er gewesen, ein sogenannter Itüpftelreiter, der die Frau an der kurzen Leine gehalten habe. Er starb dann auch wirklich verdient an einem Herzanschlag, wie meine Mutter gesagt hat. Wir bekamen ihn selten zu Gesicht. Meistens dann, wenn er mit seinem weißen Mitsubishi Galant mit überhöhter Geschwindigkeit, wie man so schön sagt, aus der abschüssigen Ausfahrt bog, die mit einem schweren schmiedeeisernen Tor versperrt war, den die Frau nur unter größter Anstrengung zur Seite schieben konnte, während der Mann derweil ungeduldig im Auto wartete und sie so lange mit der Lichthupe anfeuerte und antrieb, bis sie es geschafft hatte. Als er bei uns vorbeirauschte, pendelte der schwarz glänzende Rosenkranz mit dem wuchtigen Kreuz, der am Rückspiegel befestigt war, wild hin und her, sodass er sich seitlich wegducken musste, weil er mit dem Kopf immer knapp an der Windschutzscheibe fuhr. Den Garten und den Rasen musste die Frau in Schuss halten. Alles war sehr gepflegt. Die Thujen waren aus akkurat geschnittenen Quadersäulen zu einer blickdichten Wand zusammengewachsen, die Buchs-Sträucher zu verschieden großen Kugeln getrimmt und der Rasen war kurz und dicht. Einmal sahen wir, als wir wieder mal vor dem Haus herumlungerten, in der Hoffnung, einen Blick auf das behinderte Kind erhaschen zu können, wie sie mit einem Haarkamm die Reste des Rasenschnitts aus dem Rasen kämmte und in einer Tupper-Jausenbox einsammelte. Den Inhalt leerte sie dann auf einen quadratisch mit Maschendraht eingezäunten Rasenschnitthaufen. Sie trug fast immer aufgesteckte Haare, einen Rock, der über die Knie reichte, eine Kleiderschürze und gelbe Gummihandschuhe an den Händen, mit denen sie ununterbrochen an den Pflanzen, Blumen und Sträuchern abgestorbene Blätter entfernte und, dabei auf dem Boden kniend, Unkraut aus dem Rasen zupfte und in der besagten Tupper-Jausenbox einsammelte. Vor dem Fenster, hinter dem wir das behinderte Kind vermuteten, war ein kleiner Balkon, auf dem sie in mehreren Töpfen dicht nebeneinander Sonnenblumen gepflanzt hatte, die uns leider, wenn wir in den langen und langweiligen Sommerferiennachmittagen vor dem Haus herumlungerten, die Sicht auf das eigentlich große Panoramafenster und somit auf das behinderte Kind verdeckten. Mit einer großen orangenen Plastikgießkanne, an der ein Aufkleber einer Sonnenblume angebracht war und die immer an derselben Stelle des Balkons stand, sahen wir ihr von der Straße aus zu, wie sie regelmäßig die Sonnenblumen goss. Hin und wieder winkte sie uns zu, dann winkten wir zurück und täuschten irgendeine Beschäftigung vor, wie Tempelhüpfen, Völkerball oder Verstecken spielen. Andere Kinder aus anderen Siedlungen trafen einander an diesen langen und langweiligen Sommerferiennachmittagen tatsächlich zum Tempelhüpfen, Völkerball oder Versteckenspielen, wir trafen einander bei der *riesigen Galeere* immer nur, um diese Spiele vorzutäuschen und dadurch womöglich einen Blick auf das behinderte Kind zu erhaschen, und ich kann mich auch nach noch so anstrengendem Nachdenken nicht mehr sicher erinnern, ob wir das behinderte Kind auch wirklich einmal zu Gesicht bekommen haben. Ich kann mich nur mehr daran erinnern, dass ich mich nicht mehr daran erinnern kann. Erinnern kann ich mich nur mehr an das Gefühl, das ich hatte, als wir an diesen langen und langweiligen Sommerferiennachmittagen vor dem Sonnenblumenbalkonfenster der riesigen Galeere herumlungerten, um einen Blick auf das behinderte Kind zu erhaschen, und wie wir uns gegenseitig ausmalten, wie es wohl aussähe, das Kind, und wie verkrüppelt und verkümmert seine Gliedmaßen wohl wären oder wie verzerrt sein Mund vermutlich war, aus dem, so stellten wir uns vor, der Speichel heraustropfte, und wie weiß seine Haut sein musste, direkt durchsichtig musste sie sein, dass man den Verlauf der darunter liegenden Adern in blauen Linien am ganzen Körper sehen können musste, mutmaßten wir, weil das Kind statt Sonne ja nur Sonnenblumen gesehen hatte sein Lebtag, und dass die Haut, käme sie einmal an die Sonne, augenblicklich von ihren Strahlen verbrannt werden würde, und etliche andere Details stellten wir uns vor, während wir vor der Ausfahrt unsere Fahrräder umdrehten, um die Kette zu spannen oder zu schmieren, obwohl das gar nicht nötig gewesen war. An das Gefühl von Mitleid und aufregendem Grusel kann ich mich erinnern, die einem die Angst vor dem Unbekannten beschert. Geendet haben die Lauereinsätze vor dem Sonnenblumenbalkonfenster der riesigen Galeere, kurz nachdem der Mann den von der Mutter so genannten Herzanschlag erlitten hatte und verstarb. Und zwar an einem der ersten warmen Nachmittage im April, an dem wir wieder mal vor dem Balkon, diesmal ohne Sonnenblumen – es war noch zu früh dafür – herumlungerten. Ich erinnere mich genau an den Jauchegestank, der seit Tagen in der Luft hing, weil die Bauern, wie jedes Frühjahr, auf die angrenzenden Felder ihre Jauche ausspritzten und der mich in dem Moment besonders irritierte, in dem zwei Männer des Roten Kreuzes in ihren roten Uniformhosen und weißen Polohemden einen leeren Rollstuhl aus dem Haus trugen, in ihrem Krankenwagen verstauten und nach einem kurzen Wortwechsel mit der Frau einstiegen und wegfuhren. Mühsam schloss die Frau das schmiedeeiserne Tor zur Auffahrt, das sie seitdem auch nie wieder aufgemacht hatte.

Im Großen und Ganzen musste ich sagen, dass die Erinnerungen um und an das unsichtbare behinderte Kind in der riesigen Galeere keine schönen Erinnerungen waren, beziehungsweise waren es Erinnerungen, die keine angenehmen Gefühle bei mir auslösten, sondern nur weitere Fragen aufwarfen, auf die damals wie heute niemand eine Antwort für mich hatte, beziehungsweise für die sich damals wie heute keiner wirklich interessierte, und dass ich für meine Liste in diesem Fall keine brauchbaren Daten verwerten konnte, die mir bei der Entscheidungsfindung hätten helfen können, außer die bemerkenswerte Unsichtbarkeit einer Existenz, falls sie überhaupt wirklich existiert hatte. Zumindest waren sie mir zu dem Zeitpunkt, an dem ich ganz am Anfang meiner Recherchen stand, nicht aufgefallen.

5
ABWARTEN ALSO

Um Katja nicht noch mehr aufzuregen, sagte ich ihr einmal nichts zu meinen Nachforschungen und meinem Plan mit der Liste. Sie hätte sowieso abgeblockt und nichts davon wissen wollen. Es fiel ihr vorher schon schwer darüber zu reden, zumindest mit mir, da wollte ich sie in der momentanen Situation nicht zusätzlich sekkieren. Außerdem hatte sie, im Gegensatz zu mir, schon ihr ganzes Leben Zeit gehabt, sich ihre Meinung zu diesem Thema zu bilden. Zeit hätte ich auch gehabt, interessiert hat es mich nur nicht. Ich beschloss einmal abzuwarten und sie im geeigneten Moment in ein Gespräch zu verwickeln, um ganz nebenbei Genaueres zu ihrer Sichtweise über ihr Leben mit ihrem behinderten Bruder zu erfahren. Sie schien die Schwangerschaft generell auszublenden und erst gewillt, sie voll zu akzeptieren, wenn sie schlussendlich von jemandem die gewünschte Gewissheit, nämlich, dass *alles werden wird*, ausgesprochen bekam. So kam es mir zumindest vor. Abwarten also.

6
WARUM MACHST DU SO WAS NUR?

Zum Glück waren diese Situationen, in denen ich einem von ihnen begegnet bin, selten, habe ich geschrieben, oder? Beim Durchlesen meiner Notizen fällt mir gerade auf, dass das gar nicht stimmt! Man muss nur lange genug nachdenken und in sich hineingraben, um das Passende, irgendwann vorher wegen vermeintlicher Unbrauchbarkeit in einem Vergrabene, wieder auszugraben. Hat nicht meine Mutter immer gesagt: Was du weißt, habe ich schon längst wieder vergessen?, und müsste es nicht heißen: Was ich weiß, habe ich schon längst wieder vergessen? Oft natürlich zum Glück und der eigenen Gesundheit zuliebe. Auf jeden Fall habe ich plötzlich den Namen *Albert* in mir ausgegraben. Eigentlich musste ich ihn gar nicht ausgraben, im Gegenteil, er war die ganze Zeit da gewesen, fast täglich habe ich an ihn gedacht, an was ich nicht mehr gedacht habe, was verschüttet gewesen ist, war die Verbindung zu dem Namen, die Person, die den Namen gehabt und die ihn zu dem gemacht hat, was er für mich, sosehr ich mich auch dagegen sträube, immer noch ist: Ein Schimpfwort. Man wurde damit beschimpft und war somit ein Albert. Immer, wenn ich jemanden mit dem Namen Albert getroffen habe, war ich sofort peinlich berührt und die Frage *Was, du heißt Albert?*, beziehungsweise *Was, du bist ein Albert?* lag mir auf der Zunge, wie man so schön sagt, und ich musste sie mit Gewalt wieder hinunterschlucken und an etwas anderes als den Namen *Albert* denken. Wenn die Schulverderber einen beim

Nachhauseweg in die Mangel genommen haben, hat man ein paar Arschtritte kassiert und ist dann mit dem Ratschlag: *Verschwinde du Albert, sonst hagelt es Genickwatschen* undsoweiter verscheucht worden. Der Name *Albert Einstein* als sogenannter Inbegriff für das menschliche Genie war für mich immer unpassend und unbegreiflich. Ein *Albert* konnte kein Genie sein. Der Name Albert war von Kind auf besetzt mit Zurückgebliebenheit, Ausgrenzung und Scham, dachte ich. Der mit dem Namen als Schimpfwort für mich so für immer in Verbindung gebrachte und leibhaftige Albert war, soweit ich weiß und was mir meine Mutter erzählt hat, der einzige Down-Syndrom-Mensch in unserem Dorf und der erste, den ich persönlich kennengelernt habe. Natürlich benutze ich erst jetzt das Wort *Down-Syndrom-Mensch*, weil damals weder ich, meine Familie, noch sonst jemand in meinem Freundes- und Bekanntenkreis den Begriff *Down-Syndrom*, geschweige denn die Bezeichnung *Trisomie 21* für die mutmaßliche Krankheit kannte. Er hieß einfach *der Albert* oder *das Mongerl*. Damit wusste jeder Bescheid. *Ach so, der Albert* oder: *wer? Das Mongerl?*, undsoweiter hat es immer geheißen, wenn von ihm die Rede war. Für uns war er ein Geburtsschaden, ein Kuriosum, ein Auslachobjekt, eine kostenlose Zirkusattraktion. Aber er war auch jemand, *dem man nichts antun* und *den man nicht hänseln durfte, weil er ja nichts dafürkonnte,* wie der Vater immer gesagt hat, dachte ich. *Lasst den Albert in Ruhe*, oder, *lasst das Mongerl in Frieden, er*, beziehungsweise *es, kann ja nichts dafür*, hat er gesagt. So wie man keine unschuldigen Tiere quälen oder Regenwürmer und Schnecken nur so zum Spaß zusammentreten durfte.

Dass ich da ja nichts zu hören kriege!, hat er gesagt. Leider hat er was zu hören gekriegt. An das, was er zu hören gekriegt hat, kann ich mich nicht mehr so genau erinnern, beziehungsweise hat es mir mein Vater nie gesagt, ich kann mir aber schon vorstellen, was es gewesen ist. Gut erinnern kann ich mich auf alle Fälle an den Sonntagnachmittag, an dem es an der Tür geläutet hat. Schon allein deswegen, weil an unserer Tür selten jemand läutete. Und wenn einmal jemand läutete, gab es meistens einen Tumult in der Wohnung, weil sich mein Vater immer darüber aufregte, dass jemand, unabhängig davon, wie spät es war, *um diese Uhrzeit* bei uns anläutete. Wer läutet denn *um diese Uhrzeit* an!, oder, wer ruft denn *um diese Uhrzeit* an!, schrie er laut durch die Wohnung, meistens dabei in der Unterhose auf der Couch liegend und den Kopf hinter einer Zeitung versteckt. Die Mutter ist dann immer blitzartig aus ihrem Ohrensessel aufgesprungen oder aus der Küche in Richtung Haustür gerannt und hat, meinen Vater damit beschwichtigen wollend, dabei vor-sich-hin-ge-PSCHT und zusätzlich kalmierende Gesten mit Händen und Armen gemacht. PSCHT!, PSCHT!, PSCHT!, hat sie gemacht und gleichzeitig mit den Armen geflattert wie eine auf dem Boden tollpatschig dahinhüpfende Taube mit ihren Flügeln, weil sie sich wegen der künstlichen Aufregung des Vaters vor dem Anläuter beziehungsweise der Anläuterin oder den Nachbarn im Allgemeinen geschämt hat. Schnell wurden alle offenen Fenster von ihr geschlossen, um ein Hinausdringen des privaten Tumults in die Öffentlichkeit zu verhindern. Ich konnte nie herausfinden, welche Uhrzeit eine passende und welche Uhrzeit eine unpassende war, auf alle Fälle war es, wie es mir vorkam, *jederzeit* eine Frechheit, *um diese Uhrzeit* anzuläuten beziehungsweise *um diese Uhrzeit* anzurufen. An diesem Sonntagnachmittag, als es geläutet hatte, war meine Mutter gerade im Garten vor dem Mehrfamilienhaus, in dem wir wohnten, um Rhabarber für ein Rhabarberkompott zu schneiden, weshalb mein Vater genötigt war, selbst von der Couch aufzustehen, um dem Anläuter oder der Anläuterin die Tür aufzumachen, beziehungsweise dem

Anläuter oder der Anläuterin die Frechheit des sonntäglichen Anläutens, noch dazu um diese Uhrzeit, möglichst unfreundlich mitzuteilen. Mit den Worten *Wer läutet denn am Sonntag um diese Uhrzeit* an verschwand er im Vorzimmer. Ich hörte das energische Klimpern des Schlüsselbunds, der immer am an der Innenseite der Haustür steckenden Haustürschlüssel meiner Mutter mit allerhand anderem Klimbim baumelte, nachdem mein Vater die Haustür ruckartig aufgerissen hatte, und erwartete eine Schimpftirade, aber stattdessen wurde es ruhig im Vorzimmer und ich hörte nur eine leise und ruhige Frauenstimme. Den Inhalt konnte ich nicht erlauschen, und ins Vorzimmer schleichen wollte ich auch nicht. Also wartete ich. Als die Stimmen verstummt waren, kam der Vater nicht gleich zurück. Ich ging in mein Zimmer und schaute aus dem Fenster zwischen den Lamellen der heruntergelassenen *Scha-lu-si-e*, wie der Vater immer gesagt hat, in den Hof hinunter. Vom Stiegenhaus und durch die meistens offene Eingangstür heraus kam eine kleine Frau. Ich erkannte sie sofort, obwohl ich ihr Gesicht von meinem Blickwinkel aus nicht sehen konnte. Allein an ihrer Körperhaltung und der hektischen Gangart konnte ich sie erkennen. Immer ging sie so, als müsste sie dringend wo hin, gleichzeitig schien ihr elegantes Äußeres es ihr aber zu verbieten zu laufen. Laufen, teilte einem ihre hektische Gangart mit, war etwas für Kinder, für Männer ohne Manieren oder Schlampen ohne Genierer, kurz, die hektische Gangart sollte Anständigkeit und Seriosität ausstrahlen, beziehungsweise wirkte sie so auf mich. Verstärkt wurde diese ausgestrahlte Anständigkeit und Seriosität durch die strenge Hochsteckfrisur, die sie trug, das Dirndl, die soliden, dicken Strümpfe und die Handtasche, die am Henkel unter dem abgewinkelten Ellenbogen ihres linken Armes aufgrund der hektischen Gangart ruckartig hin und her geschaukelt wurde. Ihr Blick war immer in den Boden gerichtet, weil ihr Oberkörper, wegen des leichten Buckels, den sie hatte, nach vorne gebeugt war. Auch jetzt schaute sie, ohne sich noch mal umzudrehen, in den Boden hinein und ging in ihrer hektischen Gangart über den Hof und schnurstracks die Dorfstraße entlang, wo ich sie bald aus den Augen verlor. Es war die Mutter von Albert gewesen.

Ich hatte gar nicht gemerkt, dass mein Vater in mein Zimmer gekommen war, das sogenannte Kinderzimmer, das selbst dann noch das Kinderzimmer war, als ich schon längst nicht mehr in der Wohnung lebte und der Vater es zum Büro umgebaut hatte. Gerade als ich sagen wollte, *ich habe dich gar nicht ins Zimmer kommen gehört*, schlug seine rechte Hand auf meine linke Gesichtshälfte inklusive Ohren ein. Dann weiß ich nichts mehr.

Die nächste Erinnerung: Ich auf dem Boden liegend, die Mutter über mich gebeugt, meine Wangen tätschelnd und mir mit ihren Handflächen, die nach Rhabarber und Erde rochen, das Blut ununterbrochen unter der Nase weg- und auf meine Wangen verwischend und dabei die Worte murmelnd, *warum machst du so was nur!, warum machst du so was nur! Dass du dich nicht genierst!*

Seitdem war mir Rhabarber für immer verleidet.

7
DER MITTWOCHSORT

Ich kann es mir aber schon vorstellen, was es gewesen ist, habe ich geschrieben, was natürlich nur die halbe Wahrheit ist, weil jedes Kind, wenn es etwas ausgefressen hat, ganz genau weiß, dass es etwas ausgefressen hat und zuerst einmal nur so tut, als hätte es nichts ausgefressen. So eben ich auch. Und das noch dazu bis zum heutigen Tag, obwohl ich schon erwachsen bin! Aber in den Momenten des Zurückerinnerns an die Kindheit ist man schließlich wieder nur das Kind, das man einmal gewesen ist. Natürlich kann ich mir nicht nur vorstellen, was es gewesen ist, sondern weiß ich ganz genau, was es gewesen ist, genauso wie ich es damals schon gewusst habe, warum die Mutter von Albert bei uns angeläutet hat und ich dafür die erste und einzige Watsche vom Vater jemals bekommen habe. Genau genommen habe ich tatsächlich nichts getan. Ihm, Albert, habe ich nichts getan, oder ihn gehänselt. Also, nicht direkt, sondern indirekt, was aber auch nur eine Verharmlosung und eine Beruhigung meines schlechten Gewissens gewesen ist. Aber rein technisch ist es so gewesen, also in der praktischen Ausführung. Albert hatte ein wochentägliches Ritual. Am Wochenende sah ich ihn nur selten. Und wenn, dann im Schlepptau seiner Mutter beim Einkaufen oder beim Kirchgang. An den Wochenenden trug er immer Tracht, am liebsten eine kurze Lederhose und bis zu den Knien hinaufgezogene grüne Stutzen mit Muster. Er sah aus wie ein als Kind verkleideter Erwachsener, weil er ja tatsächlich schon erwachsen war, aber gleichzeitig trotzdem ein Kind. Zum Beispiel balancierte er, wenn seine Mutter und er im Gänsemarsch in Richtung Dorf marschierten, zwischendurch mit ausgestreckten Armen die Gehsteigkante entlang oder hüpfte von einem Bein aufs andere um eine Regenlacke herum, bis ihn die Mutter zurechtwies und er wieder bis zur nächsten Ablenkung mit eingesteckten Händen hinter ihr hertrottete.

Auf jeden Fall klapperte er täglich mit seinem roten Damenrad der Marke Puch dieselben Orte ab, wo er wiederum dieselben Dinge erledigte, oder besser, aus einem inneren Zwang, wie mir vorkam, erledigen musste. Und der Hof von dem Mehrfamilienhaus, in dem ich wohnte, war ein solcher Ort. Es war sein Mittwochsort. Pünktlich um ein Uhr Nachmittag bog er mit seinem roten Puch-Damenrad in unseren Hof ein. Kurz davor bin ich immer von der Schule nach Hause gekommen und lungerte dann nach dem Mittagessen noch eine Zeit lang gelangweilt im Hof herum, bevor ich losging und die Freunde in der Nachbarschaft herausläutete. Um die Mittagszeit herum war es nämlich nicht erwünscht, an den Häusern und Wohnungen anzuläuten, was im Gegensatz zu unserer Wohnung, wo es grundsätzlich eine Frechheit war anzuläuten, eine kurze Anläute-Sperrzeit war. Und trotzdem, diese eigentlich kurze Zeit kann sich ziehen, vor allem als Kind. Darum kam es mir gar nicht ungelegen, wenn derweil Albert auf seinem roten Puch-Damenrad um die Ecke bog und es nach einer weiteren Runde auf dem Hof genau vor die Haustür hinparkte. Er stellte es nicht nur einfach auf dem Ständer ab, er parkte es tatsächlich wie ein sogenanntes Kfz ein. Auf dem Lenker waren links und rechts runde Motorradrückspiegel montiert. Albert zog mit dem Rad vor der Haustür einen Halbkreis und reversierte mithilfe der Rückspiegel langsam bis kurz vor die betonierte Stufe des Eingangsportals zurück, stieg ab und klappte vorsichtig den Ständer herunter. Durch mehrmaliges

Antippen des Rades an Lenker und Sattel vergewisserte er sich, ob es auch einen festen Stand hatte. Dann kontrollierte er den Abstand des Hinterrads zur betonierten Stufe des Eingangsportals. Je kleiner der Abstand war, desto zufriedener war er. War er seiner Meinung nach zu weit weg zum Stehen gekommen, wiederholte er den Einparkvorgang. Das konnte schon mal gute zehn Minuten dauern. War er zufrieden mit der Einparkposition, kontrollierte er in mehreren Rundgängen das Rad. Es war mit einigem Zubehör und selbst gebasteltem Klimbim ausgestattet. Der Fahrraddynamo war bunt bemalt, an den Lenkerenden baumelten Wimpel und Fähnchen mit den Aufschriften von Fußballclubs, Bankinstituten, Versicherungen und Eisstockvereinen, und hinten am Rahmen war mit einer Wäschekluppe eine Schnapskarte befestigt, ich glaube, es war die Pik-Sau, die ein Stückchen in das Laufrad hineinstand, damit beim Fahren durch das Flattern der Karte an den Speichen ein ratterndes Motorradgeräusch entstehen konnte. Also ein Traum von einem Kinderfahrrad, das sich damals jedes Kind wünschte und beim Einschlafen davon träumte, wie schön es wäre, ein solches Fahrrad zu besitzen, mit dem gleichzeitigen Vorsatz, es sich auch eines Tages, wenn man groß war und genug Geld hatte, zuzulegen. War man dann groß und hatte genug Geld, um es sich zu leisten, konnte man sich freilich nicht mehr an den seinerzeitigen Traum erinnern, der schon längst durch einen anderen momentan unerreichbaren ersetzt worden war, undsoweiter undsofort.

War der Kontrollgang abgeschlossen, begann die Schnäuzung. Albert holte aus seinem Hosensack ein Stofftaschentuch heraus, das immer kariert war, in verschiedenen Farben zwar, immer aber kariert. Es war zusammengeknüllt und durch die vermutlich mehrmalige Verwendung verklebt und weil es eingetrocknet war dementsprechend hart. Er zog es mehrmals ruckartig auseinander, dass ausgetrocknete Rotzbröckchen auf den Asphalt rieselten, und hielt es gegen den Himmel, um zu kontrollieren, ob es glatt genug für die Schnäuzung war. Das Taschentuch war aber natürlich trotzdem weiterhin völlig zerknittert, es durfte aber nicht zerknittert sein, sondern musste vor der Schnäuzung quasi glatt gebügelt werden. Er nahm daher die sogenannte Schnäuzfahne, wie die Stofftaschentücher der Großväter genannt und mit denen nicht nur die Nasen der Großväter, sondern auch die der Enkelinnen und Enkel und alle anderen schmutzigen, öligen und klebrigen Oberflächen geputzt wurden, mit Daumen und Zeigefinger an zwei Ecken, wie man es beim Überziehen der Bettwäsche macht, wobei er die anderen Finger in einer un- beziehungsweise übernatürlichen Art nach hinten bog, bückte sich zum Boden, beide Beine dabei ebenfalls un- beziehungsweise übernatürlich ausgestreckt, und legte es vorsichtig auf den Asphalt. Wie bei den Drahtfiguren, die mit Gummi vergossen und seinerzeit in den verschiedensten Varianten gerade populärer und bei Kindern beliebter Zeichentrickhelden wie der Rosarote Panther, Speedy Gonzales – *die schnellste Maus von Mexiko* – oder Pinocchio in jedem Spielzeuggeschäft erhältlich waren, schien er seine Gliedmaßen ohne jede Anstrengung in die un- beziehungsweise übernatürlichsten Winkel verrenken zu können. (Von den orthopädischen Besonderheiten bei Menschen mit Down-Syndrom und den Auswirkungen auf deren Bewegungsapparat, was eine erhöhte Schlaffheit der Bänder, die die Knochen untereinander sowie Muskel und Knochen verbinden, verursacht, hatte ich zu dem Zeitpunkt natürlich keine Ahnung, und es ist mir erst wieder ein- beziehungsweise aufgefallen, als ich den Bruder meiner damals zukünftigen Frau kennengelernt habe.)

Dann strich er immer wieder die Handkanten beider Hände von der Mitte der Schnäuzfahne in alle Richtungen nach außen, so lange, bis er den Eindruck hatte, dass sie glatt genug war. Er hatte dabei immer dasselbe Geschau im Gesicht. Jedes Mal, wenn ich dieses Geschau sah, merkte ich, wie etwas in mir aufstieg. Es kribbelte zuerst im Bauch, ging in den Brustkorb über, ließ mein Herz stärker schlagen und fuhr mir dann weiter in den Kopf und die Schläfen hinein, die, wenn ich die Finger leicht draufhielt, spürbar seitlich herauspochten und ich das Blut in meinen Ohren rauschen hörte, zumindest bildete ich mir ein, dass es mein Blut war, das da rauschte. Es war eine völlig ungerechtfertigte Wut, die da in mir aufstieg, dachte ich. Eine Wut, von der ich wusste, *dass* sie hier nicht hingehörte und dass sie sich nicht gehörte – *das gehört sich nicht!*, oder, *das gehört sich wirklich nicht!*, wie die Mutter immer gesagt hat –, und dass es überhaupt keinen Grund für mich gab, wütend zu sein. Es war einzig und allein dieses Geschau von Albert, das mich wütend machte, und obwohl ich das wusste und mich gleichzeitig dafür schämte, konnte ich nichts dagegen tun. Und dann noch dazu die Zunge, die er dabei herausstreckte! Diese himbeerrote, schmale, rissige Zunge, die so lang war, dass er sich locker die Nasenspitze damit ablecken konnte, was er bei dem konzentrierten Glättungsvorgang der Schnäuzfahne auch pausenlos tat. Gleichzeitig zu der Scham und der Wut, die in mir wegen dem Geschau und der herausgestreckten Zunge aufstieg, hörte ich meinen Vater sagen: Er ist jemand, *dem man nichts antut und den man nicht hänseln darf, weil er ja nichts dafürkann. Lasst den Albert in Ruhe*, oder, *lasst das Mongerl in Frieden, er,* beziehungsweise es *kann ja nichts dafür*, hörte ich ihn sagen, was mich aber auch nur wenig beruhigte in dem Moment, weil mich die durch den Vater bestätigte Tatsache, dass bei Albert alles und jede Frechheit durchging, wohingegen bei mir nicht die kleinste Frechheit durchging, noch mehr aufregte, und dass ihm aufgrund seiner Behinderung ein Persilschein ausgestellt worden ist vom Vater, eine gesellschaftliche *Generalamnesie*, wohingegen mir immer und für alles der schwarze Peter zugeschoben worden ist, ich im Gegenteil immer unter Generalverdacht gestanden bin, bei jedem Schaden, der entstanden ist, oder jedem Missgeschick, auch wenn ich nicht das Geringste mit dem Schaden oder dem Missgeschick zu tun gehabt habe! Ich sei ja ein Schadenrüssel, hat es geheißen, auch wenn sich letztlich meine Unschuld herausgestellt hat, hat es geheißen: Aber *sonst* bist du ja ein Schadenrüssel!, dachte ich. An diesem Tag saß ich auf der betonierten Stufe vor dem Stiegenhauseingang unseres Mehrfamilienhauses und schaute Albert dabei zu, wie er seine Schnäuzfahne wieder einmal sorgfältig glattbügelte. Obwohl ich ihn anfangs mit einer Handbewegung und auch mit einem gemurmelten *Servus Albert* begrüßt hatte, nahm er die ganze Zeit keine Notiz von mir, schien er mich im Gegenteil überhaupt nicht wahrgenommen zu haben und mich zu ignorieren. Frechheit, dachte ich mir, Grüßen ist doch das Mindeste! Das hatte schließlich die Mutter auch mein ganzes bisheriges Leben behauptet und mir den Satz jedes Mal hineingedrückt, wenn ich jemanden nicht grüßte, aus welchem Grund auch immer. Wenn es nach meiner Mutter ging, gab es keinen Grund, jemanden nicht zu grüßen. Noch heute, wo ich schon viele Jahre in der Stadt lebe, muss ich den Drang unterdrücken, jemanden Wildfremden, wie man so schön sagt, der an mir vorbeigeht, zu grüßen. Gebe ich dem Drang doch einmal nach und grüße den Wildfremden, der an mir vorbeigeht, freundlich und der grüßt nicht nur nicht freundlich zurück, sondern ignoriert mich völlig, kommt sofort wieder der von meiner Mutter jahrelang in mich hineingedrückte Satz, *Grüßen ist doch das Mindeste!*, heraus und es steigen mir die Grausbirnen auf, genauso wie mir damals auf der betonierten Betonstiege vor unserem Haus die Grausbirnen aufgestiegen sind, wie mich Albert wieder einmal nicht gegrüßt hat. Das soll keine Ausrede für das sein, was ich getan habe, ich will es nur gesagt haben. Nachdem er das Taschentuch also auf dem Asphalt geglättet hatte, schnäuzte er sich endlich und ausgiebig, das heißt, er schnäuzte abwechselnd beide Nasenlöcher einzeln vier- bis fünfmal, wobei er zwischendurch eine Pause machte, das Taschentuch dabei ausbreitete, gegen die Sonne hielt und das Geschnäuzte zufrieden begutachtete. Als er endlich fertig war, knüllte er das Taschentuch wieder zu einem Ball zusammen, wischte sich damit noch ein paarmal unter der Nase und über die Oberlippe und steckte es wieder in die Tasche seiner Lederhose. Dann kam er zu dem eigentlichen Grund seines Besuches in unserem Hof: das mittwöchliche Treffen mit *Herrn Wutz*, *dem Scheiß-Wutz*, oder *dem Wutzerl*, wie er ihn nannte, abhängig davon, ob er gerade gut oder weniger gut auf ihn zu sprechen war. Herr Wutz hielt sich, für alle anderen außer Albert unsichtbar, gleich neben dem betonierten Eingangsportal auf, auf dem ich gerade saß. Albert stellte einen Fuß, der in einem braunen, an der Spitze abgewetzten Ledermokassin mit Fächerapplikation steckte, die Stutzen über die Waden hochgezogen, auf das Eingangsportal und stützte sich mit einer Hand lässig auf sein Knie. An der vorderen Gürtelschlaufe seiner Lederhose baumelte an einer Kette mit Karabiner ein Puch-Schlüsselanhänger aus schwarzem Plastikleder, mit dem in einer Metallrosette eingefassten grün-weißen Puch-Emblem. Diesen Schlüsselanhänger wedelte er, während er mit Herrn Wutz *dischkurierte*, mit Daumen und Zeigefinger auf und ab. *Komm schnell her!*, hatte die Mutter oft aus der Küche gerufen, *der Albert dischkuriert schon wieder mit dem Wutz!*, worauf ich schnell in die Küche gelaufen kam und wir gemeinsam amüsiert Albert beim Dischkurieren mit dem Herrn Wutz durch das Küchenfenster zugeschaut haben.

Je aufgeregter Albert dabei wurde, desto wilder wedelte er mit dem Schlüsselanhänger auf und ab, der durch das Wedeln schon ganz abgewetzt war. Zwischendurch stieß er seine Zunge zwischen den Lippen heraus und leckte sich die Nasenspitze. An diesem Tag war er besonders nervös. Heute besuchte er den Scheiß-Wutz, das merkte man gleich, er war zum Stänkern aufgelegt, und er war ein geübter Stänkerer. Die Jugendlichen aus dem Dorf machten sich einen Spaß daraus, Albert bei den sonntäglichen Fußballmatches auf dem örtlichen Fußballplatz alle ihnen bekannten Schimpfwörter und alle möglichen Kombinationen daraus beizubringen und ihn dazu zu bringen, diese dem Gegner auf dem Fußballplatz und vor allem dem Schiri lautstark und zu ihrem Gaudium auf das Feld zu schreien. Schon lange gingen die Jugendlichen nicht mehr auf den Fußballplatz, um sich ein langweiliges Spiel der lokalen Stümper-Elf anzuschauen, sondern um Albert neue Schimpfwörter beizubringen und ihm beim Reinschreien dieser Schimpfwörter auf das Fußballfeld zuzuschauen und zuzuhören. Aber nicht nur den Jugendlichen machte er damit eine Freude, auch alle anderen Fans des örtlichen Fußballvereins freuten sich über die Beschimpfung der gegnerischen Mannschaft und des immer ungerechten und blinden Schiris. Albert war quasi das Schimpfmaskottchen, der Stänkertalisman der heimischen und somit Unglücksbringer der gegnerischen Mannschaft. Natürlich wurden die Ausfälligkeiten nur im schimpfwortgeschützten Bereich des Fußballplatzes gerne gesehen und gehört, außerhalb davon, an der Supermarktkassa oder bei der kirchlichen Kommunion zum Beispiel, wurde von den gleichen Leuten, die sich sonst so über das Geschimpfe freuten, der Kopf geschüttelt, wenn sich Albert wie gewohnt die sonst so gerne gehörten Pöbeleien und Schweinereien herausnahm.

Albert schüttelte jetzt schon stakkatoartig seinen Schlüsselanhänger auf und ab.

Du Scheiß-Wutz!, sagte er, Sau-Wutz du!, Wutz-Schwein!, dir haben sie in die Gehirnschüssel A-A hineingemacht! Dein Lieblingsessen ist dein eigenes A-A und dein Lieblingstrinken dein eigenes Lulu! Weg da!, sagte er. Wirst du weggehen! Nicht hingreifen mit deinen Wixgriffeln auf meine Maschine!, sagte er, und meinte damit sein Puch-Damenfahrrad, sonst muss ich sie wieder sauberputzen von deinem Wixdreck! Deine Wixgriffel brauchen nur dein kleines Wixdings angreifen! Dein Stinkzumpferl! Du Wixwutz du elendiger! Du Pfui-Gack du! Du kannst dir deinen Arsch in der Germ waschen!, sagte er undsoweiter undsofort. Dabei schüttelte er die ganze Zeit den Schlüsselanhänger auf und ab und mit der anderen Hand zeigte er Herrn Wutz den Mittelfinger, wobei er den Finger wieder in einer un- beziehungsweise übernatürlichen Art nach hinten bog. Für mich war das Ganze nicht mehr witzig. Am Anfang schon, da war es noch witzig, da habe ich auch gelacht und, wenn die Mutter dabei war, ein rot angelaufenes Gesicht gekriegt, vor allem bei den schweinischen Sachen, die er gesagt hat. Aber schon bald war es nicht mehr witzig, weil er die Sachen völlig unverwitzelt gesagt hat, völlig ernst und gewissermaßen *gfeanzt*. Also wollte *ich* zur Abwechslung wieder einmal einen Spaß haben, einen Jux wollte ich mir machen mit ihm, nicht wahr? Ich stellte mich zwischen Herrn Wutz und Albert, der immer noch schimpfte als wie. Ich ignorierte ihn aber und fing an mit Herrn Wutz zu reden und ihn anzugehen. Dass er auf der Stelle weggehen solle, sagte ich, und dass er sich unterstehen solle, Alberts Maschine anzugreifen, die gehe ihn nichts an, außerdem sei das ein Privatgrundstück hier, auf dem er nichts verloren habe, überhaupt sei es eine Frechheit, sich über einen Mongo lustig zu machen, einen Behinderten, ob er sich nicht schäme, sagte ich, was er eigentlich hier suche, wer er, beziehungsweise was er glaubte wer er und was er denn sei, ich würde ihn ja gar nicht kennen, ein Unbefugter sei er, dem das Betreten grundsätzlich verboten sei, sagte ich, undsoweiter undsofort.

Albert blieb auf der Stelle stehen und rührte sich nicht. Er war völlig irritiert von meiner Einmischung in die Situation. Er hatte sogar aufgehört seinen Schlüsselanhänger zu schütteln und sich mit der Zunge die Nasenspitze zu lecken. Er stand nur mit offenem Mund da, schaute abwechselnd mich und Herrn Wutz an und gab alle paar Sekunden ein quietschendes Geräusch von sich, wie ein Hund, dem man versehentlich auf den Schwanz steigt.

Wie bitte?, sagte ich zu Herrn Wutz, was haben Sie gesagt? Das muss ich mir nicht gefallen lassen!, sagte ich, und fing an Herrn Wutz zu schupfen und zu stoßen. Ich schupfte und stieß ihn so lange, bis er mit dem Rücken zur Hauswand, neben dem betonierten Eingangsportal, stand, packte ihn am Kragen, drehte ihn zur Seite und warf ihn mit einem Ruck auf den Boden. Das Quietschen von Albert wurde lauter.

Stehen Sie auf!, sagte ich, stehen Sie auf! Gemma! Wird's bald! Was? Ach, so? Wirklich? Na, dann eben nicht! Wer nicht hören will, muss fühlen!, sagte ich, so wie die Mutter damals zu mir, als ich weinend zu ihr gelaufen kam, weil ich, trotz wiederholter Warnungen und Androhungen von Schlägen mit dem Teppichpracker, mit der Stricknadel in die Steckdose gefahren war und einen fürchterlichen unsichtbaren Schlag kassiert hatte. Jetzt kassiert Herr Wutz auch fürchterliche unsichtbare Schläge, stellvertretend für Albert, *dem man ja nichts antun darf*, dachte ich mir, und kniete mich auf den jetzt auf dem Boden und auf dem Rücken liegenden Herrn Wutz, genau genommen setzte ich mich auf seinen Brustkorb und kniete mich auf die Oberarme und ritt mit meinen Knien auf seinem Bizeps herum, während ich seine Hände hinter seinem Kopf auf den Boden drückte und fixierte, was ein auch oft gegen mich gerichteter, schmerzhafter und beliebter Trick bei zahlreichen vorangegangen Raufereien mit mir körperlich überlegenen Gegnern war.

Taugt Ihnen das?, sagte ich, das taugt Ihnen, was? Da kommen Gefühle auf, nicht wahr? Aber Sie haben es ja nicht anders gewollt! Da können Sie sich selbst gratulieren!, da sind Sie ganz selbst daran schuld!, sagte ich.

Gerade als ich anfing, Herrn Wutz abzuwatschen, rissen mich die Schreie von Albert aus meiner Theatervorstellung heraus, in der ich gleichzeitig Schauspieler und Zuschauer gewesen war. Er drückte sich beide Hände gegen die Schläfen und presste mit nach hinten zuckenden Mundwinkeln grelle, affenartige Schreie aus sich heraus. Aus den Enden seiner kurzen Lederhose rann Schiffe über seine haarigen schneeweißen mit kleinen roten Pünktchen übersäten dürren Beine, und weichte seine langen Stutzen und die Mokassins ein. Diese haarigen schneeweißen mit kleinen roten Pünktchen übersäten dürren Beine erinnerten mich an die Haut nach der Enthaarung einer frisch geschlachteten Sau, die dazu vom Bauern immer in einen hölzernen Trog gelegt wurde. Der Bauer streute aus einem Blechkübel das Kolophoniumpulver über die Sau und deckte sie gleichmäßig mit dem Pulver zu. Danach wurde von den Frauen kochend heißes Wasser darübergeschüttet. Im Winter stellten wir Kinder uns nah an den Trog, um uns am aufsteigenden, heißen Dampf die Finger aufzuwärmen, wobei die Mischung aus Kolophoniumpulver und Wasserdampf in den Lungen brannte wie später einmal der erste Lungenzug an einer Johnny filterlos. Das Kolophoniumpulver schmolz durch das heiße Wasser und vermischte sich mit den Sauborsten.

Nach dem Auskühlen schabte der Bauer mit einer Kette das mit den Borsten verklebte ausgehärtete Kolophoniumharz von und aus der Sauhaut, was diese roten Pünktchen hinterließ, die aussahen wie die auf Alberts Beinen. Die Reste der ausgehärteten Kolophoniumteile sammelten wir ein. Die brauchten wir für unsere nächtlichen Streiche und Witzeleien. Kolophonium-Ziehen hieß das bei uns. Dazu banden wir ein Stück einer Plastikangelschnur an Fensterbänke oder Schnallen von Schlaf- und Wohnzimmern der Schichtarbeiter, versteckten uns einige Meter hinter einem Busch oder Baum und zogen das Kollophoniumharzstück über die gespannte Angelschnur. Das dadurch entstehende schaurige und schiefe Gejaule und Gequietsche ließ die Leute nicht einschlafen oder weckte sie auf. Wenn sie die Fenster und Balkontüren aufrissen und rausschrien und schimpften, hörten wir auf. Kurz nachdem sie sie wieder zugemacht hatten, fingen wir wieder von vorn an undsoweiter. Spätestens wenn die Gendarmerie anrückte, hauten wir ab. Das schaurige und schiefe Gejaule und Gequietsche, das Albert jetzt von sich gab, klang ähnlich wie beim Kolophonium-Ziehen. Jetzt machte ich mir doch Sorgen, weniger um ihn als um mich. *Lasst den Albert in Ruhe* und *Lasst das Mongerl in Frieden*, hörte ich meinen Vater auf einmal wieder sagen und wurde nervös. Die Aktion, die ich mit Herrn Wutz gerade gemacht hatte, war doch nicht so witzig, wie ich zuerst gedacht hatte. Es machte keinen Spaß. Sie war vielleicht doch nicht so harmlos, wie ich es mir natürlich nur ein- und schöngeredet hatte. Andererseits aber war er doch gar nicht da, der Herr Wutz! Es gab ihn ja gar nicht in Wirklichkeit! Wie kann etwas, das es in Wirklichkeit nicht gibt, auf einmal Auswirkungen in der Wirklichkeit haben! Ich schaute auf die Fenster des Mehrfamilienhauses, ob vielleicht jemand meine Theatervorstellung beobachtet hatte, der mich bei meinem Vater verraten und hätte denunzieren können. *Schirngen*, wie wir Kinder zum Petzen gesagt und gesungen haben: *Schirng-Gankerl mit dem roten Jankerl, hat ein Kapperl auf mit dem Teufel drauf!* Ich kriegte die Panik. Albert quietschte noch immer. Mit vollgeschifften Stutzen und Mokassins stand er in seiner Urinlache, Tränen rannen ihm aus seinen zu knapp aneinander stehenden Mandelaugen und er quietschte und quietschte und hörte nicht auf zu quietschen. *Warum machst du so was nur!, Warum machst du so was nur! Dass du dich nicht genierst!*, hörte ich schon die Mutter sagen, was sie dann auch wirklich, wie gesagt, gesagt hat. Ich versuchte erst gar nicht einmal Albert zu beruhigen, sondern lief einfach weg. So schnell ich konnte rannte ich weg. Raus aus unserem Hof und die Straße runter. Als ich in die übernächste Gasse einbog und weiter in den Hof hinein zu dem Haus, wo ein Schulkollege wohnte, hörte ich das Quietschen noch immer.

8
DER KAUGUMMIAUTOMATEN-GÜLLEKOLOGE

Was Katjas Schwangerschaft betraf: Wie gesagt, sie wollte alle medizinischen Möglichkeiten ausschöpfen, alle Eventualitäten berücksichtigen. Alle diese Ausschöpfungen der medizinischen Möglichkeiten in der sogenannten Pränataldiagnostik, um alle Eventualitäten berücksichtigen zu können, sind teuer und werden natürlich nicht von der Krankenversicherung finanziert, sondern müssen selbst bezahlt werden. Sobald sie die Vermutung hatte, schwanger zu sein, schloss Katja eine Mutter-Kind-Versicherung ab, die Muki-Versicherung, wie sie sie ab dem Zeitpunkt immer nannte. Noch bevor sie einen Schwangerschaftstest machte, hatte sie die Muki-Versicherung abgeschlossen. Hauptsächlich weil zur Inanspruchnahme gewisser Versicherungsleistungen *entsprechende* Fristen einzuhalten sind. Je länger zum voraussichtlichen Geburtstermin zugewartet wird, desto weniger kann man Versicherungsleistungen, die rund um die Geburt und die Vorsorgeuntersuchungen angeboten werden, auch in Anspruch nehmen. Je früher man also einzahlt, desto besser. Am besten gleich nachdem man den Sex im fortpflanzungstechnisch besten Alter und im besten Wissen und Gewissen abgeschlossen hat, schließt man die Muki-Versicherung ab. Noch besser natürlich, man schließt sie schon vorher ab. Wenn man nur daran denkt, wann man fortpflanzungstechnisch am zeitlich günstigsten, also an den fruchtbaren Tagen der Frau – am idealsten wäre der fruchtbarste Tag überhaupt – in entspannter und möglichst stressfreier Atmosphäre, selbstverständlich in gesunder geistiger und körperlicher Verfassung und im besten Wissen und Gewissen Sex haben wird, sollte man die Muki-Versicherung schon abschließen, um alle pränataldiagnostischen Angebote der Muki-Versicherung und darüber hinaus in Anspruch nehmen zu können. Man weiß ja nie!, hatte Katja gesagt. Jedenfalls hatte uns der rechtzeitige Abschluss einer Polizze bei der Muki-Versicherung einen Termin bei einem Privatarzt ermöglicht, Spezialgebiet *Kinderwunsch – Pränataldiagnostik – Schwangerschaftsbegleitung*, wie es auf seiner Visitenkarte geschrieben stand. Als ich nach dem Besuch bei dem Privatarzt meinen Eltern von den Möglichkeiten der modernen Pränataldiagnostik erzählt hatte, sagte mein Vater nur: *Trotteldrittel.* Die Pränataldiagnostik meines Vaters beruhte auf dem Trotteldrittel, wie er es nannte. Mein Vater ging also davon aus, dass jeder dritte geborene Mensch auf der Welt ein Trottel war. Pränataldiagnostik hin oder her. Das war fix. Demnach konnte ein normaler Mensch durchaus ein größerer Trottel sein als zum Beispiel ein Mongoloid und umgekehrt, wie er sagte. Mongoloid sagt man nicht mehr, sagte ich, worauf er mich verdutzt und fragend anschaute, abwinkte und, um dem Wort Mongoloid auszuweichen, sagte: Das größte Genie kann ein Trottel sein, der quasi Geschädigte der beste Mensch. Also waren, seiner Meinung nach, die modernen Methoden der Pränataldiagnostik in Bezug auf die zukünftige geistige Verfassung des Kindes sinnlos. Keine Pränataldiagnostikmaschine wird jemals erkennen können, ob das Kind ein Trottel wird oder nicht, das Kind wird so sein wie es ist, sagte er. Hauptsache gesund, hatte die Mutter eingeworfen und, dem Vater zustimmend, heftig genickt, während sie ihm die Leberknödelsuppe anrichtete und sie fast verschüttete deswegen. Ich solle nicht so ein Gschisti-Gschasti um die Sache machen, sagte sie, schließlich kommen schon ewig und drei Tage Kinder auf die Welt undsoweiter. Von dieser Seite konnte ich mir also keine große Hilfe zu dem Thema erwarten, dachte ich. Wie oft musste ich mir als Kind, wenn ich was ausgefressen hatte oder mit dem Vater zum Beispiel Mathematik lernte, anhören: Du bist ein Opfer des Trotteldrittels! Unzählige Male hörte ich bei den Urlaubsreisen mit dem Auto nach Bibione den Satz: Schon wieder ein Opfer des Trotteldrittels, oder, lauter Opfer des Trotteldrittels auf den Straßen unterwegs dieses Jahr.

In dem Raum, in dem Katja und ich dem Gynäkologen und Spezialisten für Pränataldiagnostik gegenübersaßen, kam ich mir wieder wie das Opfer des Trotteldrittels vor. Arztpraxen, die eingerichtet sind wie das Verkaufsbüro eines Luxusautohändlers, kommen mir verdächtig vor. Ärzte, die aussehen wie Verkäufer in Verkaufsbüros von Luxusautohändlern, auch. Die Freundlichkeit dieses Menschenschlags wirkt auf mich ebenso aufgesetzt wie die zumeist dazu passende, perfekt sitzende Frisur, die Wind und Wetter standzuhalten scheint und auch von der Optik her einer soliden Laubsägearbeit ähnelt, bei der man der Versuchung widerstehen muss, ihre Beschaffenheit und scheinbare Stabilität eigenhändig zu überprüfen. Ein kleiner dicker Mann mit Halbglatze, orthopädischen Pantoletten und großväterlichem Gesicht wäre vertrauenserweckender und mir lieber gewesen. So stellte zumindest ich mir einen vertrauenerweckenden Arzt vor. Der Doktor saß hinter einem massiven hochglänzenden Holztisch, hinter ihm hing ein die halbe Wand einnehmendes großformatiges Bild, das einen Fötus im Supermankostüm zeigte. Der Supermanumhang schlang sich um den Fötuskörper und wurde schließlich zur Nabelschnur. Neben dem Tisch stand ein Kaugummiautomat aus den achtziger Jahren, wie ich sie aus meiner Kindheit kannte.

Und, wir wollen schwanger werden?, sagte er und breitete wie ein Pfarrer bei der Predigt die Arme aus.

Nein, sagte Katja, schwanger sind wir schon.

Oh, gratuliere!, sagte der Doktor, beugte sich über den Tisch und schüttelte uns beiden mit beiden Händen die Hände. Überschwänglich, wie man so schön sagt.

Dann haben wir die größte Hürde ja bereits überwunden!, sagte er.

Wir lächelten und nickten zustimmend.

Was darf ich also für Sie tun, was führt Sie zu mir?, sagte er.

Aus einer auf dem Tisch stehenden Bronzeschüssel nahm er eine abgegriffene Fünf-Schilling-Münze heraus, steckte sie in den Münzschlitz des Kaugummiautomaten und drehte den Drehknopf um neunzig Grad nach rechts. Eine Kaugummikugel kullerte durch den Auswurfschacht und stieß gegen den Aluminiumdeckel. Er nahm eine rote Kaugummikugel heraus und steckte sie sich in den Mund. Aus einem weiteren, darunter liegenden Schlitz holte er die Fünf-Schilling-Münze wieder heraus, hielt sie in unsere Richtung und sagte: der Schilling! Das waren noch Zeiten, nicht wahr? Entschuldigen Sie, wollen Sie auch?

Wir verneinten und er legte die Fünf-Schilling-Münze wieder in die Bronzeschüssel zurück.

Er wandte sich wieder zu uns und sagte: Bitteschön, ich bin ganz Ohr!

Als keiner etwas sagte, schaute ich zu Katja und machte eine Geste, dass sie bitte anfangen solle.

Sie fing also an. Zögerlich. Sagte, warum wir also hier seien. Dass es eine familiäre Vorbelastung gebe. Bei ihr. Sie also indirekt davon betroffen gewesen sei. Durch die Geburt ihres Bruders und die Scheidung der Eltern kurz darauf. Aufgrund des *Geburtsschadens*, wie die Leute gesagt hätten. Hinter vorgehaltener Hand verstehe sich. Ihr Bruder sei direkt betroffen gewesen und sei es natürlich immer noch, weil er ja noch lebe.

Gott sei Dank lebe er noch! Die Lebenszeit sei ja durch die Vorbelastung oft nicht so lang, wegen der Begleiterkrankungen, die auftreten können. Dass sie leider nicht selten seien, die Begleiterkrankungen. Dass sie selbst dadurch auch betroffen gewesen sei, ihr Lebtag. Psychisch, meine sie. Durch ihren Bruder und auch durch die Gesellschaft, das Umfeld, vor allem durch das Umfeld sei sie betroffen gewesen. Dass sie deshalb sicher sein wolle. Dass sie ausschließen wolle, dass ihr Kind vielleicht so wie ihr Bruder mit Down-Syndrom … Nicht, dass das etwas Schlechtes sei, aber trotzdem, es sei mehr wegen der Gewissheit. Was sei, wenn man selbst nicht mehr sei? Was dann? Die Ungewissheit sei schließlich auch nicht gesund. Vor allem während einer Schwangerschaft. Der Stress, undsoweiter.

Aha, aha, mhm, mhm, schön, schön, sagte der Doktor dazwischen abwechselnd.

Ich nehme an, Sie wollen sicher sein, ob ein Chromosomendefekt vorliegt oder nicht, oder? Um sicher sein zu können, ob Sie einen Schwangerschaftsabbruch vornehmen sollen oder nicht, nicht wahr? Ich will Ihnen natürlich nichts in den Mund legen, keinesfalls, verstehen Sie mich nicht falsch! Ich nehme an, Sie hegen Zweifel dahingehend, sonst wären Sie ja nicht hier, stimmt's?, sagte er.

Katja nickte. Er lächelte. Seine vorher tadellos weißen Zähne hatten von der Kaugummikugel einen roten Stich bekommen. Wie bei einem Verkaufstalent üblich klangen die Dinge, die er sagte, völlig anders als die Dinge, die er meinte, beziehungsweise glaubte ich zu wissen und herauszuhören, was er im Gegensatz zum Gesagten tatsächlich meinte. Du immer mit deinem Misstrauen allem und jedem gegenüber!, hörte ich Katja schon sagen, wenn ich ihr nachher davon erzählen würde, und dachte gleichzeitig, dass ich ihr wohl aus dem Grund nichts davon erzählen würde.

Er sagte: Natürlich, es wird auch manchmal der Standpunkt vertreten, dass Kinder mit einer verzögerten kognitiv-intellektuellen Entwicklung eine Bereicherung für die Partnerschaft und das Familienleben sein können. Es gibt sicherlich geglückte Beispiele, nicht wahr? Sie wissen das sicher besser als ich! Aber es ist auch ganz natürlich, Gewissheit haben zu wollen, damit man keine böse Überraschung erlebt, wenn ich das so sagen darf, oder besser gesagt, damit man sich darauf einstellen kann, nicht wahr? Schließlich hat man Erwartungen! Wenn man schon weiß, in welcher Farbe das Kinderzimmer ausgemalt wird, will man natürlich auch wissen, ob das Kind einen Chromosomendefekt haben wird, nicht wahr?, sagte er und trommelte beiläufig mit den Fingern seiner rechten Hand auf das Schauglas seines Kaugummiautomaten.

Gleich wie bei diesem hier waren bei den Kaugummiautomaten meiner Kindheit oben beim Schauglas die schönen bunten Kaugummikugeln, auf die man scharf war, dachte ich. Hat man dann die Fünf-Schilling-Münze in den Schlitz gesteckt und voller Erwartung den Drehknopf gedreht, ist man oft enttäuscht worden. Unten herausgekommen sind nicht selten die missratenen, die teilweise zerbrochenen und zerbröselten, mit eingerissener Oberfläche oder ausgebleichter Farbe, die etwas blechern geschmeckt haben, als hätte man sich in die Wange gebissen und schmeckte das Blut. Man hat die ausgebleichte Kaugummikugel zwar in den Mund gesteckt, darauf herumgekaut, beim Kauen aber keine rechte Freude damit gehabt und sie deshalb nach kurzem Kauen wieder ausgespuckt. Sie sind für den erwarteten Nutzen nicht zu gebrauchen gewesen. Oder es kam irgendein Plastik-Klumpert heraus, das immer nur ein unbrauchbarer Ramsch gewesen ist, den man ungeöffnet in den neben dem Kaugummiautomaten montierten Metallgitterkübel geschmissen hat. Oder der Automat hat das

Geld geschluckt und es ist gar nichts herausgekommen, dachte ich. Man ist sich auf jeden Fall gepflanzt vorgekommen, von einer größeren, unbekannten Macht über den Tisch gezogen. Schließlich hat nie jemals wer jemanden einen Kaugummiautomaten nachfüllen gesehen. Die Mängelkaugummikugeln sind bestimmt zwecks Gewinnsteigerung in den Kaugummiautomaten hineingeschmuggelt worden, dachte ich damals als Kind. Der Mängelmensch dagegen wird wegen der zu erwartenden Abschreibungsverluste vorab aussortiert, wie die angedepschte Birne im Geschäft, um Platz für die vom Konsumenten geforderte Normbirne zu machen, die formschöne, ohne Oberflächenschäden, die Über-Birne quasi. Das Reservoir muss zwar wieder aufgefüllt werden, aber wenn möglich mit Nutzmenschen, und nicht mit angedepschter Mängelmenschware, bei der eine leistungsfeindliche, lebensverneinende Grundeigenschaft von Haus aus angenommen wird, dachte ich. Der Doktor fing gerade damit an, anhand vieler bunter Hochglanzbroschüren, die auf dem Hochglanzholztisch nebeneinander aufgestapelt waren, alle auszuschöpfenden medizinischen Möglichkeiten, alle zu berücksichtigenden Eventualitäten zu erörtern und zu erklären. Der geistig behinderte Mensch ist kein Nutzmensch, dachte ich, während der Doktor den Inhalt der Broschüren erklärte, dabei immer nur meiner Frau in die Augen schauend, weshalb ich mit meinen Gedanken gleich woanders war, wie seinerzeit in der Schule beim Narrenkastenschauen. Bei dem Nutzmenschen wird zuerst in der Schule das Denken nützlich und ökonomisch urbar gemacht, dachte ich. Als Erwachsener kommt der Körper dran, die Ausdauer, die Muskeln, die Haut und die Fortpflanzungsgerätschaften, die außen optimal verschönert und innen funktionsfähig gemacht gehören und die dazu da sind, frische Nutzmenschen nachzuschieben in den Wirtschafts- und Nutzungsprozess, bis der

Nutzmenschenkörper in- und auswendig abgewirtschaftet und abgenutzt ist. Der geistig behinderte Mensch ist das Gegenteil des Nutzmenschen, dachte ich. Er ist von Anfang an abgewirtschaftet und abgenutzt. Er genießt von Geburt an seinen Lebensabend, während sich andere für ihren Lebensabend abrackern müssen. Ein unwirtschaftlicher Nichtsnutz ist er. Eine gesellschaftliche Minus-Variante, wie es schon einmal geheißen hat, weil: Am hirnkranken Wesen kann man nicht genesen. Er ist das Gegenteil des Erfolgsmenschen, die Kehrseite der Strebsamkeit, der Emsigkeit, des Aufstiegs, des Vorwärtskommens im Leben, der Weiterbildung, Fortbildung, der Entwicklung und Veränderung. Darum ist er nicht sonderlich erwünscht. Per se, wie man so schön sagt. Er verkörpert Langsamkeit und Stillstand, Schwäche, Armseligkeit und Hilflosigkeit. Wie bei einem eitrigen Nagelbett pocht der geistig behinderte Mensch als Entzündungsherd unter den Fingernägeln des sonst so kerngesunden Volkskörpers. Deshalb ist er auch vom Aussterben bedroht, wie der Sumatra-Orang-Utan, das Spitzmaulnashorn oder der Berggorilla, dachte ich und merkte, dass ich mich schon wieder in eine Wut hineingedacht hatte. Bei den vielen Gesprächen über dieses Thema hatte ich mir angewöhnt, meine Wut in mich hineinzudenken, weil sie dann von außen nicht sichtbar war. Wie bei einer Panikattacke, obwohl einem der Puls in den Augen zuckt und der Schweiß kalt aus den Achseln und Handflächen herauskommt. Ich wischte mir die Hände an den Hosenbeinen ab und versteckte die Wut in mir drinnen, damit ich mich wegen ihr nicht erklären musste. Das war bequem und praktisch. Ich dachte: Komischerweise sind die vermeintlich positiven Eigenschaften des Nutzmenschen nicht sehr beliebt, wenn man selbst noch ein Kind, vor allem wenn man ein Schulkind ist. Wenn man ein Schulkind ist, sind einem eher die Eigenschaften des Nichtsnutzes lieber. Die

Erstbänkler mit den sauberen Schuhen und schönen Frisuren, die die meiste Zeit mit flehentlichem Blick bettelnd die Hände gegen den Plafond strecken, um nur ja vom Lehrer drangenommen zu werden, und die die gegen den Plafond gestreckten Hände und Arme sogar noch mit der anderen Hand stützen müssen, weil schon fast kein Blut mehr drinnen ist und sie deswegen schon eingeschlafen sind, die Arme. Die Lehrerlieblinge und Streber sind bei den meisten doch immer unbeliebt gewesen, dachte ich. Diese früheren Lehrerlieblinge und Streber werden später von denselben Leuten, die sie damals wegen ihrer Art und ihren Charaktereigenschaften gehasst und sie als Strebersau, Schleimer und Arschkriecher beschimpft haben, in hohe politische Positionen gewählt oder sitzen einem dann als Emporkömmlinge und Vorgesetzte gegenüber, als Entscheidungsträger, die einem die eigenen Entscheidungen abnehmen, weil sie besser in der Lage sind, diese Entscheidungen für das Wohl aller, besonders für einen selbst, zu treffen, dabei immer das Große und Ganze im Auge behaltend, dachte ich mir. Der Doktor, der mir gerade gegenübersitzt, ist sicher auch so einer, dachte ich, ein Fleißiger und Anständiger.

Du immer mit deinem Misstrauen allem und jedem gegenüber!, hörte ich Katja wieder sagen und: Der Neid ist ein Hund! Immer wenn ich ihrer Meinung nach übertrieben und ungerechtfertigt über jemanden herzog, sagte sie: Der Neid ist ein Hund! Katja war den Menschen gegenüber grundsätzlich positiv eingestellt und unterstellte ihnen gleichzeitig dasselbe, ich war ihnen grundsätzlich misstrauisch eingestellt und unterstellte ihnen auch gleichzeitig dasselbe. Trotzdem, hörte ich mich in Gedanken zu Katja sagen, die Fleißigen und Anständigen! Sie reklamieren ihren in Wirklichkeit zumeist zufälligen Erfolg einzig und allein aufgrund ihres Fleißes und ihrer Anständigkeit für sich. Hätten sich die anderen halt mehr anstrengen müssen! Hätten sie eben nicht so faul sein dürfen! Das Gegenteil von Fleiß ist nicht Faulheit, sondern Leidenschaft, dachte ich. Fleiß ist die Leidenschaft des Spießers. Anständigkeit die Natur des Mitläufers und das Gegenteil von Anstand. Sie werden in der Gesellschaft falsch positiv bewertet, dachte ich mir. Falsch positiv! Bei den Worten *falsch positiv* wurde ich aus meinen Gedanken herausgerissen, weil mir Katja zusätzlich zu den Worten *falsch positiv*, die der Doktor gerade gesagt hatte, fest die Hand drückte und ihre Fingernägel dadurch in sie hineingrub. Sie hatte gefragt, wie verlässlich der genetische Bluttest auf das Down-Syndrom, beziehungsweise die Trisomie 21, vorhersagen kann, ob das Kind davon betroffen ist oder nicht. Der Doktor sagte ganz klar: Eher schon und vielleicht nicht. Komplette Gewissheit gibt es hier keine, sagte er. Gleich, wie gesagt, wie bei der Nackenfaltenmessung und dem Combined-Test, sagte er und klopfte mit dem Zeigefinger auf eine der Broschüren. Um eine falsch positive Testung auszuschließen, rate ich Ihnen zu einer Fruchtwasserpunktion. Das Beste zuerst: Für diese Untersuchung müssen Sie nicht nüchtern sein!, sagte er und lachte. Ein Gynäkologenwitz, klärte er uns auf, weil er es berufsbedingt gewöhnt sei, alles zu erklären und jeden aufzuklären, selbst die Witze.

Aufgrund Ihrer familiären Vorbelastung wird diese Untersuchung auch von der Krankenkasse übernommen, sagte er.

Ich dachte, jetzt haben wir die Muki-Versicherung umsonst abgeschlossen, sagte es aber nicht.

Es besteht zwar ein äußerst geringes Restrisiko, sagte er, weil bei der Untersuchung mit einer winzigen Nadel Fruchtwasser über beziehungsweise durch den Bauch aus der Fruchtblase entnommen wird.

Um die Winzigkeit der Nadel und des Restrisikos zu veranschaulichen, schaute er mit zusammengekniffenen Augen zwischen den Spalt seines Daumens und seines Zeigefingers, die er meiner Frau dicht vor die Nase hielt.

Aber wo gibt es kein Restrisiko, nicht wahr?, sagte er. Denken Sie nur in Ruhe darüber nach, lassen Sie sich Zeit, schlafen Sie darüber, gell? Ich wünsche Ihnen auf alle Fälle schon einmal toi, toi, toi!

Katja nickte, packte die Hochglanzbroschüren in ihre Handtasche und wir standen auf. Der Doktor stand auch auf. Wieder griff er in die Bronzeschüssel, holte die Fünf-Schilling-Münze heraus, hielt sie in unsere Richtung und sagte: Wollen Sie nicht doch?

Nein danke, sagten wir gleichzeitig.

Er verabschiedete sich, indem er uns wieder überschwänglich die Hände schüttelte. Wir gingen raus. Im Vorzimmer hörte ich wieder das Geräusch des Drehens des Kaugummiautomatendrehknopfes, wie die Kaugummikugel durch den Auswurfschacht kullerte und gegen den Aluminiumdeckel stieß. Als wir später über ihn redeten, nannten wir ihn nur mehr unseren Kaugummiautomaten-Güllekologen.

Draußen auf der Straße fragte mich Katja: Und?

Ich sagte: Ich weiß auch nicht und zuckte mit den Schultern.

Ich bin müde, sagte sie, ich will heim.

Gehen wir, sagte ich und hakte mich bei ihr ein, so als wollte ich einer alten Frau über die Straße helfen. Eine Zeit lang redeten wir nichts. Keiner wusste recht, was er sagen sollte.

Dann sagte sie: Als Kind habe ich zuerst geglaubt, mein Bruder hat viele unterschiedliche Namen. Das war etwas Besonderes für mich, weil die anderen Kinder, die ich gekannt habe, nur einen oder maximal zwei Namen gehabt haben. Erst später bin ich draufgekommen, dass es gar nicht seine Namen gewesen sind, die ihm die Kinder nachgerufen haben. Mongo!, haben sie gerufen, oder, Spasti!, oder Psycho!, und manchmal:

Dillo, Hirni, Hirnederl! undsoweiter. Bevor ich wusste, was sie bedeuten, haben sie eigentlich recht positiv geklungen, die Namen, sagte sie. Auch weil mein Bruder sich immer gefreut hat, wenn die anderen Kinder gerufen haben. Er hat ihnen zugewunken und völlig unverstellt gelacht, so wie es die wenigsten können, vor allem die Erwachsenen nicht, und wie er es immer noch kann, sagte sie. Für uns hat immer gegolten: sich kränken oder aushalten, und für die anderen: anstänkern oder raushalten. Heute noch zucke ich zusammen, wenn ich jemanden sagen höre: Du bist behindert!, oder, bist du behindert?

Ich weiß, sagte ich, und dachte, ich habe diese Geschichte und viele andere ihren Bruder betreffende Anekdoten schon so oft gehört und werde sie weiterhin noch öfter hören, als müsste sie sich selbst der Zuneigung zu ihm und gleichzeitig der erfahrenen Kränkungen wegen ihm immer wieder vergewissern und sie gegeneinander abwägen, obwohl sie natürlich weiß, dass eine Abwägung unmöglich ist, so wie wegen der unzähligen Unwägbarkeiten ein Vergleich mit ihrem Bruder und dem erbsengroßen Embryo in ihrem Bauch ebenso unmöglich ist.

Weißt du, was mein Bruder oft gesagt hat, wenn er von draußen heimgekommen ist?, sagte Katja.

Nein, was denn?, log ich.

Er hat gelacht und gesagt: AH, ICH DENKE WAS, WER IST DIESER MONGO?, sagte sie.

Obwohl ich die Geschichte kannte, musste ich wieder lachen.

9
ICH HABE EINEN MONGO?

Als ich gemerkt habe, dass ich schwanger bin, war ich achtzehn, sagte meine Schwiegermutter und stellte mir den Kaffee hin.

Danke, sagte ich.

Magst du auch eine Topfengolatsche?

Ja, gerne.

Sie nahm sich auch eine aus der Packung, die auf der letzten freien Stelle der sonst vollgerammelten Kredenz stand, und legte sie auf den Gmundner-Keramik-Teller auf dem Küchentisch. Jeder nahm sich eine und wir bissen gleichzeitig in unsere Topfengolatschen hinein. Wir nickten, um uns gegenseitig die Köstlichkeit der Topfengolatsche zu bestätigen. Sie schluckte ihren Bissen hastig hinunter und sagte: Ich komme gleich, stützte sich am Küchentisch ab, um besser aufstehen zu können, zog den Bauch ein und humpelte durch den schmalen Schluf aus der Küche ins Wohnzimmer. Meine Schwiegermutter war sechzig Jahre alt und mir fiel auf, dass ich an diesem Februarsonntag das erste Mal allein in einem Raum mit ihr war, obwohl ich sie schon viele Jahre kannte. Die Küche war klein, für einen Tisch mit Eckbank war gerade noch Platz. Man konnte aber nur von einer Seite zur Bank hinein, weil sie an der anderen fast an einem Küchenkasten anstand, den man deswegen auch nur einen Spalt öffnen konnte, weshalb darin auch nur schmale, weiche und biegbare Gegenstände aufbewahrt wurden, meistens aber Dinge, die man nie wieder würde brauchen können. Auch ich ließ immer wieder Kleinigkeiten wie

Papierschnipsel, abgebissene Fingernägel und Sachen, die auf dem Tisch herumlagen wie Pinnwandnadeln, Büroklammern und gebrauchte Zahnstocher in dem Küchenkasten verschwinden, weil es immer ein Aufwand war, aus der Eckbank hinaus und wieder zurück hinein zu kommen. Bei den Familienessen wurden die Familienmitglieder von der Schwiegermutter durch den schmalen Schluf hintereinander auf die Eckbank geleitet. Musste jemand aufs Klo, was meistens derjenige war, der ganz hinten saß, wurden alle Familienmitglieder wieder herausgefädelt aus der Eckbank und dem Küchen-Wohnzimmer-Schluf. Dann warteten alle im Wohnzimmer, bis derjenige aus dem Klo herauskam, damit jeder in der richtigen Reihenfolge zu seinem Suppenteller zurückkehren konnte. Die Küche war mit allerhand Klimbim vollgerammelt. Auch die Wände waren vollbehangen mit Fotos, Bildern und in Holz geschnitzten Sinnsprüchen wie: *Einer spinnt immer, trautes Heim, Glück allein,* und: *Jeder Gast ist gern gesehn, teils beim Kommen, teils beim Gehn.* Einige Küchenkastentüren konnte man nicht mehr zumachen, weil sie schon so voll oder weil die Scharniere schon so ausgemergelt waren, dass sie schief in den Kästen hingen. Markus war der Einzige, der immer an der Außenseite am Tisch saß. Wegen seiner sekkanten Langsamkeit, wie meine Schwiegermutter immer sagte, seiner kaprizierten Bockigkeit. Schon als Kind sei er so sekkant gewesen, so bockig wie ein Esel, er sei immer auf irgendeine nichtige Kleinigkeit kapriziert gewesen und hätte sie damit in den Wahnsinn getrieben, sagte sie immer, wenn sie ihn jedes Mal beim Suppeessen angetrieben hatte. Genau genommen war er gar nie dazu gekommen, die Suppe zu essen, weil meine Schwiegermutter ihm den Teller, bevor er es schaffte, auch nur einen Löffel von der Suppe herauszulöffeln, weggeräumt hatte. Sobald der Letzte seinen Suppenlöffel neben den Teller gelegt hatte, räumte sie schon den noch vollen Suppenteller von Markus wieder ab, der noch lange mit dem Löffel in der Hand und mit offenem Mund abwechselnd auf den leeren Platz vor sich, auf dem gerade noch der Suppenteller gestanden war, und meine Schwiegermutter schaute, was sie noch zorniger machte. Schau mich nicht so an!, oder da kannst du mich noch so lange so anschauen!, sagte sie dann und räumte den noch dampfenden Suppenteller weg. Am Anfang ließ ich mir extra lange Zeit beim Suppeessen. Ich hoffte, dass es Markus doch noch schaffen würde, in der von mir hinausgezögerten Zeit anzufangen seine Suppe zu essen, oder zumindest eine Portion herauszulöffeln, aber es ging sich nie aus. Im Gegenteil, dasselbe passierte mit seinem Hauptspeisen- und dem Salatteller, alle wurden unberührt von der Schwiegermutter wieder abgeräumt, und nicht nur einmal ist es passiert, dass alle Familienmitglieder mit der Nachspeise und dem Kaffee längst fertig waren, während Markus immer noch mit offenem Mund und dem Suppenlöffel in der Hand dasaß und abwechselnd den leeren Platz vor sich und meine Schwiegermutter anschaute.

AH, ICH MÖCHTE WAS SAGEN, sagte er irgendwann, ICH MUSS KURZ NACHDENKEN: ICH MÖCHTE LIEBER KEINE SUPPE.

Warum macht sie das immer?, habe ich mir gedacht und auch Katja gefragt. Warum ist sie so ungut zu Markus? Sie weiß ja, dass er keine Suppe will und trotzdem stellt sie ihm immer wieder einen Teller hin. Was macht er denn? Er macht ja gar nichts, oder?, habe ich sie danach eine Zeit lang gefragt, aber bald schon mit dem Fragen aufgehört, weil die Antwort immer dieselbe war: Was weißt du denn schon. Danach habe ich bei den Familienessen damit begonnen, extra schnell zu essen, um mir das Suppentrauerspiel rund um Markus so kurz wie möglich antun zu müssen. Als sie gemerkt hat, dass es mir unangenehm ist, hat meine Schwiegermutter damit begonnen, ihre Aktionen zu rechtfertigen, indem sie sie kommentierte. Er könnte es ja, er will nur nicht, sagte sie und schmiss das unangerührte Essen in den braunen Biomüllkübel hinein. Ich weiß genau, dass er es kann, ich habe ihn ja schließlich großgezogen, ich habe ihm alles beigebracht und kann mich auch genau erinnern, was er gekonnt und was er nicht gekonnt hat. Dass er anders ist als die anderen Kinder, hat er natürlich bald gemerkt. Es hat aber nicht lange gedauert, bis er draufgekommen ist, dass dieses Anderssein ihm auch Vorteile bringen kann. Er hat genau gewusst, bei wem er was tun muss, damit er es ohne großen Aufwand auch bekommt, sagte sie. Na und?, habe ich mir gedacht, er hat sowieso schon genug Nachteile in seinem Leben, wieso soll er sich nicht ein paar Vorteile herausholen, oder? Was ist denn daran so schlimm?

Schau dir den an, jetzt hat er schon wieder die Klopapierrolle verkehrt herum aufgehängt!, sagte sie zum Beispiel vor uns allen. Na und? Das kann ihr doch egal sein, habe ich mir wieder gedacht und sie sagte dann auch: Das kann mir eigentlich ja egal sein, aber es geht nicht darum, dass er die Klopapierrolle versehentlich verkehrt aufhängt, sondern dass er sie bewusst verkehrt aufhängt, damit alle glauben, er ist zu blöd, eine Klopapierrolle richtig aufzuhängen, und sie es deshalb für ihn erledigen und er es nicht mehr selbst machen muss. Aber er ist nicht zu blöd, er ist nur zu faul. Früher war er viel besser als heute, oder, heute ist er viel schlechter als früher, sagte sie und meinte damit, dass er früher viel selbständiger, aktiver und interessierter war, wo er sich heute seine Betreuer und vor allem die immer wechselnden Zivildiener wie Hündchen abgerichtet habe mit seiner Zermürbungstaktik, seinen Verzögerungstricks und Einfrierticks, damit sie alle Dinge, die er nicht machen will, für ihn erledigen.

Was sagen denn deine Zivis dazu, dass du immer so trödelst?, sagte sie.

AH, LASS MICH NACHDENKEN, sagte Markus und stockte.

Spuck's aus!, sagte meine Schwiegermutter, das gibt es ja nicht!

Und Markus darauf nach einer gefühlten Minute: AH, SIE SIND UNGLÜCKLICH.

Bei mir funktioniert deine Zermürbungstaktik aber nicht! Da musst du früher aufstehen, hast du mich verstanden?, sagte meine Schwiegermutter und schob ihn ins Klo zurück.

Aus dem Klo konnte ich nach circa fünf Minuten hören: AH, ICH MÖCHTE WAS SAGEN, ICH MUSS KURZ NACHDENKEN. DIE MAMA IST SO FESCH. Dann hörte man ihn noch eine Weile wie eine Katze miauen, was wiederum Katja zornig machte, weil sie es hasst, wenn Markus in ihm unangenehmen Situationen beziehungsweise als Ablenkungsmanöver anfängt wie eine Katze zu miauen. Sie trommelte gegen die Klotür und schrie: Hör endlich zu miauen auf, du! Du bist kein Kleinkind und eine Katze schon gar nicht! Worauf aus dem Klo nach einiger Zeit, nachdem sich Katja schon wieder beruhigt gehabt hatte, zu hören war: AH, WAS DENKE ICH GERADE, MEINE SCHÖNE SCHWESTER HAT OFT IMMER EINEN STRESS, und sie deswegen gleich wieder auf hundertachtzig war, wieder vom Sofa aufsprang, flott zum Klo rüberstampfte und an die Tür hämmerte, undsoweiter undsofort. So, oder so ähnlich, liefen meistens die Familienessen ab.

Daran musste ich denken, während ich auf meine Schwiegermutter in der engen Küche wartete und ein verblichenes Foto von Katja anschaute, als sie noch ein Kind war. Sie stand mit Markus händchenhaltend vor dem Haus, in dem sie vor der Scheidung der Eltern aufgewachsen war, neben einer roten

Staude. Diese Staude, eine Fuchsie, das Fuchsl, wie Katja sie nennt, ist das einzige Erinnerungsstück, das sie aus dem Haus mitgenommen hat. Es ist auch das einzige Erinnerungsstück an ihre Oma, die das Fuchsl seinerzeit gemeinsam mit ihr in die Rabatte neben dem Stiegenaufgang eingepflanzt hat. Sie blüht jetzt jeden Sommer in unserem Garten. Solange das Fuchsl lebt, ist die Oma auch nicht tot, sagt Katja jeden Frühling, wenn ich das Fuchsl aus dem Keller hole und in unseren Garten stelle. Jetzt ist das Fuchsl natürlich viel größer und prächtiger als auf dem Foto hier. Ich nahm das Foto von der Wand. Es war in einem dicken beigen Plastikrahmen eingerahmt. Muss wohl aus den achtziger Jahren stammen, dachte ich. Da fand der Siegeszug des Plastiks statt. Praktisch alles, was vorher aus Holz, Stoff oder Leder war, wurde aus pflegeleichtem Plastik hergestellt, selbst die Möbel, Geschirr, Gewand und Schuhe wurden aus Plastik gefertigt. Auf dem Foto hatte Markus auch tatsächlich Plastiksandalen an, die auch ich als Kind im jährlichen Sommerurlaub zum Baden im Meer im kroatischen Istrien anziehen musste, damit ich mir nicht in den dortigen seeigelverseuchten Felsstränden die Seeigelstachel in die Fußsohlen hineintrat. Die Trisomie-21-Merkmale in seinem Gesicht waren auf dem Foto noch nicht so stark ausgeprägt. Wenn man es wusste und darauf achtete, konnte man es nur an den mandelförmigen Augen erahnen. Katja schien ihn für das Foto mit sanfter Gewalt an seiner Hand zu sich zu ziehen, weil er mit der anderen Hand auf etwas hindeutete, das sich außerhalb des Bildausschnitts befand und zu dem er anscheinend unbedingt hinwollte. Ich stellte mir vor, was es wohl gewesen war. Nach den Vorlieben von Markus zu urteilen konnten es nur drei Sachen gewesen sein: eine Katze, etwas zu essen oder Zeitungen. Ich habe ihn um die Einfachheit seiner Wünsche immer beneidet und tue es immer noch. Wer kann schon drei

Dinge aufzählen, die ihn glücklich machen und von denen er sagen kann: Mehr brauche ich nicht. Ich konnte das nie und kann es immer noch nicht. Entscheide ich mich für das eine, kommt gleich der Zweifel, ob es auch das Richtige ist und nicht vielleicht doch das andere Infragekommende und umgekehrt. Und in der Jugend immer die Angst davor, bei der Entscheidung für das eine das andere zu versäumen. Beim Älterwerden immer die Angst, bereits etwas versäumt und vielleicht nicht mehr die Möglichkeit zu haben, es nachzuholen, oder die Angst, bei dem Versuch, etwas Neues zu riskieren, das gewohnt gewordene Alte zu verlieren, mit der zusätzlichen Unsicherheit, etwas überhaupt noch als Risiko richtig einschätzen zu können und es nicht nur mit jahrzehntelanger Konditionierung oder einer ungesunden Abhängigkeit an das gewohnt gewordene Alte zu verwechseln. Jahrelang bin ich in die Schule hineingegangen, habe dort den Tag verbracht und bin dann nach Hause gegangen. Jahrzehntelang bin ich in die Firma hineingegangen, habe dort den Tag verbracht und bin dann nach Hause gegangen. Dazwischen die Urlaube einmal im Jahr an den seeigelverseuchten Stränden Istriens. Frage ich meine pensionierten Eltern, wie es ihnen geht, sagen sie: Wir gehen nur noch *hi*nein, mit der Betonung auf der ersten Silbe des Wortes *hi*, und meinen damit, dass für sie das Leben im Großen und Ganzen gelaufen ist und sie nur mehr in den Boden *hi*neingehen, bis sie zum Schluss komplett *hi*neingegangen sein werden – Deckel drauf, die Erde gleichmäßig mit dem Rechen schön verteilen, Begonien rein und aus. Beim Nachdenken über diese Dinge komme ich immer wieder in ein Gedanken- und Möglichkeits- beziehungsweise Unmöglichkeitschaos hinein, das mich am Ende erst recht wieder ratlos zurücklässt. In diesen Momenten würde ich mir als Optionen nur wünschen: eine Katze, etwas zu essen oder Zeitungen. Zu dem Thema

Zeitungen fiel mir ein, dass mich Markus bei unserer ersten Begegnung auch gleich wie ein Hündchen abgerichtet hat, wie seine Zivildiener. Es war überhaupt das erste Mal, dass Katja mich zu sich mit nach Hause nahm, um mich ihrer Familie vorzustellen. Da waren wir ganz frisch zusammen, und sie hatte beim Hinfahren im Auto nur bemerkt: Wunder dich nicht, mein Bruder ist behindert. Das steigerte meine Nervosität natürlich nur. Was meint sie denn mit behindert?, dachte ich.

Wie, behindert?, sagte ich.

Down-Syndrom, sagte sie und stieg aus dem Auto, das ich in der Hauseinfahrt vor der Garage geparkt hatte. Ich stieg auch aus und ging ihr im Gänsemarsch nach. An der Hausmauer vor dem Stiegenaufgang, der zum Eingang führte, stand eine dieser klassischen Holzbänke, wie man sie überall auf dem Land findet, auf denen die alten Frauen und Männer des Hauses, nachdem es von der jüngeren Generation gegen ihren Willen umgebaut worden ist, den ganzen Tag in der Sonne sitzen und ihren Sterbefrühling vertrödeln. Auf der Bank saß jemand in ungefähr meinem Alter. Auf seinem Schoß saß eine Tigerkatze, die er langsam vom Kopf bis zum Schwanz streichelte und dabei miaute. Die Katze schnurrte mit geschlossenen Augen mit. Wir blieben vor der Bank stehen.

Darf ich vorstellen, sagte Katja zu mir, das ist mein Bruder Markus. Markus, das ist mein neuer Freund Harry.

Freut mich, sagte ich.

Markus schaute mich lange an, dann setzte er sein Grinsen auf und sagte: AH, DARF ICH WAS SAGEN. HARRY, DU BIST SO FESCH. Danke, sagte ich, du aber auch.

ICH WEISS, sagte er und streichelte sich selbst am Kopf.

Ich gehe schon mal rauf, sagte Katja, ihr könnt euch inzwischen ja schon mal ein bisschen kennenlernen.

Ich bekam einen Schock. Lässt mich die da alleine mit ihm

hier stehen, dachte ich, wo sie doch ganz genau weiß, wie schwer ich mir schon mit Fremden tue, selbst wenn sie nicht behindert sind! Markus saß wie eingefroren auf der Bank und schaute mich an, dabei immer noch und durchgehend grinsend. Das Grinsen erinnerte mich an die Figur des Bigfoot in der Serie *Harry und die Hendersons* aus meiner Jugendzeit. Ich merkte wieder schmerzlich, dass ich für Small Talk nicht gebaut war. Ich überlegte angestrengt, was ich sagen sollte, es fiel mir aber außer: *Schön habt ihr es hier,* und: *Zum Glück ist der Winter bald vorbei* nichts Geeignetes ein, um eventuell ein Gespräch beginnen zu können. Wer ist hier jetzt der Behinderte, dachte ich. Markus brach das peinliche Schweigen und sagte: AH, ICH DENKE WAS. ICH SEHE SCHLECHT, ABER DAFÜR HÖRE ICH WIE EIN ADLER.

Ich muss ziemlich blöd dreingeschaut haben, weil er, als ich nichts darauf sagte, sagte: AH, ICH DENKE WAS. DAS WAR EIN WITZ. Jetzt musste ich auch lachen. Er grinste immer gleich weiter. Das Grinsen erinnerte mich nicht nur an Bigfoot, sondern auch an das Geschau von Albert, und sofort schämte ich mich wieder. Je älter ich wurde und je öfter ich in Situationen kam, die mich an Albert erinnerten, desto mehr schämte ich mich für das, was ich ihm damals getan oder eigentlich *nicht* getan hatte. Noch immer rechtfertigte ich mich vor mir selbst damit, eigentlich nichts getan zu haben. Das Geschau von Albert hatte mich aufgeregt, weil es mich provozierte, obwohl natürlich überhaupt keine Absicht von Albert dahintergestanden war. Das Grinsen von Markus schaut eigentlich auch ganz schön provokant aus, dachte ich. Im Gegensatz zu damals wusste ich aber, dass es keine Provokation war, sondern einfach seine unverstellte Art zu lächeln, ein Lächeln, das einfach seine momentane Zufriedenheit ausdrückte, nicht mehr und nicht weniger. Vielleicht konnte man in diesem Moment sogar von

Glück reden. Darum fühlte ich mich auch überhaupt nicht provoziert oder gefrotzelt, sondern froh. Froh darüber, dass es eigentlich ganz gut funktionierte mit uns beiden, dass ich mir umsonst Sorgen gemacht hatte.

AH, WAS DENKE ICH, sagte Markus, HILFE TÄTE ICH BRAUCHEN. EIN BISSCHEN HILFE.

Für was brauchst du denn Hilfe?, sagte ich. Kann *ich* dir helfen?

Er hatte zu grinsen aufgehört, schaute mich aber immer noch an und nickte vor sich hin, den Mund leicht offen, die Zunge ein Stück über die Unterlippe geschoben.

Bei was kann ich dir denn helfen?, sagte ich noch mal.

Er zeigte auf einen Stoß Zeitungen, der neben der Garageneinfahrt aufgestapelt stand. Dutzende alte Ausgaben der *Kronen-Zeitung* standen dort aufgestapelt, separat geordnet in Hochglanz- und in Standardzeitungspapier.

Soll ich sie für dich wegschmeißen?, sagte ich.

Markus' Augen wurden leicht größer und er schüttelte, für seine Verhältnisse fast schon schnell, den Kopf.

RAUF!, sagte er, IN MEIN ZIMMER. BITTE.

Gut, sagte ich.

Markus neigte den Kopf zur Seite, stand auf, streckte seinen Arm aus und streichelte meinen Kopf. Ich konnte mich nicht mehr erinnern, wann mir das letzte Mal jemand in dieser Art und Weise den Kopf gestreichelt hat. Es muss wohl mein Vater gewesen sein, dachte ich, als er mich tröstete, weil ich mir die Knie aufgeschlagen hatte oder so was in der Richtung. Selbst heute, wenn Markus mir wieder mal den Kopf streichelt, muss ich daran denken, dass ich mich nicht mehr daran erinnern kann, wann mir das letzte Mal jemand außer ihm in dieser Art und Weise den Kopf gestreichelt hat, und dass es mein Vater gewesen sein musste. Heute wie damals fühlte ich mich wieder als der heulende Bub, der ich höchstwahrscheinlich gewesen war.

MEI, sagte Markus, DU BIST SO LIEB.

Aber bitte, das mach ich doch gerne, sagte ich, schnappte den Stapel Zeitungen und ging zur Stiege rüber.

Kommst du auch?, sagte ich.

AH, sagte er, ICH KOMME GLEICH NACH, und machte das Daumen-nach-oben-Zeichen.

Alles klar, sagte ich und ging die Stiegen rauf zum Hauseingang.

Bevor ich hineinging, blieb ich noch mal kurz stehen, um durchzuatmen. Einen guten Eindruck hinterlassen!, dachte ich mir vor dem Hineingehen, und dass es bestimmt einen guten Eindruck hinterlassen würde, wenn alle mitbekämen, wie hilfsbereit ich mich Markus gegenüber verhalten habe.

Hallo, ich bin's, sagte ich, nachdem ich mit dem Ellbogen die Tür aufgemacht hatte. Ich stand im Vorraum und dachte mir: *Hallo, ich bin's*, habe ich gesagt, was für ein blöder Spruch, und hätte ich die Hände frei gehabt, hätte ich mir mit der flachen Hand auf die Stirn geklatscht. Ich spürte den Drang in meiner rechten Hand, es trotzdem zu tun. Das hätte den guten Eindruck, den ich mir aufzubauen erhoffte, aber gleich wieder zunichtegemacht. Egal, ich ging weiter den Flur entlang. Ich hörte das Hecheln eines Hundes, das Klackern seiner Krallen auf dem Laminatboden, spürte den Schwanz, den er mir beim Wedeln gegen die Knie schlug. Der Hund!, dachte ich, sie hat mir ja vom Hund erzählt gehabt. Ich bin nicht so der Hundefreund. Sie müffeln oft nach dauerfeuchtem Aufreibfetzen und sabbern dich voll. Der Hund bellte ein paarmal laut und knurrte. Jemand rief aus dem Wohnzimmer: Aus! Der Hund hörte zu bellen und zu knurren auf und fing stattdessen an, meine Hände, die den Stoß Zeitungen umklammerten, abzuschlecken. Es ekelte mich und ich bekam wieder einen Drang, nämlich den, mir die Hände waschen zu müssen. Ich drehte mich zweimal um mich selbst herum, um den Hund abzuschütteln. Einmal drehte er sich mit, dann verlor er das Interesse, legte sich auf eine Decke, die im Vorraum lag, und schaute mich mit hochgezogenen Augenbrauen gelangweilt an. Ich ging weiter den Flur entlang, von wo das Rufen gekommen war. Die Wohnzimmertür stand offen. Noch mal kurz stehen bleiben und durchatmen, dachte ich. Dann ging ich rein und sagte so freundlich wie ich konnte: Grüß euch miteinander, wo darf ich das hinräumen? Einen Moment lang war es ruhig im Zimmer. Ich drehte mich so hin, dass ich alle sehen konnte, und schaute in Gesichter, die mich von oben bis unten musterten.

Katja war die Erste, die was sagte, nämlich: Ah, der Schmuggeljünger von Markus ist auch schon da!

Jetzt fingen alle laut zu lachen an. Meine zukünftige Schwiegermutter schlug sich sogar mehrmals auf die Oberschenkel, wie mancher Zuschauer beim viertelwitzigen Villacher Fasching. Mein zukünftiger Schwiegervater sagte: Den Zeitungsstoß kannst du gleich wieder runtertragen, und wenn du noch eine Hand frei hast, kannst du die da gleich mitnehmen, und zeigte mit ausgestrecktem Arm auf den Boden neben der Tür. Dort standen hintereinander mehrerer solcher Stöße, wie ich sie gerade in den Händen hielt. Ich sagte nichts mehr, drehte mich um und schaute, dass ich so schnell wie möglich da rauskam. Als mich Markus mitsamt den Zeitungen wieder die Stiegen runterkommen sah, sagte er nur: UI, AUWEH!, stand von der Bank fast blitzartig auf, also trotzdem langsam, und verschwand hinter einer Tür neben der Garage. Seitdem war ich der Schmuggeljünger und Zeitungssammelkomplize von Markus. Er war manischer Zeitungssammler und -leser. Schon als er noch ein Kind war, musste meine Schwiegermutter das Zimmer regelmäßig von mannshohen Zeitungsstapeln räumen, die Markus aus dem eigenen und den Altpapiercontainern in der Nachbarschaft herausholte. Rückblickend war das Grinsen von Markus jetzt doch wieder eine Frotzelei, aber ich empfand sie nicht als negativ, sondern als sympathische Ermächtigung seinen Möglichkeiten entsprechend, als eine von den Retourkutschen, mit denen er sich im Alltag, unter den vielen Nachteilen, denen er ausgesetzt war, kleine Vorteile verschaffte, und es rang mir Respekt ab, dass er es so leicht geschafft hatte, mich zu verarschen. Never judge a book by its cover, wie es heißt. Von wegen *unverstellte Art zu lächeln, die einfach seine momentane Zufriedenheit ausdrückte* undsoweiter, wie ich mir zuerst gedacht hatte. So schnell stolpert man über seine eigenen Vorurteile. Er ist eben nur von außen anders als die anderen, dachte ich, und nutzt den Vorteil, von den anderen unterschätzt zu werden. Wird man als Erwachsener aufgrund seiner Behinderung und seines Aussehens immer noch wie ein Kleinkind behandelt, ist Hinterfotzigkeit das Mittel der Wahl, um zu seinem Ziel zu kommen, vor allem, wenn dieses Ziel sowieso niemand verstehen würde. Jeder denkt von sich selbst, er sei anders als die anderen, in Wahrheit ist man den anderen ähnlicher als man denkt, dachte ich. Das sture Beharren auf der Wahrheit der eigenen Wirklichkeit ist nur die Überheblichkeit der mutmaßlich Normalen gegenüber jedem, der anders ist. Die Wahrheit der Wirklichkeit der geistig Behinderten, der komplex psychisch Erkrankten, der Mongos und Spastis, wie sie genannt werden, wird nicht akzeptiert, sondern bestenfalls als nicht real und lächerlich, oder schlimmstenfalls als krank eingeordnet, und es wird versucht sie auszulöschen, sie zu korrigieren und stattdessen die wahre Wirklichkeit der Normalen und der Gesunden in ihre Köpfe einzufüllen. Alles andere sind

Marotten, Spleens, Ticks, Schrullen und Neurosen von Außenseitern, die in einer funktionsfähigen und funktionstüchtigen Gesellschaft nichts verloren und somit nur zu verlieren haben, dachte ich.

Mach dir nichts draus, sagte Katja später zu mir, wir sind alle schon eingefahren und werden noch weiter oft einfahren bei ihm. Er ist ein perfekter Schauspieler. Wenn es um Zeitungen und Essen geht, kennt er keine Skrupel. Wie wir das erste Mal richtig eingefahren sind, war Markus erst acht Jahre alt oder so, hatte sie gesagt. Das war auch mit den Zeitungen, da hat das gerade angefangen.

Vor dem Haus stand damals wie heute ein Altpapiercontainer. Als Katja in die Volksschule kam, war Markus immer langweilig gewesen und er fragte meine Schwiegermutter ständig, wann Katja endlich nach Hause käme, ihm sei so langweilig. Meine Schwiegermutter schmiss ihn irgendwann raus und sagte, er soll doch vor dem Haus warten, bis sie von der Schule nach Hause käme. Er setzte sich auf den Blumentrog, den sein Vater zusammen mit ihm und Katja aus einem Stück von einem Lärchenbaumstamm selbst gebaut hatte, und der neben dem Altpapiercontainer stand. In diesen Blumentrog hatte ihre Oma immer der Jahreszeit entsprechende Blumen hineingepflanzt. Es war Frühling, rundherum lagen noch Schneereste, dementsprechend wuchsen in dem Blumentrog Schneeglöckchen, Primeln und Hyazinthen. Weil Markus den halben Tag auf dem Blumentrog wartete, nannte ihn meine Schwiegermutter bald *Ranunkel*, weil das ihre Lieblingsfrühlingsblumen waren. Hast du die alte Ranunkel endlich ausgezupft?, hatte sie Katja immer gefragt, als sie nach der Schule mit Markus in die Küche gekommen war. AH, sagte der immer, ICH WEISS SCHON, ICH BIN KEINE RANUNKEL. Und dann lachten alle. Als sie wieder mal von der Schule nach Hause kam, saß die alte Ranunkel nicht auf der Blumenkiste. Katja wunderte und fragte sich, wo er war. Erst beim Näherkommen sah sie die Enden seiner Beine aus dem Altpapiercontainer herausschauen. Sie fielen ihr deshalb erst so spät auf, weil sie nicht strampelten oder sich bewegten, ganz im Gegenteil, sie bewegten sich überhaupt nicht, als hätte man einen Besen kopfüber in den Altpapiercontainer hineingesteckt. Sie lief hin und versuchte, Markus an den Beinen herauszufischen, aber er war zu schwer. Sie musste den Altpapiercontainer umlegen und ihn dann herausziehen. Danach stellte sie den Altpapiercontainer wieder auf und schmiss die herausgefallenen Zeitungen wieder zurück hinein. Sie fragte ihn, was passiert war, warum um Himmels willen er kopfüber im Altpapiercontainer gesteckt sei und wie lange er überhaupt schon drin gesteckt sei, weil sein Kopf schon ganz blau angelaufen gewesen war.

AH, WAS DENKE ICH GERADE, sagte er, HINEINGESTECKT.

Hineingesteckt?, sagte Katja, sie haben dich hineingesteckt? Wer hat dich hineingesteckt? Markus schaute nur verschreckt drein. Katja lief zum Haus und rief schon von draußen hinein: Mama, Mama, sie haben Markus in den Altpapiercontainer hineingesteckt!

Was?, sagte meine Schwiegermutter, in den Altpapiercontainer? Um Himmels willen! Wer hat ihn in den Altpapiercontainer hineingesteckt? Markus, komm auf der Stelle her!, schrie sie aus dem Küchenfenster zu ihm rüber, weil er immer noch neben dem Altpapiercontainer stand. Wer war das!? Wer hat dich in den Altpapiercontainer hineingesteckt!?, schrie sie hinaus. Haben dich die Nachbarsbuben in den Altpapiercontainer hineingesteckt!? Jetzt sag schon endlich!, schrie sie, wer hat dich hineingesteckt!? Die Nachbarsbuben!? Markus bewegte sich nicht, blieb auf der Stelle stehen und nickte langsam.

Meine Schwiegermutter kam aus dem Haus gelaufen, stapfte mit großen Schritten mitsamt der Kleiderschürze und dem Geschirrhangerl, das sie noch in den Händen hielt und in das sie sich die vom Leberknödelkneten braunen Finger hineinwischte, zum Nachbarhaus rüber und läutete Sturm. Einen Moment später hörte Katja zuerst ihre Mutter schreien, dann die Nachbarin nach ihren Buben und dann die Buben selbst, deren Geschrei schließlich in Weinen und Schluchzen überging, nachdem sie von der Nachbarin einige Schläge ins Gesicht kassiert hatten, wie es Katja beobachtete, während sie durch die Thujenhecke lugte. Zwischen dem Geschrei konnte sie immer wieder die Worte *Altpapiercontainer*, *Markus* und *hineinstecken* heraushören.

Die Schwiegermutter kam zurück und sagte zu Katja: So, die machen das so schnell nicht noch mal. Natürlich haben sie alles abgestritten, diese Gfraster. Wo ist denn Markus schon wieder?, sagte sie. Ich muss ihm sagen, dass die Gfraster ihn sicher nicht mehr so schnell in den Altpapiercontainer hineinstecken werden.

Die beiden riefen nach ihm, aber er antwortete nicht.

Ich hoffe, er ist wegen der Aufregung nicht weggegangen, sagte Katja.

Weit kann er ja nicht gekommen sein, bei seinem Tempo, sagte meine Schwiegermutter. Lauf mal ein Stückchen die Gasse runter und schau nach, sagte sie.

Katja wollte loslaufen, aber meine Schwiegermutter hielt sie am Arm fest.

Warte, sagte sie, was zum Teufel …

Was ist denn los?, sagte Katja.

Meine Schwiegermutter deutete in Richtung der Hauseinfahrt und stapfte hin. Katja hinter ihr nach. Jetzt sah sie es auch. Schon wieder: die Enden von Markus Beinen, die aus dem Altpapiercontainer herausschauten, als hätte man einen Besen kopfüber hineingesteckt. Er war, genauso wie vorher, selbst in den Altpapiercontainer hineingekraxelt, um, wie man so schön sagt, zu den Objekten der Begierde zu gelangen, und zwar: die Ausgaben der *Kronen-Zeitung* der mindestens drei letzten Wochen. Meine Schwiegermutter wollte am liebsten losbrüllen, aber aus Angst, die Nachbarin könnte sie hören und somit sehen, wie Markus kopfüber im Altpapiercontainer steckte, traute sie sich nicht loszubrüllen. Deshalb zischte sie nur Unverständliches. Mit hochrotem Kopf, erstens aus Wut und zweitens vor Anstrengung, zerrte sie an Markus' Beinen, der sich vor lauter Angst vor meiner Schwiegermutter, Katja und dem zu erwartenden Zores wie ein Mistkäfer in eine Schreckstarre begeben hatte. Meine Schwiegermutter zischte dabei wie ein überhitzter Kelomat. Die beiden schafften es nicht, ihn nach oben herauszufischen, und legten deshalb den Altpapiercontainer wieder um, zogen Markus der Länge nach heraus, der wie ein Stecken auf dem Asphalt liegen blieb. Er schaute Katja und meine Schwiegermutter mit großen Augen an – so groß es eben mit seinen kleinen, geschlitzten Augen ging – und sagte: UI, ICH DENKE WAS: AUWEH.

Von dem Zeitpunkt an musste meine Schwiegermutter regelmäßig Markus' Zimmer von Dutzenden *Kronen-Zeitung*-Stapeln räumen. Meistens an dem Vormittag, an dem die Firma Saubermacher einmal im Monat kam, um das Altpapier abzuholen und, damit sie sich die Bockigkeiten von Markus ersparte, während er in der Sonderschule war. Wenn er die Räumung mitbekommen hatte, was nicht immer zu verhindern war, stand er stundenlang, oft bis in die Nacht hinein, wie eingefroren in seinem Zimmer und murmelte Sätze vor sich hin wie: AH, WAS DENKE ICH GERADE. WO KANN ICH MIR HIER WEHTUN. ICH MÖCHTE WEINEN.

Eine Katze, etwas zu essen oder Zeitungen, dachte ich wieder, als ich das Plastikrahmenfoto anschaute. Aber wahrscheinlich war es eine Katze, die er unbedingt streicheln wollte, weshalb ihn Katja zu sich ins Bild hatte ziehen müssen.

Meine Schwiegermutter kam wieder zurück. In der Hand eine Schuhkartonschachtel, die sie neben die Topfengolatschen auf den Küchentisch stellte.

Bitteschön!, sagte sie, ich habe mich vorbereitet! Da war deine Holde acht Jahre alt, sagte sie, als sie sah, dass ich mir das Plastikrahmenfoto anschaute.

Mir gegenüber nannte sie Katja immer nur *Holde*. Deine *Holde* undsoweiter.

Und Markus war zehn, sagte sie. Das war wieder einmal eine Katastrophe mit dem Foto hier, weil er unbedingt seine Wurstsemmel sofort und gleich haben wollte. *Nach* dem Foto kriegst du deine Wurstsemmel, habe ich gesagt, sagte sie, aber er wollte sie gleich haben und bockte wieder herum. Die Lebensphasen von Markus kann man in Wurstsorten einteilen, weißt du. (Zusätzlich zu *eine Katze, essen allgemein* und *Zeitungen*, dachte ich.) Als Kind, also bis circa acht Jahre, hatte er die Pikante-Extrawurst-Phase. Darauf folgte als Jugendlicher und junger Erwachsener die Käsewurst-Phase. Seit Jahren ist er nun in der Polnischen-Spezial-Phase (aber nur gebraten!) angekommen. Da gibt es keine Kompromisse, sagte sie, da ist er stur und kapriziert. Na ja, du kennst ihn ja, sagte sie und zündete sich eine Zigarette an. Entschuldige, aber ich bin ein Suchtfetzen. Schon immer gewesen. Ich kann gar nicht mehr zählen, wie oft ich schon aufgehört habe zu rauchen, sagte sie.

Ist schon recht, sagte ich.

Sie machte den Kühlschrank auf, der komplett vollgerammelt war. Zwischen einer Packung Buttermilch und einem

Glas Wiener Salzgurken lagen zu meiner Überraschung eine Schere, ein Tixo-Roller und Nagellack.

Magst du auch ein Bier?, sagte sie.

Ja bitte, sagte ich.

Sie holte zwei Bierdosen heraus, machte sie auf und schenkte das Bier in zwei Saftgläser für Kinder ein, auf denen Donald Duck und Goofy abgebildet waren. Sie setzte sich an den Tisch und atmete schwer. Asthma.

Prost!, sagte sie.

Prost!, sagte ich.

Wir stießen mit unseren Gläsern an. Weil sie in einer Hand das Glas Bier und in der anderen mit Zeige- und Mittelfinger die Zigarette hielt, klemmte sie ein Foto zwischen ihren Ring- und ihren kleinen Finger, fischte es aus dem Karton heraus und hielt es mir hin. Ich nahm es und schaute es mir an. Ich verglich das Foto, das ich in den Händen hielt, mit dem Gesicht der Frau, die mir gegenübersaß. Es waren zwei unterschiedliche Menschen. Das Mädchen auf dem Foto trug ein Hochzeitskleid. Es war so jung, dass das Bild mehr wie ein Faschingsfoto als wie ein Hochzeitsfoto wirkte. Es sah so aus, als hätte sich ein Kind zum Spaß als Braut verkleidet.

Ich war achtzehn, sagte meine Schwiegermutter. Kurz nachdem mir die Regel ausgeblieben ist und sobald ich sicher gewusst habe, dass ich schwanger war, haben wir gleich geheiratet. So schnell wie möglich, wie meine Mutter damals gesagt hat, damit man den Bauch nicht sieht. So war das halt, sagte sie und zuckte mit den Schultern.

Sie nahm einen Bissen von der Topfengolatsche und spülte ihn mit einem Schluck Bier hinunter.

Auf dem Foto hatte sie volles Haar, das zu einem Pagenkopf gekämmt war, jetzt waren ihre Haare schütter, an manchen Stellen schimmerte die Kopfhaut durch und wegen des regelmäßigen Färbens waren sie strohig geworden. Auf dem Foto lächelte sie unverstellt: ein freches und breites Zahnpastalächeln. Ein unschuldiges, wie man so schön sagt.

Ein Grinsen wie ein Hutschpferd, hat mein Papa immer gesagt, sagte sie.

Auf dem Foto waren ihre Zähne gleichmäßig und weiß, jetzt waren sie gelbbraun und schief. Die oberen Schneidezähne fehlten komplett. Stattdessen trug sie eine Brücke, die mit Metallklammern an den beiden Eckzähnen befestigt war. Wenn sie lachte, stachen einem die Metallklammern gleich ins Auge und manchmal plumpste ihr die Brücke dabei aus dem Mund, was immer für einiges Gelächter sorgte, vor allem bei ihr selbst, wenn die Brücke zum Beispiel im Teller mit der heißen Leberknödelsuppe landete. Auf dem Foto waren ihre Augen hellblau und fielen im Kontrast zu den dunklen Haaren und der dunklen Haut umso mehr auf. Jetzt hatten ihre Augen einen grauen, wässrigen Schleier, die Augäpfel drückte es Basedow-artig etwas aus den Augenhöhlen heraus und sie wurden von den Schlupflidern teilweise verdeckt, sodass sie schon eine Sehfeldbeeinträchtigung hatte, wie sie sagte, eine Operation aber erst ab einem gewissen Schweregrad der Beeinträchtigung von der Krankenkassa bezahlt werden würde. Der Arzt stellt den Schweregrad der Beeinträchtigung fest, sagte sie, als ob der von außen beurteilen könnte, wie ich von innen sehe. Aber das ist ja immer so bei den Ärzten, besser gesagt, bei den Amtsärzten, weil die ja immer und in erster Linie darauf schauen, dass es der Krankenkassa gut geht, bevor sie darauf schauen, dass es den Patienten gut geht, nicht wahr? Wenn es nach dem Amtsarzt geht, müsste ich im Gesicht ausschauen wie ein chinesischer Faltenhund, bevor er eine von der Krankenkassa bezahlten Operation an den Augenlidern genehmigen würde, sagte sie und zog an ihrer Zigarette. An den Wangen hatte meine Schwiegermutter blaurote Besenreiser, mit denen sie aussah wie Mecki der Igel, der in verschiedensten Motiven auf Glückwunschpostkarten und den sogenannten Ansichtskarten abgebildet war, die man in meiner Kindheit in jeder Trafik und in jedem Souvenirgeschäft kaufen konnte. Statt der Augäpfel drückte es ihr auf dem Foto die prallen Brüste aus dem Dekolleté heraus, jetzt lagerten sie traurig und schlaff auf ihrer Fettschürze und teilweise auf den Oberschenkeln. Auf dem Foto war sie zwar keine klassische Schönheit, aber sie hatte etwas, das *Gewisse*, wie man sagt, wenn man nicht weiß, wie man es sonst sagen soll. Als ich sie kennenlernte, konnte ich mir gar nicht vorstellen, dass das Katjas Mutter sein sollte, sie hatten nicht die geringste Ähnlichkeit miteinander. Weder vom Aussehen her noch vom Charakter oder wie sie sich bewegten, redeten und lachten. Auf dem Foto schaute aus ihrem Gesicht jetzt doch ein wenig Katja heraus, aber diese Züge waren aus dem Gesicht meiner Schwiegermutter über die Jahre komplett ausgelöscht worden. Das Einzige, was gleich geblieben war, das dachte ich mir zumindest, war ihre Stimme. Die Stimme klang immer noch wie die eines jungen Mädchens, fast wie die eines Kindes, vor allem am Telefon. Am Anfang, als ich sie noch nicht so gut kannte, legte ich oft den Hörer auf, als sie bei uns anrief, weil ich dachte, ein Kind hätte sich verwählt oder machte sich einen Spaß mit einem Telefonstreich (da wusste ich noch nicht, dass sie *niemals* einen Telefonstreich gemacht hätte, aber dazu in Kürze mehr). Noch immer wurde sie von Telemarketern und anderen telefonischen Spenden- oder Anzeigekeilern gefragt: Ist deine Mama auch zu Hause?

Zu der Zeit habe ich an den Wochenenden beim Höllebauer als Schankhilfe gearbeitet, sagte meine Schwiegermutter, nahm mir das Foto aus den Händen, schaute es ein paar Sekunden an und steckte es zurück in die Schuhschachtel mit der Aufschrift: *Humanic*. Kum-a-hin, fiel mir da sofort die Schuhwerbung aus meiner Kindheit ein – manche Konditionierungen kriegt man nie mehr weg.

Ausschenken, abwaschen, Boden aufwischen und kleine Küchenarbeiten wie Zwiebel und Erdäpfel schälen, sagte sie. Das waren meine Aufgaben. Als der Chef gemerkt hat, dass ich den Gästen gut gefalle und der Umsatz an der Schank deswegen gestiegen ist, bin ich nur mehr an der Budel gestanden. Habe ausgeschenkt und mit den Männern Schmäh geführt. Das ist gut angekommen. Beim Chef, seiner Geldtasche und bei den Männern. Aber nur so lange, bis man den Bauch gesehen hat, sagte sie, dann hat er mich rausgeschmissen. Mit einer Schwangeren macht man kein gutes Geschäft, im Gegenteil, es ist schlecht für das Geschäft, weil sich die Männer dann nach fünf Bier nicht mehr vorstellen können, wie sie dir im Getränkelagerraum oder in der Kabine am Männerklo ihren Schwanz in deine Muschi hineinstecken, weil sie sich gleichzeitig vorstellen müssen, dass schon jemand anderes statt ihnen selber seinen Schwanz in deine Muschi hineingesteckt hat und deswegen daraus bald ein verschrumpeltes, schreiendes Baby aus ihr herauskommen wird. Diese Vorstellungen krachen in den Männerköpfen zusammen und verursachen einen Totalschaden. Das geht sich dann nicht mehr aus mit dem Vorstellungsvermögen bei ihnen. Das sind die zwei Dinge, mit denen die Männer die größten Probleme haben, wenn sie im Wirtshaus sind: das Vorstellungsvermögen und das Heimfindevermögen. Als Schwangere ist man keine gute Wichsvorlage, zumindest für die meisten nicht, sagte sie.

Das stimmt wohl, sagte ich.

Natürlich stimmt das, sagte sie. Irgendeine Schwangere oder irgendeinen Küchendragoner haben sie eh selbst zu Hause sitzen. Die brauchen sie nicht auch noch am Wochenende in ihrer Vorstellung im Kopf sitzen haben. Heute stellt sich das bei mir keiner mehr vor, für solche Vorstellungen der Männer wird man ab einem gewissen Alter unsichtbar für sie.

Das stimmt wohl auch, dachte ich, sagte es aber nicht.

Es waren ja meistens nur Bauern und Arbeiter beim Höllebauer, sagte sie. Alles ältere Semester. Die Jungen hat der Höllebauer nicht interessiert. Nur manchmal sind sie vor dem Fortgehen gekommen, um ein bisschen vorzuglühen, weil beim Höllebauer der Alk viel billiger war als in den Bars, Discos und Tanzcafés in der Hauptstadt. Oder sie sind nach dem Fortgehen gekommen, auf ein finales Schichtbier oder ein Fluchtachterl. Da hab ich auch den Vater von deiner Holden kennengelernt. Beim Vorglühen hab ich ihn kennengelernt und nach dem Fluchtachterl hab ich mich dann von ihm im Getränkelager auf einem Reininghaus-Bierfass schwängern lassen, sagte sie. Zu ihm oder zu mir haben wir schließlich nicht gehen können, wir haben ja beide noch bei unseren Eltern gewohnt, nicht wahr?

Sie holte ein Foto aus der Humanic-Schuhschachtel, auf dem sie mit Katjas Vater abgebildet war. Er trug einen Vollbart und einen Trachtenanzug, so wie fast alle Bräutigame zu dieser Zeit auf dem Land Vollbärte trugen und Trachtenanzüge anhatten. Im Gegensatz zu meiner Schwiegermutter schaute mein Schwiegervater jetzt viel jünger aus als auf dem Foto. Mit Vollbart und Trachtenanzug schaut jeder älter aus, als er ist. Sieht man so jemanden mit Trachtenanzug und Vollbart, den man schon seit zwanzig Jahren nicht mehr gesehen hat, und denkt sich: Der ist überhaupt nicht älter geworden!, dann weiß man sofort, dass man falsch denkt, dass derjenige nicht nur nicht nicht älter geworden ist, sondern dass er niemals jung und damals schon alt ausgeschaut hat, dachte ich.

Ist dir bei der Schwangerschaft irgendwas aufgefallen?, sagte ich, um schön langsam auf das Thema zu kommen, weswegen ich mich überhaupt mit meiner Schwiegermutter getroffen hatte.

Nein, gar nichts, sagte sie. Zumindest kann ich mich an nichts Außergewöhnliches mehr erinnern. Außerdem, ich war erst achtzehn. Achtzehn!, sagte sie. Was interessiert dich schon mit achtzehn, oder? Mutterschaft sicher nicht. Unter einer Mutter habe ich mir nur meine eigene vorstellen können und die war in meinen Augen alt – ich war achtzehn, wie gesagt, das Gegenteil von alt. Das Tamtam um eine Schwangerschaft, wie es heutzutage gemacht wird, hat es damals auch nicht gegeben. Dass ich bald ein Kind haben werde, hab ich erst beim Einsetzen der ersten Wehen so richtig kapiert. Vorher hab ich ganz normal weitergelebt. Hab hie und da ein Bier getrunken, hie und da eine Zigarette geraucht, bin baden gegangen und Ski gefahren und habe ohne schlechtes Gewissen mit dem Vater deiner Holden getupft, weil es eh schon wurscht war. In ein volles Krügel Bier kann man ja nichts mehr einschenken, nicht wahr?, sagte sie und lachte laut.

Immer wenn es irgendwie zum Thema passte, verwendete sie das Wort *tupfen* für Geschlechtsverkehr, was vor allem Katja ärgerte. Warum muss sie immer so primitiv daherreden, sagt Katja oft, dachte ich, wo sie sie schon hundertmal gebeten habe, nicht so primitiv daherzureden, sie wisse doch, dass sie in Wahrheit gar nicht so primitiv sei, dass es nur eine Masche von ihr sei, sie sich aber schön langsam nicht mehr sicher sei, ob es auch wirklich eine Masche war. Vor allem bei Leuten, die sie nicht kenne, müsse sie doch nicht immer so primitiv daherreden. Worauf meine Schwiegermutter immer sagt: Tupfen hat schon meine Oma gesagt.

Ja, und?, sagte Katja dann. Wen interessiert das schon? Die Urli-Oma hat auch Neger gesagt! Musst du deshalb auch Neger sagen? Man kann auch gescheiter werden, oder? Ich weiß, du nicht, du sagst ja selbst auch Neger! Du sagst ja sogar Topfenneger zu einem, der dir wieder zu weiß ist. Zu weiß passt auch nicht. Nicht zu wenig weiß und nicht zu viel weiß hat man zu sein. Aber wenn du schon nicht einmal nicht Neger sagen kannst, kannst du wenigstens nicht tupfen sagen? Kannst du nicht einfach *Sex haben* statt tupfen sagen? Oder *miteinander schlafen?* Oder von mir aus *murmeln, bumsen* oder *schnackseln?* Weißt du, was meine Mutter gesagt hat, als ich ihr meinen ersten Freund vorgestellt habe?, hat mir Katja einmal erzählt, fiel mir ein. Sie hat ganz ernst dreingeschaut, ihm die Hand hingehalten und gesagt: Schon getupft die Woche? Kannst du dir das vorstellen?, hat sie gesagt. Da war ich fünfzehn. Fünfzehn! Aber das hat sie immer schon mit allem gemacht, das ihr wichtig war, beziehungsweise mit allem, bei dem sie sich eingebildet hat, dass es wichtig für sie sei. Was für sie wichtig war, ist in Wirklichkeit für sie und für uns immer nur schlecht gewesen, hat Katja gesagt, dachte ich. Warum muss man um acht Uhr in der Früh noch vor dem Kaffee eine Dose Bier trinken?, frag ich dich, hat sie gesagt. Wo sie es doch so mit dem Blutdruck hat. Und dazu eine Topfengolatsche? Wo sie es doch so mit dem Zucker hat. Und den Kaffee nach dem Bier trinkt sie ja nur, damit sie wiederum nach dem Kaffee eine Zigarette rauchen kann, weil ihr die Zigarette nur nach dem Kaffee schmeckt. Und das, wo sie doch so starkes Asthma hat. Hundertmal habe ich es ihr schon gesagt, aber es hilft nichts, sie antwortet immer nur mit einem ihrer Sprüche wie: *Beim Ersaufen erspart man sich wenigstens das Begraben,* oder: *Was weiß das Ross schon, welcher Tag es ist, wenn es jeden Tag ein Heu gibt,* hat Katja gesagt, dachte ich.

In der letzten Zeit, in der das Thema Kinderkriegen bei uns immer öfter besprochen worden ist, hat meine Frau bei unseren Besuchen regelmäßig angemerkt, wenn meine Schwiegermutter es schon nicht für Katja tue, um was sie sie die ganze Zeit bitte, ob sie es nicht wenigstens für ihre Enkel tun möchte, die womöglich bald auf die Welt kämen. Möchtest du nicht deine Enkel erleben?, hat Katja gesagt. Möchtest du sie nicht aufwachsen sehen? Zumindest ein paar Jahre? Möchtest du nicht sehen, wie sie gehen und reden lernen? Wie sie Radfahren und Skifahren lernen? Möchtest du nicht sehen, wie sie sich aufs Christkind freuen? Den Osterhasen? Den ersten Schnee? Wie sie als Taferlklassler die Schultüte halten? Möchtest du nicht erleben, dass sie dir zu deinem Geburtstag ein Gedicht aufsagen? Oder ein Lied vorsingen? Oder ein Bild malen?, hat sie gesagt. Meine Schwiegermutter hat dann immer den einen Satz gesagt: *Wenn du auch den Schnee verbrennst, so bleibt dir doch die Asche.* Worauf Katja wieder gesagt hat: Rede doch nicht so geschwollen daher undsoweiter undsofort, dachte ich.

Und nach der Geburt von Markus?, sagte ich zu meiner Schwiegermutter. Ist dir da nichts aufgefallen an ihm? Hast du nicht gemerkt, dass etwas nicht gestimmt hat?, sagte ich.

Nein, anfangs nicht, sagte sie. Das Einzige, das mir aufgefallen ist, war sein ruhiges Gemüt. Er hat schon als Baby diese Ruhe gehabt. Das ist mir aber natürlich nur positiv aufgefallen. Schon nach der Geburt war er ruhig. Er hat nicht so geschrien, wie es die Babys sonst tun bei der Geburt, mit rotblau angelaufenem, verdrücktem Kopf und zusammengekniffenen Augen. Er hat ein paarmal gegluckst und dann nur mehr geschmatzt, an seiner Hand gesaugt und geschaut. Da habe ich mich gefreut und gedacht: Was für ein Glück! Die ganzen Horrorgeschichten von den nächtelang durchschreienden Babys und den tagelang durchschreienden Schreibabys, der Schwangerschaftsdepression, oder dass man keine Lust mehr aufs Tupfen hat – das gab es bei mir alles nicht. Natürlich glaubt man als Mutter, vor allem beim ersten Kind, dass das an einem selbst liegt, an der tollen Erziehung, dass man instinktiv, also von Haus aus eine gute Mutter ist, was natürlich völliger Schwachsinn ist. Die Kinder sind so wie sie sind von Anfang an, ganz ohne Grund und Erziehung. Da kann man selbst gar nichts dafür. Markus hat fast nie geschrien, und wenn er geschrien hat, dann wegen Hunger oder Durst. Nach der Abfütterung war er wieder zufrieden, hat mit seinen Zehen gespielt und sich interessiert die Gegend angeschaut, sagte sie.

Wann hast du es denn bemerkt?, sagte ich.

Von Anfang an habe ich mir gedacht: Was für ein braves Kind, sagte sie wieder und zog an ihrer Zigarette. Die einzigen Wünsche und Erwartungen, die man von einem Kind damals gehabt hat, waren ja, dass es brav ist und dass es gesund ist. Und dass es folgt natürlich. Ein Kind hat folgen müssen. Hat alles das tun müssen, was ihm die Erwachsenen vorgeschrieben haben. Ohne Widerrede, sonst … sie schlug mit dem Handrücken ihrer rechten Hand ein paarmal in die Handfläche der anderen, dass es klatschte. Alles andere ergibt sich von selbst, sagte sie. Das war bei Markus alles nicht der Fall. Heute würde ich sagen, er war lethargisch. Aber mit achtzehn kannte ich noch nicht einmal das Wort *lethargisch*. Das hätte einen vielleicht stutzig machen können, dass er immer so lethargisch war. Und er hatte einige körperliche Merkmale, an denen man es hätte erkennen können, von denen ich aber natürlich genauso keine Ahnung gehabt habe, wie überhaupt generell von Down-Syndrom, sagte sie.

Welche körperlichen Merkmale?, sagte ich.

Seine Hände waren ungewöhnlich breit und die Finger kurz und dick, sagte sie. Durch die ganze Handfläche ging bei ihm waagrecht eine tiefe Rille. Da war ich am Anfang auch stolz darauf und habe jedem erzählt: Das ist die Lebenslinie! Markus wird einmal ein langes Leben haben! Gemerkt hat es dann erst der Kinderarzt. Mir ist es schon komisch vorgekommen, weil er Markus bei der Untersuchung immer wieder von oben bis unten angeschaut, ihn abgetastet und ihm mit einer Lampe in den Mund hineingeleuchtet hat.

Sehen Sie das?, hat der Doktor gesagt und auf die Rille gezeigt, von der ich geglaubt habe, es ist die Lebenslinie. Das nennt man Vierfingerfurche. Sie erstreckt sich bei Markus über den ganzen Handteller, hat er gesagt.

Dann hat er ihm die Socken und die Strampelhose ausgezogen und seine Füße und Zehen inspiziert.

Sehen sie das?, hat er gesagt, und auf den Spalt zwischen dem großen Zeh und dem Zeigezeh gezeigt. Das ist eine sogenannte Sandalenlücke, hat er gesagt. Das Wort hab ich vorher auch noch nie gehört gehabt. Ich hab überhaupt nicht verstanden, wovon er geredet hat und worauf er überhaupt hinauswollte. Ich wollte einfach die Mutter-Kind-Pass-Untersuchung so schnell wie möglich erledigen, damit ich mit meiner Freundin Gerti ins Freibad gehen konnte. Mit dem Freibad ist es nichts geworden an diesem Tag, das weiß ich noch genau.

Ist Ihnen nicht aufgefallen, dass bei Markus die Zunge aus dem Mund herausschaut?, hat der Doktor gesagt, sagte sie.

Nein, ja, manchmal vielleicht, habe ich gesagt. Warum denn?

Er hat mit der linken Hand die Wangen von Markus zusammengedrückt, damit er den Mund weit aufmacht, damit der Doktor besser in seinen Mund hineinschauen hat können. Der restliche Körper hat sich gewunden und der Doktor hat den Kopf fest nach hinten gedrückt und mit seiner Doktorlampe, die ausgeschaut hat wie ein Kugelschreiber und die er immer in der Brusttasche seines weißen Mantels stecken gehabt hat, in seinen Mund hineingeleuchtet.

Sehen Sie den schmalen, hohen Gaumen und die Zunge? Vor allem die Zunge, hat der Doktor gesagt, schauen Sie, sehen Sie die Zunge? Er hat eine viel zu große Zunge für ein Kind seines Alters, hat er gesagt, viel zu groß.

Ja und?, habe ich gedacht. Was ist hier eigentlich los? Ich habe mich überhaupt nicht ausgekannt, was der von mir will! Ich wollte den Stempel im Mutter-Kind-Pass haben, Markus bei meiner Mama abgeben und dann ab ins Freibad, sonst nichts!, sagte sie. Und dann habe ich das Wort, das ich vorher noch nie gehört habe und das mich ein Leben lang begleiten und das Normalste für mich werden würde, zum ersten Mal gehört. Der Doktor hat eine Pause gemacht, eine dieser unangenehmen Pausen, wo man weiß, dass gleich keine gute Nachricht kommen wird, und gesagt: Es tut mir leid, Ihnen das sagen zu müssen, aber ich befürchte, Markus hat Trisomie 21. Ich hab ihn natürlich nur verständnislos angeschaut, darum hat er gesagt: Down-Syndrom, Markus hat das Down-Syndrom. Ich hab ihn weiter verständnislos angeschaut, den Kopf geschüttelt und die Schultern hochgezogen. Der Doktor hat geseufzt, die Brille abgenommen und sich mit einer Hand die Augen gerieben. Mongolismus, hat er gesagt, Markus hat Mongolismus. Ich konnte nichts sagen. Ein Mongo?, habe ich gedacht, Markus ist ein Mongo? *Ich* habe einen Mongo?, habe ich gesagt. Der Doktor hat genickt, obwohl ich nichts dazu gesagt habe, sagte meine Schwiegermutter, und ich hatte den Eindruck, sie war in dem Moment genauso betroffen, wie sie es damals gewesen war.

Ich weiß, es ist traurig, aber von dem Moment an habe ich ihn mit anderen Augen gesehen, sagte sie. Alles, was ich vorher als positiv angesehen habe, war auf einmal negativ. Weil es ja nur aufgrund seines Mongolismus vermeintlich positiv gewesen ist. Er war nur deshalb so, weil er ein Mongo war. Ich hab lange gebraucht, ihn so zu nehmen wie er ist, aber ganz habe ich es nie geschafft, aber das weißt du ja selber, sagte sie. Und trotzdem, er war auch mein Mongerl, mein süßes, kleines Mongerl. Er war halt ein bisschen anders, das habe ich natürlich gewusst, aber nicht richtig akzeptieren wollen. Deshalb wollte ich ihn nicht anders behandeln als deine Holde zum Beispiel oder jedes andere, normale Kind. Aber das geht halt nicht, das weiß ich heute, sagte sie. Er ist halt einmal anders, Aus, Schluss, basta, und das hat er selbst auch bald begriffen, dass er anders ist als die anderen Kinder, sagte sie.

Sie nahm einen Schluck Bier und zündete sich eine neue Zigarette an, die andere war fast unbenutzt im Aschenbecher steckend verraucht.

Solange er zu Hause war, ist eigentlich alles gut gewesen. Wir waren ihn ja alle gewohnt, so wie er war, und er ist auch verwöhnt worden, vor allem von der Oma, die ihm alles zum Arsch gerichtet hat, sagte sie. Da hat er schon gelernt, seine Trisomie wie ein Ass aus dem Ärmel auszuspielen. Ich hab ihn oft stampern müssen deswegen und bin dann auch regelmäßig mit der Oma zusammengekracht. Aber das waren Kleinigkeiten. Die Probleme sind erst später gekommen. Die Einrichtungen auf dem Land sind nicht vorbereitet für geistig Behinderte, sagte sie. Im Kindergarten haben sie ihn mit Müh und Not noch genommen. Aber auch nur, weil ich den Bürgermeister noch von der Schank beim Höllebauer gekannt habe und er einer von denen gewesen ist, die mir gerne im Getränkelagerraum oder in der Kabine am Männerklo seinen Schwanz in die Muschi hineingesteckt hätten. Der hat dann interveniert und sie haben ihn halt gnadenhalber genommen und es mich natürlich auch spüren lassen, dass er nur gnadenhalber genommen worden ist. In der Volksschule war dann Schluss, ein paar Monate war er noch dabei, da hat er vor Beginn des neuen

Schuljahres ein bisschen schnuppern dürfen. Regulär musste er dann in die Sonderschule, aber wir hätten ihn sowieso aus der Volksschule rausgenommen, sagte sie.

Warum denn? Wäre es nicht besser gewesen, ihn mit den Kindern aus dem Ort in die Schule gehen zu lassen?, sagte ich.

Jo mei!, sagte meine Schwiegermutter.

Das sagte sie immer, wenn sie auf Fragen keine Antworten wusste beziehungsweise nicht antworten wollte, weil es ihr zu stressig war zu antworten. Sie kramte in der Schuhschachtel herum und holte ein Schul-Mitteilungsheft heraus.

Bitteschön, das ist von Markus, sagte sie und hielt es mir hin. Ich nahm es und blätterte darin. Auf der einen Seite waren Einträge von Markus' Lehrer, auf der anderen Seite waren, nach Datum geordnet, Notizen von meiner Schwiegermutter.

Die Anrufe haben gleich einmal angefangen, wie Markus in die Volksschule gekommen ist, sagte sie. Irgendwann habe ich mir angewöhnt, sie sporadisch mitzuschreiben. Das hat mir geholfen, eine Distanz aufzubauen, verstehst du? Es hat dann etwas von einem Protokoll gehabt, das ich wie ein Unbeteiligter interessiert habe durchlesen können, sagte sie.

Was meinst du?, sagte ich.

Sie schaute mich überrascht an.

Hat dir deine Holde nie davon erzählt?, sagte sie.

Nein, sagte ich.

Meine Schwiegermutter zuckte mit den Schultern und zog an ihrer Zigarette.

Ich las mir die Notizen durch …

26.01., halb zehn am Abend. Katja hebt ab: Dein Bruder ist ein Gestörter.

Ich verbiete Katja bis auf Weiteres, das Telefon abzuheben.

Im Mitteilungsheft stand ein Eintrag des Klassenlehrers:

Bitte tropffreies Uhu nicht vergessen einzupacken.
14. und 15.02., zwölf Uhr nachts: Fünfzehnmal läuten. Die Kinder weinen, ich muss sie lange beruhigen, bis sie wieder einschlafen.
Eintrag im Mitteilungsheft vom Klassenvorstand:
Markus arbeitet heute sehr brav und ohne zu bocken, es ist wirklich lustig, mit ihm zu arbeiten!
09.03., neun Uhr und halb zehn vormittags. Ich hebe ab: Mongoloidenbrut verschwinde von hier, und: Mongosau verrecke.
Mit Markus gibt es in der Schule keinerlei Probleme, er arbeitet nach wie vor sehr brav und es gibt auch keine disziplinären Schwierigkeiten.
12.03., halb fünf am Abend. Roland hebt ab: Euer Mongokind hat in unserer Schule nichts zu suchen.
Ich freue mich, dass Markus heute wieder einmal recht brav mitgearbeitet hat (was man von den letzten beiden Stunden leider nicht sagen konnte).
05.04, drei Uhr nachts. Zwanzigmal läuten. Beim Abheben meldet sich niemand. Markus bekommt nichts mit. Katja wimmert lange, bevor sie wieder einschläft.
Markus hat seine schmutzige Unterhose in der Schultasche.
Er muss eine Seite des Mitteilungsheftes vollschreiben:
Die schmutzige Unterhose gehört nicht in die Schultasche.
Die schmutzige Unterhose gehört nicht in die Schultasche.
Die schmutzige Unterhose gehört nicht in die Schultasche.
Er hat eine schöne Handschrift.
15.04., acht Uhr abends. Früher hätte man euren Gestörten vergast.
01.05., wir bekommen hoffentlich bald die Geheimnummer.
Bitte die Unterhose aus der Schultasche nehmen.
15.05., vormittags mehrere Anrufe. Es sind immer dieselben

Lieder zu hören: Sag zum Abschied leise Servus, und: *Spiel mir das Lied vom Tod.* Im Hintergrund Gelächter.
Am Montag bitte Frühlingsblumen mitbringen! Wir gestalten einen Blumenstrauß für Pfingsten.
01.06., wir haben endlich die Geheimnummer, seit einigen Tagen kein Telefonterror mehr.
Das verschwundene Mitteilungsheft ist im Bankfach des Jausentischs wieder aufgetaucht.
Die Seiten sind mit Fettfingerabdrücken übersät.
Lieber Herr Klassenvorstand, Markus' Mama musste mit einem Blutsturz ins Krankenhaus. Hoffen wir das Beste. Unterzeichnet: Omi von Markus.

Davon wusste ich gar nichts, sagte ich.

Meine Schwiegermutter zuckte wieder mit den Achseln.

Jedenfalls haben wir Markus von dort herausgenommen und ihn in der Sonderschule angemeldet, sagte sie. Das war natürlich vom Aufwand her viel größer, weil ich immer in die Hauptstadt hab fahren müssen. Auf dem Land gibt es scheinbar keine Behinderten, sagte sie. Mit Arbeitengehen war dann natürlich auch gleich mal Schluss.

Die Mutter der Vorurteile ist die Verallgemeinerung, dachte ich. Als ich noch ein Kind war und es noch keine Mobiltelefone gab, hörte man ja öfter von Telefonterror, und man selbst machte Telefonstreiche, aber diese Dokumentation zu lesen war wie ein Schlag in den Magen. Der Terror mitleidloser Angstmenschen, die von klein auf darauf abgerichtet zu sein scheinen, ein bisschen hinaufzukommen in ihrem Leben, nur um von der winzigen Erhöhung, auf die sie es schließlich schaffen, nach unten zu treten und über Dritte andere auszurichten und schlechtzumachen, oder am liebsten aus der Anonymität heraus in andere Leben ihre Gemeinheiten, die sie sonst keinem zu sagen trauen, hineinschlatzen zu können, ist der feigste überhaupt, dachte ich. Da hilft nur mehr die Mauser mit Zielfernrohr und Schalldämpfer, hätte mein Vater gesagt, der Mord als Rache grundsätzlich als adäquate Reaktion schon für weit weniger schlimme Vorfälle hielt, wenn sich jemand zum Beispiel ohne zu fragen auf seinen Parkplatz hin geparkt hatte. Ich stellte mir teigige Gesichter vor, Duckmäuser mit Augen wie wurmbefallene Katzenkotlöcher und Mündern ohne Lippen, die die Gehässigkeiten im mit billigem Schnaps angetrunkenen Mut wie ihren Darminhalt in der Telefonmuschel hinunterspülten, wusste aber, dass es dann doch wieder ganz normale, sonst freundliche Menschen waren, mit denen man sich beim Warten in der Schlange an der Supermarktkassa über das Wetter unterhielt. Am Gottvertrauen scheitert nichts, nur am Menschenvertrauen, dachte ich. Das Wort *Vernadergehirn* fiel mir ein und ein Hass stieg in mir auf, der aber gleich von der Angst verdrängt wurde: Was, wenn mein Kind auch Down-Syndrom hat und solchen Anfeindungen wie Markus ausgesetzt ist? Und wenn es auch keinen Anfeindungen ausgesetzt ist, so wird es doch immer dem Anderssein ausgesetzt sein. Als Jugendlicher glaubt man immer, anders als die anderen sein zu müssen, bis man merkt, wie es denjenigen ergeht, die wirklich anders sind und nicht nur so tun müssen als ob, dachte ich. Dann ist man ganz schnell froh, nicht anders zu sein als die anderen, sondern in seiner normalen Angepasstheit in der Gleichgültigkeit und Gleichheit der Masse untergehen zu können und seine Ruhe zu haben. Als Lehrling fuhr ich, bevor ich mir ein Moped leisten konnte, jeden Tag mit dem Zug zur Arbeit. Um diese Zeit warteten nur wenige Leute auf dem Bahnsteig. Die Schichtarbeiter aus den umliegenden Stahlwerken, die meistens um sechs Uhr und noch früher anfingen, waren schon weg, und die Schüler, die in die sogenannten höheren Lehranstalten aus den Dörfern in die Bezirkshauptstadt fuhren und deren Unterricht zwischen halb acht und acht Uhr losging, waren noch nicht da. Die sah ich dann im Zug am Abend bei der Heimfahrt. In dieser Übergangszeit um halb sieben warteten nur zwei Personen am Bahnhof auf den Regionalzug: ich und noch ein Lehrling. Er war ein, zwei Jahre jünger als ich, das konnte ich schlecht abschätzen, weil er offensichtlich zurückgeblieben war und ich ihn nicht von der Schule her kannte. Er war Malerlehrling in einem Betrieb im gleichen Ort und an der gleichen Straße wie der, in dem ich arbeitete. Er trug immer eine weiße, von Farbspritzern übersäte Malermontur und erinnerte mich an die Figur aus dem Märchen Zwerg Nase. Er war vielleicht knappe eins sechzig groß und hatte im Verhältnis zu seiner Körpergröße viel zu groß wirkende Füße, circa Schuhgröße fünfundvierzig, die in klobigen, ebenfalls mit Farbe bespritzten Bergschuhen steckten. Das war aber nicht das Schlimme, verheerend waren sein Kopf und sein Gesicht. Seine Ohren waren zerknüllte Hautklumpen und schauten aus wie geschmolzene Plastikteile. Auf dem Kopf hatte er nur wenige Haare und die wenigen, die er hatte, waren dicke, drahtige Kramsen, die ihm in alle Richtungen vom Kopf standen, der nicht größer wirkte als ein Handball. Die Gesichtsbehaarung fehlte komplett, samt Augenbrauen und Wimpern. Der Mund und die Nase waren durch die Vernarbungen eines Wolfrachens schief und verzogen, weshalb er beim Reden nur schwer zu verstehen war, die Worte spuckte und zischte er einem in einem schrillen Tonfall entgegen, als wäre er permanent aufgeregt und zornig, beziehungsweise war er permanent aufgeregt und zornig. Seine kleinen Schweinsaugen, die durch eine dicke, für seinen Kopf viel zu große und, wegen der verklumpten Knorpel seiner Restohren mit einem Gummiband schief am Kopf befestigte Krankenkassabrille unnatürlich vergrößert wurden, wanderten dabei ununterbrochen hin und her und schauten einem beim Reden nie ins Gesicht. Verstand man die Worte nicht, die er sagte, meinte man, er stieße wüste Beschimpfungen gegen einen aus, was natürlich auch oft der Fall war, weil er selbst aufgrund seines Aussehens täglich gehänselt, besser gesagt beschimpft wurde und er ein normales Gespräch fast nicht gewohnt war, was auch der Grund dafür war, dass er mich bei unserer ersten Begegnung auch gleich zur Sau machte, ich glaube, er sagte: *wag gschaugst gu mig go ang gu Hurenging* und zeigte mir den Mittelfinger. Es dauerte ein paar Tage, bis wir, während wir auf den Zug warteten, normale Gespräche führen konnten. Er stellte sich mir als Paul vor. Ich möchte nicht sagen, dass wir uns anfreundeten, aber wir verbrachten doch täglich einige Zeit miteinander. Manchmal wartete er schon nach der Arbeit bei der Hofeinfahrt meiner Firma und wir gingen gemeinsam zum Bahnhof oder kauften uns vorher noch ein Bier, das wir zusammen am Mürz-Ufer tranken. Beim Nachhausefahren war der Zug immer voll mit den Schülern der höheren Lehranstalten. Die älteren von ihnen machten sich einen Sport daraus, jüngere Schüler am Aussteigen zu hindern und sie zu zwingen so viele Stationen wie möglich mitzufahren. Manche wehrten sich, die kamen früher raus, andere wurden fast täglich unter Tränen bis zur Endstation mitgeschliffen, wie sie sagten. Es waren meistens dieselben, die mitschliffen und dieselben, die mitgeschliffen wurden. Einmal setzten wir uns nach der Arbeit in einen Waggon, der leer war, außer uns und einer Gruppe von Schülern aus einer höheren Lehranstalt. Wir waren ruhig und verhielten uns unauffällig, was freilich für jemanden mit Pauls Gesicht unmöglich war, weil er immer auffiel, auch wenn er sich unauffällig verhielt. Natürlich machten sie sich gleich über ihn her, sobald sie ihn bemerkt hatten. Ich wechselte die Seite, damit sie uns nicht direkt sahen, und deutete Paul, dass er zu mir rüberkommen und sich neben mich setzen sollte, aber er blieb sitzen. Er hatte keine Angst mehr, ihm war das scheißegal, für ihn war es Routine. Sie sagten was und er zischte was zurück. Sie fragten ihn, ob er das uneheliche Kind des Glöckners von Notre-Dame sei, ob seine Mutter Schnaps statt Milch in ihren Tutteln gehabt habe undsoweiter. Er zischte was zurück und zeigte ihnen den Mittelfinger. Es ärgerte sie, dass er sich nichts gefallen ließ und keine Angst hatte. Das waren sie nicht gewohnt. Als sie mit den Beschimpfungen nicht weiterkamen, schickten sie zwei von ihnen rüber. Groß, sportlich, coole Frisuren. Schwiegersöhne, wie sie sich Mütter für ihre Töchter wünschten, die man selbst nie kriegen würde.

Wo geht's denn hin, Kleiner?, sagte einer, und sie setzten sich zu ihm.

Dag gehg eug eineng Scheigdreck ang, ihr Wingser, sagte er.

So ein kleiner Frechdachs, sagte der andere, findest du nicht auch?

Ein schlimmer Bub, sagte der eine.

Sie fragten ihn noch einige Gemeinheiten, aber Paul reagierte nicht mehr, sondern schaute aus dem Zugfenster hinaus.

Dann fuhr der Zug in unseren Bahnhof ein und ich stand auf, um auszusteigen. Kurz blieb ich bei ihnen stehen und schaute Paul an.

Ist was?, sagte einer der Älteren.

Ich schüttelte den Kopf und ging weiter, machte die Waggontür auf und ging raus. Durch das Fenster der Waggontür konnte ich sehen, wie sie sich bei Paul unterhakten und ihn festhielten. Er versuchte erfolglos, sich aus den Griffen herauszuwinden. Seine Gummiband-Krankenhausbrille war vollends verrutscht und ich hörte noch sein Quietschen, das mich an das Quietschen von Albert erinnerte, dann stoppte der Zug und ich stieg aus. Nach einem kurzen Aufenthalt fuhr er wieder los und ich sah, wie Paul mir durch das Zugfenster den Mittelfinger zeigte.

Am nächsten Tag in der Früh ging er an mir vorbei und setzte sich auf eine andere Bank. Auch im Zugabteil setzte er sich woanders hin. Er redete nie mehr mit mir. Das war, wie gesagt, das erste Mal, dass ich froh war, nicht anders zu sein als die anderen, sondern in meiner normalen Angepasstheit in der Gleichgültigkeit und Gleichheit der Masse untergehen zu können und meine Ruhe zu haben. Viele Jahre lang, und manchmal sogar heute noch, musste ich vor dem Einschlafen an diese Situation denken und konnte, weil ich mich darüber so aufregte, nicht einschlafen. Erst bei der Vorstellung, den Schülern der höheren Lehranstalt, die Paul mit ihren Eishockeyspieler- und Zehnkämpferarmen festhielten, um ihn mitzuschleifen, mit meinem Stanley-Messer die überheblichen Katalogmodelgesichter aufzuschlitzen, dass sich ihr Fleisch durch die glatte, gespannte aufgeschlitzte Haut herausstülpt wie geplatzte Knacker-Würstel auf einem überhitzten Griller und mit meinem Phasenprüfer-Schraubenzieher ihre schönen und freundlichen Augen auszustechen, beruhigte sich mein Puls wieder und ich konnte endlich einschlafen. Ich glaube, das war die Kompensation für meine Scham, weil ich genau wusste, dass es gar nicht nötig gewesen wäre, den Schülern aus den höheren Lehranstalten mit meinem Stanleymesser die Katalogmodelgesichter aufzuschlitzen oder ihnen mit meinem Phasenprüfer-Schraubenzieher die freundlichen Augen auszustechen. Es hätte wahrscheinlich schon gereicht, wenn ich gesagt hätte: Lasst ihn in Ruhe, komm, Paul, wir gehen.

Ich las mir die Notizen meiner Schwiegermutter nochmals durch und bekam erst jetzt den letzten Satz mit dem Blutsturz richtig mit, den die Omi von Katja ins Mitteilungsheft geschrieben und den ich beim erstmaligen Lesen vor lauter Wut ganz übersehen hatte. *Lieber Herr Klassenvorstand, Markus' Mama musste mit einem Blutsturz ins Krankenhaus. Hoffen wir das Beste. Unterzeichnet: Omi von Markus.*

Blutsturz?, sagte ich, was für ein Blutsturz?

Meine Schwiegermutter winkte ab. Das war was, sagte sie, als hätte mich jemand in der Küche mit einer Schrotflinte niederkartätscht.

Was ist denn passiert?, sagte ich.

Nach Markus und deiner Holden bin ich noch mal schwanger geworden, sagte sie. Diesmal habe ich alle Untersuchungen durchgezogen, inklusive Fruchtwasserpunktion. Dabei ist herausgekommen, dass das Kind schwerstbehindert sein wird. Mit allem Drum und Dran: Organschäden, offener Rücken undsoweiter, sagte sie. Darum habe ich es wegtun lassen. Der Eingriff ist nicht mal im Krankenhaus gemacht worden. Mein Frauenarzt hat es gleich bei ihm in der Praxis erledigt, unter örtlicher Betäubung, wie man so schön sagt. Dauert nur ein paar Minuten!, hat er gesagt, sagte sie. Das hat auch gestimmt. Das Ganze hat wirklich nur ein paar Minuten gedauert. Danach war ich froh und erleichtert. Er hat noch gesagt, dass es zu Blutungen kommen kann, das sei nichts Außergewöhnliches. Auch Schmerzen im Unterleib und Krämpfe seien normal. Das hat auch beides gestimmt, darum hab ich mir nichts dabei gedacht, dass ich am Abend ziemlich geblutet und Krämpfe gehabt habe. Ich hab die Nacht kaum geschlafen wegen der Schmerzen. Jede Stunde hab ich die Unterwäsche gewechselt und die Stoffwindeln, die ich noch von den Kindern gehabt und die ich mir auf das Bett gelegt habe. In der Früh war ich dementsprechend fertig und bin etwas länger liegen geblieben als sonst. Ich war richtig schwach und wackelig auf den Beinen.

Wie ich in die Küche hinuntergegangen bin, waren die Kinder schon da. Sogar Markus, der sonst immer der Letzte gewesen ist. Ich hab mit den Kindern geplaudert und die Erdäpfel für das Mittagessen aufgestellt. An viel kann ich mich dann nicht mehr erinnern. An das Geräusch kann ich mich aber gut erinnern: ein kräftiges Platschen, wie wenn man einen Kübel Aufwischwasser auf den Asphalt ausschüttet. Und dass mein Nachthemd pitschnass an meinen Beinen geklebt ist, kann ich mich auch noch erinnern, und an den Geruch, der mir warm in die Nase gestiegen ist, wie wenn man im Winter von der Kälte in den Verkaufsraum vom Fleischhacker hineingeht. Dann war ich weg. Bewusstlos. Die Omi, die im oberen Stock gewohnt hat, hat mir später erzählt, wie sie die Kleine nach ihr schreien gehört hat. Da hat sie schon gewusst, dass etwas passiert ist, weil die Kleine sonst nie geschrien hat. Gejammert und gesudert, ja, aber nie geschrien. Ein hoher, schriller Ton sei es gewesen, mehr ein lautes Quietschen als ein Schreien, eine kindliche Sirene. Sie ist sofort runtergelaufen und hat ein Bild vorgefunden, das sie nie vergessen wird, wie sie gesagt hat, ein Bild des Schreckens, wie es in den Zeitungen immer steht. Sie hat geglaubt, jetzt ist es aus mit mir. Immer wieder und über viele Jahre hinweg hat sie aus heiterem Himmel gesagt: Damals habe ich geglaubt, es ist aus mit dir. Oder wenn wir ein paar Tage auf Urlaub gefahren sind, hat sie gesagt: Und schön auf dich aufpassen, ich habe schon einmal geglaubt, dass es aus ist mit dir, sagte meine Schwiegermutter.

Katja saß, den Erzählungen der Großmutter nach, am Küchentisch und schrie in diesem hohen Sirenenton, dass sich ihre Großmutter in der Küche die Ohren zuhalten musste. In der Hand hielt sie ein Marmeladebrot, von dem sie nur einmal abgebissen hatte. Das wusste die Großmutter, weil ihr beim späteren Aufräumen und Putzen der Küche das Brot untergekommen war und sie sich den Anblick der kleinen Zahnabdrücke in der Butter gemerkt hatte. Sie habe auch nicht gewusst, warum sie sich ausgerechnet den Anblick der kleinen Zahnabdrücke in der Butter gemerkt hatte, aber wahrscheinlich deshalb, um die anderen Bilder aus dem Kopf herauszubekommen. Was ist passiert!? Was ist passiert!?, habe sie gerufen, aber natürlich gleich gewusst, was passiert war, als sie die Schwiegertochter in der Blutlache liegen gesehen hatte. In einer Hand habe sie noch den Sparschäler gehalten, weil sie in dem Moment des Blutsturzes Erdäpfel für das Püree geschält hatte, und in der anderen ein kariertes Geschirrhangerl, das schon bis zur Hälfte mit Blut vollgesogen war. Markus sei, im Gegensatz zu meiner Holden, ganz ruhig auf der Eckbank gesessen, habe an einem Bissen von seinem Marmeladebrot gekaut und gesagt: AH, ICH DENKE GERADE WAS, ICH GLAUBE, DIE MAMA HAT WEH. Als Erstes habe sie die Kinder aus der Küche und ins Wohnzimmer gescheucht, wobei sie Markus, der sich nicht bewegt und zwischen Tisch und Eckbank verkeilt hatte, davon herunterzerren und wegtragen musste. Dann habe sie gleich den Notarzt angerufen. Als sie zurück in die Küche gerannt kam, sei schon die Hauskatze Puschel bei meiner bewusstlos auf dem Boden liegenden Schwiegermutter gesessen und habe das immer noch zwischen ihren Beinen herauslaufende Blut vom Linoleumboden aufgeleckt. Die arme Omi habe die arme Puschel, die wegen ihres weißen Fells ein ganz rotes Gesicht gehabt hatte, am Genick gepackt und mit einer Armbewegung aus dem Fenster hinausgeschmissen. Mistvieh, elendiges!, habe ihr die Großmutter im Flug nachgerufen. Meine Schwiegermutter habe schon eine kalte Haut gehabt. Ganz kalt bist du schon gewesen, habe die Großmutter erzählt, ganz kalt und feucht, wie ein altes Wettex. Sie habe geglaubt, es sei schon zu spät, weil auch kaum noch ein Puls zu spüren war. Sie habe geglaubt, es sei aus mit ihr.

Aber es war nicht aus mit mir, es ist sich gerade noch ausgegangen, wie du siehst, sagte meine Schwiegermutter und lachte laut, bis das Lachen in einen Hustenanfall überging und es eine Zeit dauerte, bis sie sich wieder gefangen hatte. Danach atmete sie schwer. Es hörte sich an wie einer dieser Blasebälge, mit denen ich im Istrienurlaub immer die Luftmatratzen und das Zweimannschlauchboot aufblasen musste.

Ich bekam ein paar Blutkonserven, sagte sie, dann ging es mir bald wieder besser.

Und was war der Grund für den Blutsturz?, sagte ich.

Schuld war der Zwilling, sagte sie.

Der Zwilling?, sagte ich.

Ja, der Zwilling. Der Doktor hat bei der Kürettage den Zwilling übersehen. Eigentlich hat er ihn schon bei der Untersuchung übersehen und dann bei der Kürettage nicht alles entfernt, was drinnen war. Das war der böse Zwilling, sage ich immer, sagte sie und lachte wieder.

Da hast du aber eine Riesensau gehabt, sagte ich. Hast du den Arzt nicht verklagt oder ihn zumindest darauf angesprochen und zur Rede gestellt?

Was für eine Rede denn? Sie winkte ab und sagte: *Wenn du auch den Schnee verbrennst, so bleibt dir doch die Asche.*

10
DIE ZUGFAHRT

AH, ICH DENKE GERADE WAS. WO SIND WIR STEHEN GEBLIEBEN? AH, ICH WEISS SCHON: GEBURTSTAG!, sagte Markus regelmäßig, als wir zu Besuch waren, auch wenn meistens gerade von etwas ganz anderem die Rede war. Ich hatte bald Geburtstag, ich glaube, es war sogar ein runder, der dreißigste, wenn ich mich nicht irre. Irgendwann hatte ich nebenbei erwähnt, dass Markus bei meinem nächsten Geburtstag in Wien eingeladen sei. Das Wann und Wie undsoweiter würden wir sicher alles klären, wenn es denn so weit war. Und obwohl er es ständig erwähnte, war, als es dann so weit war, natürlich nichts geklärt. Auch weil Katja von Anfang an, wenn schon nicht strikt dagegen, zumindest skeptisch war und gesagt hatte: Das klärst dann aber du, ich habe schon genug klären müssen mit Markus mein Lebtag. Geh bitte, dachte und sagte ich, das kann doch nicht so schwer sein, ihn zur rechten Zeit in A in den Zug zu setzen und in B abzuholen. Ich machte also mit meinem Schwiegervater aus, dass er Markus in A in den Drei-Uhr-Zug setzen sollte, ich würde ihn in B um halb fünf abholen. Ein Intercity sollte es sein, mit möglichst wenigen Zwischenstopps und Um- und Ausstiegsmöglichkeiten. Dann war er da, mein Geburtstag, und der Schwiegervater, wie immer zerstreut, verspätet von zu Hause weggefahren. Er sollte Markus, wie besprochen, zum Bahnhof bringen, ihn entsprechend instruieren und in den Zug nach Wien setzen, wo ich ihn auf dem Südbahnhof abholen würde. Ich habe im Sommer Geburtstag. Über Favoriten, dem Bezirk, in dem Katja und ich wohnten, hing seit dem Morgen eine schwarze Wolkendecke über den Dächern. Trotz des heißen Windes, der einem Staub und Sandkörner zwischen die Augenlider drückte, die an den Augäpfeln schabten, bewegte sie sich nicht. Der Wetterbericht hatte schon am Vorabend Unwetter angesagt. Es war den ganzen Tag mit zum Teil heftigen Niederschlägen zu rechnen. Manchmal fiel ein dicker Regentropfen herunter, der auf den Asphalt oder auf ein Autodach klatschte. Aber es wollte nicht richtig regnen. Ich trank einen Kaffee, schaute abwechselnd besorgt auf die Wolke und auf meine Armbanduhr. Warum musste ausgerechnet heute so ein Wetter sein? Markus sitzt bestimmt schon ganz aufgeregt im Zug, dachte ich. Tatsächlich wurde er von meinem Schwiegervater gerade noch rechtzeitig in den Zug gezerrt und auf irgendeinen Platz gesetzt, obwohl wir ausgemacht hatten, dass er ihm Waggon und Platz reservieren und eine vertrauenswürdige Person in der Nähe bitten würde darauf zu achten, dass Markus bei der richtigen Station ausstiege. Wien Südbahnhof, schrie er ihm noch in sein vor Nervosität ausdrucksloses Gesicht, bevor er aus dem Waggon sprang. Der Schaffner schimpfte ihm kopfschüttelnd nach.

AH, ICH WEISS WAS, sagte Markus bestimmt, dachte ich, MEIN SCHWAGER IN WIEN HAT GEBURTSTAG UND ICH FAHRE AUCH HIN.

Wenn der Zug keine Verspätung hat, dauert die Fahrt anderthalb Stunden, dachte ich. Jetzt verlässt er gerade das Tal und rollt mit gedrosseltem Tempo über die Bahnbrücken des Carl Ritter von Ghega. Schon in der Volksschule wurde uns der Name Carl Ritter von Ghega in Zusammenhang mit dem Bau der Semmeringbahn immer wieder eingetrichtert, wurde von den Lehrern der verschiedensten Unterrichtsfächer aus ihren Geldtaschen ein Zwanzig-Schilling-Schein herausgeholt und von den Schülern durch die Reihen gehen gelassen, damit sich jeder

Schüler das dort aufgedruckte Porträt des Herrn *Carl Ritter von Ghega* anschauen und für immer merken konnte. Von all den Jahren, an denen ich in österreichische Schulen hineingehen und verschiedenen Lehrern in den unterschiedlichen Fächern zuhören musste, habe ich mir nur den Namen *Carl Ritter von Ghega* am besten gemerkt und kann alles ihn Betreffende bis heute aus dem Effeff. Alles andere, was ich weiß, habe ich außerhalb beziehungsweise erst nach Abschluss der Schule gelernt. Selbst als ich viele Jahre später, gleich nach der Geburt meiner zweiten Tochter, in Wien vom Stephansplatz die Rotenturmstraße in Richtung Schwedenplatz hinuntergegangen bin, um mir an der berühmt-berüchtigten Abtreibungsklinik am Fleischmarkt vom Arzt mit einer Seitenschneider-ähnlichen Zange meine Samenleiter durchtrennen zu lassen, ist mir beim Vorbeigehen am Eisgeschäft Zanoni beim Lugeck, wo er zur Mitte des neunzehnten Jahrhunderts an Tuberkulose gestorben war, der Name *Carl Ritter von Ghega* eingefallen. Gleich darauf lag ich auf dem OP-Tisch, der Arzt hatte mir mit der Seitenschneider-ähnlichen Zange bereits die Haut am Hoden aufgezwickt, mit einer Ahle einen Samenleiter herausgefischt und durchtrennt gehabt. Er fischte den zweiten durch den Schlitz in der Haut, legte ihn zwischen die Schneidbacken der Zange und sagte: Soll ich? Jetzt haben Sie noch die Möglichkeit. Die letzte Chance!

Ja, sagte ich.

Hat noch keiner Nein gesagt, sagte er, lachte und knipste den Samenleiter durch, während ich im Licht der OP-Lampe das Gesicht von Carl Ritter von Ghega zu erkennen glaubte. Dann wurde mir schlecht.

Ich stellte mir vor, wie Markus die Tasche, die ihm mein Schwiegervater auf seine Knie abgestellt hatte, mit beiden Händen umklammert hielt und beim Blick aus dem Fenster merkte, wie die Gegend nach Überfahrt des Semmerings breit und flach wurde. Es war das erste Mal, dass er mit dem Zug über den Semmering gefahren beziehungsweise überhaupt das erste Mal, dass er so eine Strecke alleine mit dem Zug gefahren war. Der Schaffner würde kommen, seinen Fahrschein kontrollieren und ihm wieder zurückgeben.

AH, ICH WEISS WAS, würde Markus sagen, MEIN SCHWAGER IN WIEN HAT GEBURTSTAG UND ICH FAHRE AUCH HIN, dachte ich.

Er würde mit dem Kopf nicken und lächeln und auch dann noch lächeln, als der Schaffner längst verschwunden war. Ich wartete schon auf dem Südbahnhof, obwohl ich eine halbe Stunde zu früh dran war. Der Himmel war jetzt durchgehend schwarz. Die Insekten flogen nah über dem Boden. Die Tauben und die Ratten flüchteten in die Wartehalle des Bahnhofs. Markus schmökerte derweil in einer *Kronen-Zeitung*-Ausgabe aus dem Jahr 1991. Ich versuchte ihn anzurufen. Erst beim dritten Versuch und nach langem Läuten hob er ab.

AH, ICH WEISS WAS, sagte Markus, BIN SCHON DA.

Das kann nicht sein, sagte ich, das ist viel zu früh. Du kannst noch nicht da sein. Wo bist du?

AH, ICH DENKE WAS. AUF DER STRASSE.

Auf der Straße? Wo, auf der Straße?

AH, AM ZEBRASTREIFEN.

Vielleicht ist er doch schon da, dachte ich. Vielleicht hat er einen anderen, früheren Zug genommen? Ich hatte meinen Schwiegervater vorher ja angerufen, aber der war wie immer nicht zu erreichen. Es konnte also durchaus sein.

Was siehst du?, sagte ich.

Ich ging raus und suchte nach etwas Markantem.

Siehst du die Post?, sagte ich.

TATÜ TATA DIE POST IST DA, sagte Markus.

Ja, ist schon recht, sagte ich, siehst du sie?

AH, ICH DENKE WAS. JA, DIE SEHE ICH.

Er wird doch nicht wirklich schon da sein?, dachte ich, aber wie hoch ist die Wahrscheinlichkeit, dass er dort, wo er jetzt ist, auch eine Post sieht?

Geh dorthin, sagte ich also, ich warte auf dich.

AH, ICH WEISS SCHON, ICH GEHE DORTHIN.

Ich lief auf die andere Straßenseite zur Post rüber und wartete fünf Minuten. Markus kam natürlich nicht. Wie auch?, dachte ich. Es kamen nur starke Windböen, kein Markus. Der Himmel war gelblich schwarz. Es waren wenige Autos auf der Straße. Ich rief ihn wieder an. Es dauerte lange, bis er abhob.

SERVUS MEIN SCHWAGER. ICH BIN SCHON DA.

Ich bin auch da, sagte ich, ich sehe dich nicht. Kannst du dein Telefon jemandem geben?

Dann hörte ich ihn eine Zeit lang nur noch atmen und zwischendurch eine Melodie pfeifen.

AH, ICH DENKE SO WELCHES, ENTSCHULDIGEN SIE, MEIN SCHWAGER MÖCHTE GERNE MIT IHNEN REDEN, sagte er dann.

Ich hörte Leute lachen. Wahrscheinlich Jugendliche. Jemand sagte: Rede doch selbst, oder bist du zu blöd?

AH, ICH WEISS WAS, sagte Markus, MEIN SCHWAGER IN WIEN HAT GEBURTSTAG UND ICH FAHRE AUCH HIN.

Wieder Gelächter. Ich wurde nervös und hörte schon Katja sagen: Warum musstest du ihn auch einladen? Ich habe es dir ja gleich gesagt!

Die Verbindung brach ab, und ich rief wieder an. Nach langem Läuten hob Markus ab.

SERVUS MEIN SCHWAGER. WAS GIBT'S?

Ich sagte ihm, er solle das Telefon jemand anderem geben. Es vergingen wieder ein paar Minuten.

ENTSCHULDIGEN SIE, MEIN SCHWAGER MÖCHTE GERNE MIT IHNEN REDEN, sagte er.

Hallo? Ein Mann war dran. Sein Alter konnte ich nicht einschätzen. Er sagte mir, dass er nicht in Wien, sondern in Wiener Neustadt sei. Bei der Post gegenüber vom Bahnhof. Ich bat ihn, Markus zurück zum Bahnhof zu bringen und in den nächsten Zug nach Wien zu setzen. Er legte einfach auf. Ich drückte zum x-ten Mal heute die Anruftaste und zum x-ten Mal erschien *Markus anrufen* auf dem Display. Er hob erst beim dritten Anruf ab. Ich sagte ihm, er solle das Telefon bitte einer Frau geben. Frauen sind meistens hilfsbereiter. Mehr soziales Gewissen, Mitgefühl, Empathie. Wieder musste ich warten.

ENTSCHULDIGEN SIE, MEIN SCHWAGER MÖCHTE GERNE MIT IHNEN REDEN, sagte er.

Natürlich war sie höflich und zuvorkommend. Sie brachte Markus auf den Bahnsteig und setzte ihn in den nächsten Zug Richtung Wien. Wien Südbahnhof, hörte ich sie in sein ausdrucksloses Gesicht sagen, das er immer aufsetzte, wenn ihn die Situation stresste.

AH, ICH WEISS WAS, sagte Markus, MEIN SCHWAGER IN WIEN HAT GEBURTSTAG UND ICH FAHRE AUCH HIN.

Gratuliere!, sagte die Frau und legte auf.

Zwei Stunden waren vergangen. Ich hatte Katja nicht angerufen und sie mich auch nicht, weil ich beim Wegfahren gesagt hatte: Und ruf mich nicht dauernd an. Ich hatte Durst. Die Taxifahrer beschimpften mich, weil ich einen ihrer begehrten Standplätze besetzte. Der Mann hinter dem Würstlstand am Südtirolerplatz ließ die Rollläden runter. Der Straßenstaub hatte sich schon auf die Käsekrainer, Burenhäute und Leberkäsziegel gelegt. Die Zähne der wenigen Gäste knirschten beim Kauen, sie spülten sich den Rest mit Bier hinunter und verschwanden in verschiedene Richtungen. Es fing zu donnern an. Ein Einsatzwagen fuhr mit eingeschalteter Sirene vorbei. Markus war immer noch auf dem Weg nach Wien. Er hatte es sich so gewünscht und ich hatte Ja gesagt. Es war doch keine gute Idee, ihn alleine fahren zu lassen, dachte ich. Katja hatte wieder einmal recht gehabt. Er ist doch kein Kind!, hatten meine Schwiegereltern gesagt. Ich hätte es wissen müssen. Meine Schwiegereltern reden alles schön, wenn am Ende jemand anderer die Verantwortung übernimmt. Sie hatten in ihrem Leben schon genug Verantwortung übernommen, jetzt sind die anderen dran, dachten sie wahrscheinlich. Die andere war meistens Katja, dachte ich. Die Taxifahrer defilierten um mich herum wie Hyänen um ein Stück Aas. Das Handy war vom vielen Telefonieren ganz heiß geworden. Mein rechtes Ohr war rot angelaufen, mein Puls hämmerte in den Schläfen, ich war voll Adrenalin. Ein Wort noch von denen und ich gehe ihnen an die Gurgel, dachte ich. Ich rief Markus wieder an. Nach gefühlten fünf Minuten hob er ab. Zuerst hörte ich nur das Geräusch von kurzen, dicken Fingern, die in Hosentaschen kramten.

WER STÖRT? AH, SERVUS MEIN SCHWAGER, sagte Markus.

Wo bist du jetzt?, sagte ich.

AH, ICH WEISS SCHON, sagte er, BADEN BEI WIEN.

Bleib ja sitzen!, schrie ich ins Telefon.

Noch mal Glück gehabt, dachte ich. Ich sagte ihm wieder ein paarmal, wo er nicht aussteigen dürfe. Es war spät geworden. Katja und meine Freunde tanzten bereits bierselig in meinem Wohnzimmer. Sie schrieb mir eine Nachricht: ich möge mich beeilen, die Gäste seien hungrig und sie wolle das Essen servieren. Mein Telefon läutete: Markus.

AH, SERVUS MEIN SCHWAGER. BIN SCHON DA.

Wo bist du?, sagte ich.

AH, ICH DENKE WAS. IM FREIEN.

Ich schaute auf die Anzeigetafel. Der Zug war noch nicht am Südbahnhof angekommen.

Wo bist du ausgestiegen?, sagte ich. Meine Stimme war zittrig, aber ruhig.

AH, ICH WEISS SCHON WAS, sagte er. BAHNHOF MEIDLING.

Bleib, wo du bist!, sagte ich und legte auf. Ich lief die Rolltreppe runter, aus der Halle raus und stieg in mein Auto. Beim Wegfahren zeigte ich den Taxifahrern den Mittelfinger und hupte. Ich bog raus auf den Gürtel, die Huren hatten eine Regenschicht erahnt und waren zu Hause geblieben. Gerade als ich in die Triester Straße einbog, ging das Gewitter los. Die Wolke schüttete sich aus. In kürzester Zeit war die Triester Straße ein Bach. Die Scheibenwischer waren zu langsam, um die Wassermassen von der Windschutzscheibe zu befördern. Rechts überholte mich ein Sattelschlepper und ich sah für einen Moment gar nichts mehr. Ich verriss vor Schreck das Lenkrad, mein Auto schlenkerte hin und her und ich fluchte und schrie. Draußen kühlte es schnell ab und die Feuchtigkeit im Auto ließ die Scheiben sofort anlaufen. Im Schneckentempo kroch ich Richtung Philadelphiabrücke, Bahnhof Meidling. Blitze zuckten aus den tief hängenden Wolken, gefolgt von lautem Donner. Die Straßenbeleuchtung war ausgefallen. Das einzige Licht kam von den blauen Drehleuchten der Feuerwehr, die überschwemmte Keller auspumpte. Herausgedrückte Kanaldeckel lagen verstreut auf den Straßen. Kein Mensch sonst war zu sehen. Keine Tauben, kein Hund, kein Mucks. Ich bog zum Bahnhof ein. Schon von Weitem konnte ich neben dem Rolltreppenaufgang eine einzige Person stehen sehen. Markus stand da im strömenden Regen, lediglich mit einem grell-bunten Hawaiihemd, kurzen Hosen und Sandalen mit

Socken angezogen. In der linken Hand hielt er seine Sporttasche, die zu zwei Drittel mit alten Zeitungen vollgestopft war. Ich hielt an, schaltete die Warnblinkanlage ein und lief zu ihm rüber. Sofort war auch ich durchnässt. Er lächelte, als er mich sah. Ich nicht. Ich riss ihm die Tasche aus der Hand, packte ihn am Arm, zerrte ihn zu meinem Auto und schob ihn auf den Rücksitz.

AH. ICH DENKE GERADE WAS. DER SOMMER HAT EINEN HERBSTINFARKT, sagte er.

Ich hörte gar nicht zu. Wie kann man so blöd sein?, sagte ich. Wie kann man nur so blöd sein, mhm? Immer wieder fragte ich ihn, wie man nur so blöd sein könne. Was ist so schwer daran, sich zu merken, wo man aussteigen muss?, sagte ich. Das kann doch nicht so schwer sein, oder?

AH, ICH WEISS SCHON, sagte er, ES TUT MIR LEID, ABER MEIN GEHIRN WAR ZU LANGSAM.

11
WO LIEGT MEIN GEFÜHL?

Dass mein Bruder zurückgeblieben war, habe ich am meisten von allen zu spüren gekriegt, sagte Katja. Zumindest so offen, sagte sie, dachte ich. Solange ich in die Schule gegangen bin, hat seine Zurückgebliebenheit auf mich abgefärbt. Es wurde angenommen, dass, wenn mein Bruder so zurückgeblieben war, ich logischerweise auch in irgendeiner Form zurückgeblieben sein musste. Ich war schließlich aus demselben Genmaterial gebaut, da konnte ja nicht so ein großartiger Unterschied sein. Außerdem war ich ein schüchternes und zurückhaltendes Kind, das nicht viel geredet hat, mit Fremden schon gar nicht. Da war ich natürlich für die Außenseiterin prädestiniert, nicht wahr? Eine muss schließlich die Dumme in der Klasse sein, die gehänselt beziehungsweise gegretelt werden musste, und für diese Rolle wurde ich gleich einmal von den Anführerinnen ausgewählt. Die waren zwar in Wahrheit viel dümmer als ich, kapierten in der vierten Klasse Volksschule noch nicht einmal die Zehnerüber-, geschweige denn die Unterschreitung, ihre Rechtschreibung war grottig – ihre persönlichen Daten fehlerfrei zu schreiben war ihnen unmöglich –, sie stotterten bei der Aufzählung der Bundesländer hilflos herum, kannten keine Hauptstädte und Berge – von den Flüssen gar nicht zu reden –, konnten nicht zeichnen, malen oder sonst irgendwas nähen, stricken, häkeln oder basteln, ein Purzelbaum, Hand- oder Kopfstand war ein Ding der Unmöglichkeit, wie man so schön sagt, aber dafür hatten sie schöne Haare, lackierte Nägel und rosarot geschminkte Lippen, Markenschuhe und -gewand und wurden von den Burschen angehimmelt. In der Hauptschule ging das Ganze weiter und wurde natürlich schlimmer. Ich war bis zur dritten Klasse noch dazu pummelig und unförmig, weil ich aus Frust jeden Abend mit meiner Katze Puschel im Bett meiner Oma gelegen bin und ihre Mannerschnittenvorräte aufgefressen habe und habe meistens übergroße Pullover, weite Jeans und über die Schienbeine hinaufgezogene Tennissocken angehabt. Wenn mich schon keiner leiden kann, habe ich mir irgendwann gedacht, so will ich wenigstens erfolgreich sein, sagte Katja, auf alle Fälle erfolgreicher als sie. Ich wollte immer die Beste sein, sagte sie. Nein, ich musste immer die Beste sein. In der Schule, beim Sport, im Studium. Das schaffte ich auch meistens, ich war eine klassische Einser-Kandidatin. Meine Lehrer und meine Eltern waren zufrieden, weil ich so eine brave und fleißige Schülerin war. Ich machte immer mehr, als ich musste, ohne extra aufgefordert zu werden. Nur mit den Burschen gab es anfangs Probleme, da war ich zu unscheinbar. Aber dann bekam ich in der dritten Klasse einen Wachstumsschub, meine Brüste wuchsen, ich hörte mit dem Naschen auf, trug körperbetonte Kleidung und fing an mich zu schminken. Auf einmal war es einfach bei den Burschen. Also sie zu kriegen. Da waren keine großen Anstrengungen mehr notwendig. Für jede Wiederholung in der Schule und jede Prüfung später im Studium, oder für jedes Bewerbungsgespräch war mehr Einsatz notwendig. Ich konnte sie ganz leicht geil machen. Ich wollte, dass die anderen Mädchen spürten, dass die Burschen und Männer auf mich geiler waren als auf sie. Egal wie hübsch und beliebt sie selbst waren, sie sollten spüren, dass die Burschen mich wollten, den genetischen Sondermüll, wie sie immer gesagt haben, und nicht sie. Alle mir zur Verfügung stehenden Verführungsmethoden und alle mir zur Verfügung stehenden Körperöffnungen habe ich genutzt, um ihnen die Burschen auszuspannen. Ausspannen wollte ich sie ihnen eigentlich nicht, sie haben mich meistens ja gar nicht interessiert. Mich hat nur interessiert, dass ich sie kriegen kann, wenn ich will. Dafür habe ich genau gewusst, was die Burschen interessiert. Nämlich nicht das hübsche Gesicht und die einnehmende Art ihrer Freundinnen, ihre Wesenszüge und Charaktereigenschaften – die sowieso nur aufgesetzt und zum Schmeißen waren –, sondern ihre Titten und alle ihre Körperöffnungen. Nicht die Gesichter und die »nette« Art ihrer Freundinnen stellten sie sich vor, wenn sie sich am Abend vorm Schlafengehen einen runterholten, sondern eben nur ihre Titten und alle ihre Körperöffnungen, die sie den Burschen in ihrer Vorstellung, während sie sich einen runterholten, zur freien Verwendung zur Verfügung stellten. Die Burschen wussten aber ganz genau, dass ihnen diese Körperöffnungen von ihren Freundinnen in der Wirklichkeit meistens leider nie zur freien Verwendung zur Verfügung gestellt werden würden. Nicht nur wussten sie genau, dass ihnen ihre Freundinnen ihre Körperöffnungen niemals zur freien Verwendung zur Verfügung stellen werden würden, sondern auch, dass ihre Freundinnen ihre Schwänze, die sie ihnen umgekehrt jederzeit und liebend gerne zur freien Verwendung zur Verfügung gestellt hätten, nur sparsam und nur, wenn es nach ihren Köpfen ging, und sicher nicht zur freien Verwendung nutzen würden. Als die Burschen gemerkt haben, dass ich ihnen nicht nur meine Körperöffnungen zur freien Verwendung zur Verfügung gestellt, sondern auch noch ihre Schwänze ohne Ekel angegriffen und sie auch noch zu ihrer großen Verwunderung auf meine eigene Initiative hin in meine Körperöffnungen hineingesteckt und in den Mund genommen habe, waren ihre Freundinnen sofort abgemeldet. Auch hier machte ich immer mehr als ich musste, ohne extra aufgefordert zu werden, und wurde, wie früher von den Eltern und Lehrern, für meinen Fleiß gelobt: weil ich so eine brave und fleißige Bläserin und Fickerin war. Da konnten mich ihre (Ex-) Freundinnen noch so oft als Hure und Schlampe beschimpfen und bei den Burschen verunglimpfen. Die haben dann zu mir gesagt: Du bist eben unkompliziert. Ich sei da mehr wie ein Mann als eine Frau, haben sie gesagt, sagte Katja, Handwerk hat halt goldenen Boden! Nicht wahr?, sagte sie und lachte.

Zu dem Zeitpunkt, als Katja damit anfing, ihre Körperöffnungen den Burschen zur freien Verwendung zur Verfügung zu stellen, war Markus sechzehn Jahre alt und seine sexuellen Erfahrungen beschränkten sich auf die Nacktfotos auf den ersten Seiten der *Kronen-Zeitung*. Ich glaube, es war die Seite fünf. Die Seite fünf der *Kronen-Zeitung* war auch für mich seinerzeit eine Offenbarung, da ging ich aber noch in die Volksschule. Ich sammelte die Seiten unter meiner Matratze, bis meine Mutter sie beim Bettenmachen fand, mich zur Rede stellte und mich fragte, ob ich es gewesen sei, der die Seiten unter der Matratze versteckt hatte, als ob es irgendeine andere Möglichkeit gegeben hätte. Und obwohl wir beide wussten, dass es kein anderer als ich gewesen sein konnte, der die Seiten unter der Matratze versteckt hatte, stritt ich unter viel Tränen und Geschrei ab, die Seiten unter der Matratze versteckt zu haben. Immer wieder sagte sie, wer es denn sonst gewesen sei, und immer wieder sagte ich, dass ich es nicht wisse, es sei mir ebenso ein Rätsel wie ihr, wie die Seiten mit den Abbildungen meist großbusiger Frauen unter die Matratze in meinem Bett gelangt sein konnten. Das ging so lange hin und her, bis sich mein Vater erbarmte, in mein Zimmer kam und gestand, dass er es gewesen war, der die Seiten unter meinem Bett versteckt hatte, worauf meine Mutter, der es nur darum gegangen war, dass ich die Wahrheit sagte und nicht darum, ob ich Bilder von nackten Frauen unter der Matratze in meinem Bett versteckte, das war ihr eigentlich völlig egal, solange es keine Bilder von nackten Männern waren, die Nase rümpfte, die Lippen anspitzte, wie sie es immer tat, wenn sie angefressen war, und wortlos das Zimmer verließ. So lange redete sie nur das Nötigste mit mir, bis ich ihr gestand, dass ich es gewesen war, der die Seiten der *Kronen-Zeitung*-Nacktmodels unter der Matratze in meinem Bett versteckt hatte. Als Dank für meine verspätete Ehrlichkeit fand ich ein paar Tage später unter meiner Matratze ein Hochglanz-Sexheft der Marke ÖKM, mit dem ich monatelang unter meinen Freunden der Held war und das ich lukrativ tageweise an sie weitervermietete, bis ich es, völlig verpickt und abgewichst, schweren Herzens wegschmeißen musste. Bei Markus allerdings blieb es, was die sexuellen Angelegenheiten betraf, viele Jahre bei den Abbildungen nackter Frauen in der *Kronen-Zeitung*. Mit sechzehn Jahren kam auch die Zeit, in der er das Anderssein zum ersten Mal richtig zu spüren bekam. Mit sechzehn Jahren fingen die meisten seiner Altersgenossen mit dem Mopedfahren an und machten die ersten Erfahrungen mit Mädchen. Wochenlang lag er mit dem Moped-Thema meiner Schwiegermutter in den Ohren. AH, ICH DENKE WAS IN MEINEM KOPF, sagte er: MOPED! EIN MOPED WÄRE SUPER!, oder MEI, ICH UND MEIN MOPED, EIN TRAUMPAAR! Worauf ihm meine Schwiegermutter immer wieder erklären musste, dass für ihn einige Dinge, die andere Gleichaltrige machen können, nicht vorgesehen seien, und dass das Mopedfahren leider dazugehöre. Genauso wie das Alleine-Wohnen, das Führerschein- und das Kinder-Machen. Vor allem, dass das Kinder-Machen nichts für ihn sei, darauf bestand sie vehement. An das Kinder-Machen brauchst du überhaupt nicht anfangen zu denken, sagte sie immer, du siehst ja, was dabei herauskommt.

AH, ICH WEISS SCHON, sagte Markus, NICHTS GESCHEITES.

Weil ich mich die letzten Monate intensiv mit dem Thema beschäftigte, fiel mir auf einmal wieder eine Geschichte ein, die ich ebenfalls schon wieder völlig vergessen hatte – *zum Glück waren diese Situationen, in denen ich einem von ihnen begegnet bin, selten,* habe ich geschrieben, oder? Es waren also doch gar nicht so wenige Begegnungen, die ich in meinem Leben mit behinderten Menschen beziehungsweise mit Down-Syndrom-Menschen hatte. Diese Begegnungen sind aber anscheinend solche Randerscheinungen gewesen, dass sie oberflächlich nicht hängen geblieben sind. Es sind nur Begegnungen aus der Entfernung gewesen, die man sich zwar neugierig anschaut, aber dann gleich wieder wegwischt, weil es einen nur unangenehm berührt, weil es keinen Platz im Leben hat, wie der Tod, den auch keiner leiden kann, besonders dann nicht, wenn man selbst voll im Saft steht. Als ich sechzehn Jahre alt war, machte ich gerade eine Lehre als Elektroinstallateur und war zu der Zeit auf einer Langzeitbaustelle stationiert, einer Altbausanierung, als Mädchen für alles Elektrotechnische. Es wohnten zum Großteil Pensionisten in der wie ein Vierkanthof angelegten Arbeitersiedlung, und ein paar übrig gebliebene Witwen, deren Männer sich schon vor dem Pensionsantrittsalter in den Nachtschichten totgesoffen hatten. Mit einer Ausnahme: In einer kleinen Dachausbauwohnung wohnte ein Mädchen, alleine, circa fünfundzwanzig Jahre alt, natürlich viel zu alt für mich, beziehungsweise war ich viel zu jung für sie, als dass sie irgendein Interesse an mir gehabt hätte. Wie gesagt, ich war sechzehn. Aber ich schwärmte für sie und besuchte sie regelmäßig. Anfangs täuschte ich irgendwelche elektrotechnischen Arbeiten vor, die angeblich zu erledigen gewesen wären, nur um sie kennenzulernen, was sie natürlich sofort durchschaute, aber wohl als schrullige Liebenswürdigkeit meinerseits akzeptierte, weil es ihr vielleicht ein bisschen schmeichelte. Einmal kletterte ich sogar in den völlig verdreckten Dachboden, kappte mit meinem Stanleymesser ihre Telefonleitung, nur um einen Vorwand zu haben, bei ihr anläuten zu können. Später lud sie mich regelmäßig zur Neun-Uhr-Jause auf einen Pfefferminztee ein. Noch heute erinnere ich mich beim Geschmack von Pfefferminztee an ihr freundliches Gesicht, im Speziellen die lockigen Haare und die großen hellblauen Augen, in die ich mich so verknallt gehabt habe, beziehungsweise glaube ich zumindest, dass es das war, in das ich mich verknallt habe, aber ihr Name mag mir heute partout nicht mehr einfallen, er tut auch nichts zur Sache. Die Wohnungseinrichtung schaute aus wie die einer alten Frau, beziehungsweise war es auch die Einrichtung einer alten Frau, und zwar der Frau Wabernig, die vorher in der kleinen Dachgeschosswohnung gewohnt hatte und die *herausgestorben* war, wie mir die Nachbarn erzählten und an deren Namen ich mich eigenartigerweise noch erinnern kann. Die Jungen warten nur darauf, bis wir Alten heraussterben, um die billigen Wohnungen bekommen zu können, sagten die Nachbarn immer. Bei der Frau Wabernig war das aber anders, die hat die Wohnung dem Mädchen schon vor ihrem Heraussterben verschafft, weil die sich so gut um ihren Buben gekümmert hat, wie sie immer gesagt hat, dachte ich. Der lebte in einem Behindertenwohnheim der Lebenshilfe in der Bezirkshauptstadt, wo sie als Betreuerin arbeitete. Ich wollte sie schon lange fragen, ob wir vielleicht mal am Wochenende auf einen Kaffee gehen, oder so nebenbei fragen, wo sie denn am Wochenende immer hingeht, um sie dann dort *zufällig* zu treffen. Bei einem Pfefferminztee in meiner Neun-Uhr-Pause hat sie mir dann erzählt, dass sie einmal im Monat mit ihren Klienten in eine Dorfdisco mit dem Namen *Hühnerstall* gehe und ob ich nicht Lust hätte, auch hinzukommen. Unter normalen Umständen hätte ich niemals Lust gehabt, in den Hühnerstall zu kommen, weil dort nur Schlager gespielt und einem nach Mitternacht schnell einmal die Nase gebrochen wurde, vor allem wenn man mit einer Gruppe Behinderter unterwegs war, dachte ich, und hatte den spontanen Reflex, *natürlich nicht!* zu sagen gerade noch rechtzeitig unterdrücken können und stattdessen *natürlich, gerne!* gesagt. Wir verabredeten uns also um zehn Uhr am Abend vor dem Eingang des Hühnerstalls. Ich war schon fünfzehn Minuten vorher da, drückte mich neben dem Eingang verschämt herum, in der Hoffnung, dass mich kein Bekannter vor dem Hühnerstall wartend sehen und erkennen würde. Um viertel nach zehn bog ein weißer Kleinbus mit der Aufschrift *Lebenshilfe* in den Hühnerstall-Parkplatz ein. Als Erstes stieg meine Betreuerin aus. Sie hatte sich ausgehfein gemacht und sah noch um einiges besser aus als bei unseren Pfefferminzteetreffen in ihrer Wohnung. Ich schluckte, niemals würde sich sonst eine Frau, die so aussah wie sie, mit jemandem abgeben, der so aussah wie ich, dachte ich. Sie zupfte etwas an ihren Haaren, richtete sich die Bluse und zog den Rock, der ihr bei der Fahrt hochgerutscht war, wieder hinunter. Der Fahrer stieg aus, machte die Schiebetür auf und ließ den Rest aussteigen. Es stiegen fünf Personen aus, vier Männer und eine Frau. Die Frau hielt etwas großes Schwarzes in ihren Händen, ich konnte aus der Entfernung nicht erkennen, was es war. Sie stellten sich vor meiner, also eigentlich vor ihrer Betreuerin in einer Reihe auf wie Volksschulkinder vor ihrer Lehrerin. Sie sagte etwas und alle nickten. Sie ging in Richtung Eingang los und die anderen folgten ihr im Gänsemarsch. Jetzt kam ich aus meiner Ecke neben dem Eingang heraus, ging ihnen ein paar Schritte entgegen und winkte. Sie erkannte mich und winkte zurück.

Du bist schon da!, sagte sie, freut mich.

Mich auch, sagte ich und streckte ihr meine Hand hin. Sie zog mich zu sich und gab mir einen Kuss auf die Wange. Ich bekam Herzrasen. Sie drehte sich um und stellte mich ihren Klienten vor. Sie hatten alle Down-Syndrom, kamen nacheinander auf mich zu, lachten und umarmten und streichelten mich überschwänglich. Jetzt sah ich auch, was die Frau in den Händen hielt. Es war ein aufgeblasener Autoreifenschlauch.

Wollen wir reingehen?, sagte meine Betreuerin.

Ja, gerne, sagte ich.

Meine Ängste bezüglich des Nasenbeinbruchs waren unbegründet. Schon der solariumverbraunte Türsteher, der einen Kopf kleiner, dafür aber doppelt so breit war wie ich, grüßte uns freundlich und winkte uns durch. Die Kellnerinnen kamen angerannt und umarmten alle, mich auch, ich gehörte gleich dazu. Die Gäste waren freundlich, umarmten die Gruppe, plauderten mit jedem von ihnen, spendierten ihnen was zu trinken. Mit meiner Betreuerin kam ich den ganzen Abend fast überhaupt nicht zum Plaudern, weil ich durchgehend von den Klienten zum Tanzen aufgefordert wurde. Andauernd musste ich zu den Liedern von Roberto Blanco, Howard Carpendale, den Village People undsoweiter tanzen, obwohl ich diese Lieder hasste und überhaupt nicht tanzen wollte und konnte, aber das machte nichts, weil die anderen auch nicht besser waren als ich. Vielleicht machte es deshalb so Spaß. Nur einen einzigen Tanz hatte ich an diesem Abend mit meiner Betreuerin, der war dafür langsam und zum *Engtanzen*, wie man so schön sagt. Das war erst ganz zum Schluss, bevor wir gingen, und zwar zu dem Lied *Über sieben Brücken musst du gehen* von Peter Maffay. Ich weiß noch, dass ich vor dem Tanzen dachte, mich die ganze Zeit darauf konzentrieren zu müssen, keinen Ständer zu kriegen, weil es für mich das Peinlichste gewesen wäre, einen Ständer zu bekommen, den meine Betreuerin dann beim Engtanzen womöglich auf ihrem Oberschenkel bemerkt und eindeutig als Ständer identifiziert hätte. Dazu kam es aber zum Glück nicht, weil ich während des Tanzes ohnehin komplett abgelenkt war. Und zwar von der Frau mit dem aufgeblasenen Autoreifenschlauch, die außer mir und meiner Betreuerin die Einzige auf der Tanzfläche war und zu Peter Maffays *Über sieben Brücken musst du gehen* tanzte. Schon von Anfang an wunderte und fragte ich mich, was es mit dem Autoreifenschlauch auf sich hatte, den die Frau mit sich trug, traute mich aber nicht zu fragen, weil es für jeden, den wir trafen, das Selbstverständlichste war, dass die Frau beim Fortgehen in einer Disco einen aufgeblasenen Autoreifenschlauch mithatte. Während ich mit meiner Betreuerin eng tanzte, tanzte sie mit ihrem Autoreifenschlauch eng. Mit beiden Händen drückte sie ihn innig an sich, legte den Kopf auf ihn und drehte sich langsam Schritt für Schritt im Kreis, hielt dabei die Augen geschlossen und lächelte selig. Dazwischen gab sie ihm immer wieder einen Kuss, so wie man seine Freundin oder seinen Freund in den Nacken küsst. Zärtlich drehte sie die Ventilkappe des Autoreifenschlauchs immer wieder vor und zurück, als würde sie jemandem das Ohrläppchen massieren. Als das Lied aus war, blieb sie stehen, machte die Augen auf und gab ihm abschließend einen dicken Kuss. Meine Betreuerin bedankte sich bei mir für den Tanz und sagte, dass sie nun aufbrechen müssten, es sei schon spät, und es dauerte immer ewig, bis sie alle ins Bett gebracht hätte. Ich verabschiedete mich bei allen und bekam von meiner Betreuerin diesmal zwei Küsse, auf jede Wange einen.

Meine Betreuerin sah ich danach nie wieder, weil ich immer öfter keine Zeit hatte, sie zu besuchen, und wenn ich Zeit hatte, sie nicht zu Hause war. Kurz darauf wurde ich auch von meinem Chef von der Baustelle abgezogen.

Die Geschichte mit der Frau und dem Autoreifenschlauch fiel mir deswegen ein, weil ich nach dem Besuch bei meiner

Schwiegermutter oft an Markus dachte und wie er sich gefühlt haben musste, nachdem sie ihm gesagt hatte, dass das Kinder-Machen und alles, was dazugehört, nichts für ihn sei. Hat man der Frau mit dem Autoreifenschlauch auch gesagt, dass das Kinder-Machen und alles, was dazugehört, nichts für sie sei, und hat sie sich deshalb in einen Autoreifenschlauch verliebt? Und ist sich in einen Autoreifenschlauch zu verlieben besser, als sich gar nicht zu verlieben? Gibt es ein Recht auf Liebe, Sex beziehungsweise Geschlechtsverkehr? Jetzt hätte ich es gerne gewusst, wie das gewesen ist mit ihrer Beziehung zum Autoreifenschlauch. Damals hatte ich überhaupt nicht daran gedacht, ich hatte mich nur darüber lustig gemacht. Ich hatte sogar noch einmal die Möglichkeit gehabt, sie danach zu fragen. Oder, wenn ich mich recht daran erinnere, hatte ich eigentlich nicht wirklich die Möglichkeit. Circa ein bis zwei Jahre nach diesem Abend im Hühnerstall wurde ich vom Chef in das Behindertenwohnheim der Lebenshilfe geschickt, um einen defekten Fernseher zur Reparatur abzuholen.

Den kannst du eh alleine tragen, oder hast du kein Blut im Beidl?, sagte er, weil er wie immer zu geizig gewesen war, einen zweiten Kollegen mitzuschicken, der einem beim Tragen der sauschweren Röhrenfernseher hätte helfen können. Ich bezahle euch ja nicht fürs Spazierenfahren, sagte er immer. Ich läutete an und ein junger Betreuer holte mich am Tor ab.

Der Fernseher steht im Aufenthaltsraum, sagte er und führte mich, ohne weiter was zu sagen, dorthin.

Das ist er, sagte er und deutete auf ein riesiges Röhrenungetüm hin.

Das war zu erwarten, sagte ich. Habt ihr eine Ameise oder irgendein Gefährt, auf das ich ihn draufstellen kann?

Ich schau mal, ob ich was finde, sagte er, warte hier.

Ich wartete also und schaute mich um. Insgeheim hoffte ich,

meine Betreuerin zu treffen, vielleicht könnte ich sie in ein Gespräch verwickeln und sie dazu bringen, mit mir auf einen Kaffee zu gehen, schließlich war ich gerade achtzehn geworden und hatte sogar den Führerschein, aber sie war nirgends zu sehen. Als mich die Heimbewohner bemerkt hatten, kamen sie gleich zu mir her, fragten mich, wer ich sei, nahmen mich bei der Hand, streichelten und umarmten mich. Einige saßen an den Tischen und spielten Karten oder Brettspiele, eine versuchte sich an einem Hula-Hoop-Reifen, der ihr aber schon nach einer Umdrehung immer wieder hinunterplumpste, sie ihn aber immer wieder aufhob, es wieder versuchte undsoweiter. Manche standen alleine herum, redeten mit sich selber und spielten mit ihren Fingern, andere saßen an den Tischen, zeichneten und bastelten etwas. Der Betreuer war noch immer nicht aufgetaucht, also ging ich mal zum Fernseher rüber, um ihn abzuschließen und das Anschlusskabel für den Transport zusammenzuwickeln. Dabei fiel mir auf, dass eine Frau alleine an einem Tisch saß. Sie saß nur da, beide Handflächen auf den Tisch gelegt und schaute auf die gegenüberliegende Wand. Ich erkannte sie wieder, es war die Frau mit dem Autoreifenschlauch, den sie aber nicht dabeihatte. Ich fragte mich, ob ich hingehen und sie ansprechen sollte, ließ es dann aber bleiben, weil sie so abwesend wirkte und ich sowieso nicht wusste, was ich hätte sagen sollen. Ich setzte mich auf einen Sessel und wartete. Ich schaute auf die Uhr, es waren schon zwanzig Minuten vergangen, der Chef würde mich wieder zusammenscheißen, warum ich so herumgetrödelt hätte. Endlich kam der Betreuer um die Ecke gebogen. Vor sich her schob er einen Essensausgabewagen, darunter waren auch ein paar Bettpfannen und Papierauflagen geschlichtet.

Ich hoffe, das geht auch, sagte er, ich habe leider nichts anderes gefunden.

Danke, sagte ich, wird schon gehen, hilfst du mir vielleicht den Fernseher raufzuheben?

Ja, sicher, sagte er.

Wir hoben den Fernseher auf den Wagen, der wackelte gefährlich hin und her.

Ich helfe dir, ihn zum Auto zu schieben, sagte er, sonst kippt er zum Schluss noch runter.

Danke, sagte ich.

Er ging voraus.

Ich überlegte, ob ich ihn fragen sollte, ob er meine Betreuerin kenne und ob sie überhaupt noch hier arbeite und wenn sie hier arbeite, wann sie Dienst habe, ich kenne sie noch von früher und hätte gerne Kontakt mit ihr aufgenommen, überlegte ich mir, ließ es dann aber, wie so oft, doch bleiben. Stattdessen sagte ich: Die Frau, die da neben mir alleine am Tisch gesessen ist, kennst du die?

Die Gertraud? Sicher kenne ich die, warum?, sagte er.

Die hat doch früher immer einen Autoreifenschlauch dabeigehabt, oder?, sagte ich. Ich hab sie mal mit einer Gruppe beim Tanzen im Hühnerstall gesehen.

Oh ja, sagte er, das war der Michi. Sie hat Michi zu ihm gesagt, weil es ein Michelin-Autoreifenschlauch gewesen ist, wegen dem Logo, das aufgedruckt war. Aus der Beziehung war die Luft heraußen, sagte er und lachte.

Weil ich nicht mitlachte und er deshalb dachte, ich stünde auf der Leitung, sagte er: Na, der Autoreifenschlauch hat einen Patschen gehabt. Was heißt einen, er hat schon viele Patschen gehabt, diesmal war halt nichts mehr zu flicken, das Ding war schon zu porös und hat sich quasi aufgelöst. Seitdem hängt der Michi luftlos am Garderobenhaken in ihrem Zimmer und sie sitzt deprimiert in der Ecke und macht nix mehr. Wir müssen sie sogar regelmäßig füttern, weil sie von selbst nichts mehr isst. Er zuckte mit den Schultern und sagte: Der Michi war halt quasi ihr Mann und jetzt ist er für sie gestorben. Außerdem sagte er strahlend: Neue Lage dreizehn Tage! Dann habe ich meinen Zivildienst abgesessen und bin fertig mit dem Ganzen hier, dann bin ich aus dem Idiotenzwinger endlich heraußen!

Er half mir, den Fernseher in den Kastenwagen zu heben.

Danke, sagte ich.

Nichts zu danken, sagte er.

Als Markus sechzehn wurde, zog er aus eigenem Wunsch heraus in genau dieses Wohnheim ein. Er ist etwas jünger als ich, also war er wahrscheinlich gerade noch nicht dort, als ich damals den defekten Fernseher abgeholt hatte, und auch wenn er dort gewesen wäre, wäre er mir nicht aufgefallen. Als der Zivildiener *fertig mit dem Ganzen und aus dem Idiotenzwinger heraußen war,* wie er sagte, hatte für Markus *das Ganze* erst angefangen und er musste in den Idiotenzwinger hinein. Lebenslänglich. Mindestens zwanzig Jahre später, bei einem Familienessen, fiel mir wieder die Gertraud mit dem Autoreifenschlauch ein und ich fragte Markus, ob er sie kenne und ob sie noch im Wohnhaus wohne. Er sagte eine Weile nichts. Meine Schwiegermutter wurde sofort wieder ungeduldig, weil er nicht gleich auf meine Frage antwortete und sagte: Sicher kennst du die Gerti, Markus, weißt eh, die Gerti! Ihre Schwester ist die Dings, von den grünen Häusern drüben, im letzten Haus vor der Waldrandsiedlung haben sie damals gewohnt, die mit dem einen von der Tankstelle verheiratet gewesen ist, dem Besitzer, wie hat er noch schnell geheißen? Einen Blaumann hat der immer angehabt, nie was anderes, immer einen Blaumann, dann hat sie sich scheiden lassen von ihm, wegen der Sauferei, jetzt weiß ich nicht mehr, wo sie wohnt und mit wem, oder ob sie überhaupt noch hier wohnt, ob sie alleine oder wieder verheiratet ist und anders heißt, ist ja auch egal jetzt, aber weißt eh, Markus, ihre Schwester, die Gerti, erinnerst du dich nicht?, die Gerti?, erinnere dich doch!, die Haare hat sie immer so nach vorne gehabt und den Kopf so komisch schief … Markus überlegte lange, setzte dann einen traurigen Gesichtsausdruck auf und sagte: AH, ICH DENKE WAS, DIE GERTI, ICH WEISS SCHON. DIE KENNE ICH. LEIDER GESTORBEN. AUFGEHÄNGT.

Ja, jetzt kann ich mich auch erinnern, sagte meine Schwiegermutter, eine schreckliche Geschichte war das, ganz schrecklich. Das hat unser Held hier aber auch fast geschafft, nicht wahr Markus, erinnerst du dich noch?

Markus lächelte und sagte: AH, ICH WEISS WAS, DA KANN ICH MICH GUT DARAN ERINNERN.

Mich hat fast der Schlag getroffen, sagte meine Schwiegermutter. Zum Glück bin ich in den Keller runter gegangen, Erdäpfel holen. Wäre ich nicht gerade in den Keller runtergegangen Erdäpfel holen, wäre es aus gewesen mit dir.

OJE, AUS, sagte Markus und nickte.

Wie kann man nur auf die Idee kommen, sich mit der Wäscheleine um den Hals an das Stiegengeländer zu hängen! Ganz blau bist du schon gewesen im Gesicht! Komischerweise hab ich gesagt: Was ist mir dir, willst du dich umbringen?, sagte meine Schwiegermutter und lachte.

AH, ICH HABE WAS IM KOPF, sagte Markus, ICH WOLLTE MICH NICHT UMBRINGEN, ICH WOLLTE NUR KURZ SCHAUEN, WIE ES IM HIMMEL AUSSCHAUT.

Wann sich Markus das erste Mal verliebt hat oder ob er sich überhaupt jemals verliebt hat, kann ich nicht sagen. Es ist oft die Rede von einer Freundin gewesen, aber wenn von ihr die Rede gewesen ist, haben alle Familienmitglieder beim Aussprechen des Wortes *Freundin* das Wort immer mit den Händen unter Anführungszeichen gesetzt und geschmunzelt. Damals wusste ich noch nicht, dass es sich bei der besagten Freundin um eine Betreuerin handelte, in die sich Markus verliebt hatte und die er als seine Freundin ansah. Wenn ich ihn nach seiner Freundin gefragt habe, sagte er Sätze wie: AH, ICH WEISS WAS GUTES, DU BIST SO FESCH. DU BIST ZWAR SCHÖNER, ABER MEINER FREUNDIN GEHT ES AUCH GUT.

Viel mehr war nicht herauszukriegen aus ihm. Die ganze Sache mit dem Sex schien mysteriös für ihn zu sein. Aufklärung fand keine statt und er hatte nur ansatzweise von seiner Schwester was mitgekriegt. Vor allem Geräusche. Die Bilder aus der *Kronen-Zeitung* und die Geräusche, die seine Schwester beim Sex gemacht hat, mehr war nicht herauszufinden für ihn. In dieser Hinsicht war ich natürlich auch öfters involviert gewesen. Vor allem am Anfang, als Katja noch zu Hause gewohnt hat, zumindest an den Wochenenden. An das erste Mal kann ich mich gut erinnern, gar nicht so wegen des Sex, sondern wegen der Begleitumstände. Katja hatte ihr Zimmer im ersten Stock, wo eigentlich die Wohnung der Oma gewesen war. Die anderen Familienmitglieder wohnten im Erdgeschoss. Ihr Zimmer lag direkt neben dem Schlafzimmer der Oma, aber die war schon über achtzig, weshalb sie von den Geräuschen aus Katjas Zimmer nichts mitbekam, im Gegenteil dazu bekam man in Katjas Zimmer alle Geräusche aus dem Schlafzimmer ihrer Oma mit, was meistens der laut aufgedrehte Fernseher oder die täglichen mehrstündigen, bis in die Nacht hinein dauernden Telefonate mit ihrer Schwester waren, die in der Nähe von Berlin wohnte, bei denen sie meistens gemeinsam Kreuzworträtsel lösten, um nicht zu *verkalken*, wie sie immer sagte. Für sie war ab einem gewissen Alter jedes Rätsel ein Halslösungsrätsel, weil sie glaubte, wenn sie ein Rätsel nicht würde lösen können, sie urplötzlich dem geistigen und in der Folge dem körperlichen Verfall anheimfallen und sterben würde. Den Begriff *Halslösungsrätsel* hatte sie einmal selbst als Lösungswort aus einem Kreuzworträtsel gelernt gehabt und ihn gleich für jedes Rätsel, das sie nicht lösen konnte, angewendet. Das ist sicher ein Halslösungsrätsel!, hatte sie dann in den Telefonhörer und somit in das Ohr ihrer Schwester in Berlin geschrien. Ein Halslösungsrätsel ist quasi nicht zu lösen. Es wurde im Mittelalter vom Richter dem zum Tode Verurteilten gestellt. Konnte der das Rätsel lösen, entging er dem Tod, was natürlich nie passierte, weil es eben unlösbar war, und das ganze Theater nur zum Gaudium des Publikums veranstaltet wurde. Das Abendessen bekam Markus bei der Oma, weil es da immer auch eine süße Nachspeise gab, obwohl er damals schon ziemlich übergewichtig und von den Eltern eigentlich auf Diät gesetzt worden war. Zumindest schafften sie es, dass er nicht mitten in der Nacht aufstand, um den Kühlschrank leer zu räumen. Dafür durfte er sich vor dem Schlafengehen eine in Stanniolpapier eingewickelte Pikante-Extrawurst-Semmel und ein Linzer Stangerl unter den Kopfpolster legen, falls er in der Nacht mit einer Heißhungerattacke aufwachen sollte. Nach dem Abendessen blieb er oft noch ein, zwei Stunden in Omas Küche sitzen, um die *Kronen-Zeitung* zu studieren und die Katze Puschel zu streicheln. Das konnte schon bis elf Uhr oder Mitternacht dauern. An dem Abend kamen Katja und ich von einem Volksfest nach Hause, zu dem wir schon zum Frühschoppen gegangen und dort hängengeblieben waren. Dementsprechend rauschig waren wir, als wir nach Hause kamen. Ihre Eltern schliefen schon. Die Tür zum Schlafzimmer stand offen, es war lautes Schnarchen zu hören, ich konnte nicht unterscheiden, welches Schnarchen von wem stammte, es hörten sich beide Schnarchgeräusche in der Tonart gleich und schrecklich an: eine Mischung aus Röcheln und Grunzen. Die Luft roch abgestanden und verbraucht. Es heißt ja, dass sich Paare mit der Zeit immer ähnlicher werden, und das anscheinend nicht nur vom Aussehen her, sondern auch vom Flatulenzduft bis hin zu den Schnarchgeräuschen. Wir stolperten die Stiegen zum ersten Stock hinauf und mussten aufpassen, nicht hinunterzufallen, weil der Handlauf fehlte. Seit dem Umbau des Hauses fehlte der Handlauf, weswegen meine Schwiegermutter meinem Schwiegervater regelmäßig in den Ohren lag, er möge doch endlich den Handlauf montieren, die Kinder oder die Oma würden einmal die Stiege hinunterstürzen und sich das Genick brechen. Mein Schwiegervater würde den Handlauf niemals montiert haben, dachte ich, das Haus würde zehn Jahre später ohne Handlauf und ohne die dadurch befürchteten Genickbrüche abgerissen werden. Die Tür zur Küche und somit zur Wohnung der Großmutter war zu. Trotzdem konnte ich sie deutlich telefonieren hören, wie immer mit ihrer Schwester in Berlin: Stadt im Kaukasus!, hörte ich sie schreien, Stadt im Kaukasus! Katja stieß mit dem Fuß die angelehnte Tür zu ihrem Zimmer auf, zog mich am T-Shirt hinein und schubste mich aufs Bett. Das Zimmer war immer noch wie ein Jugendzimmer eingerichtet. Schmales Bett, Kästen mit Furnier-Imitat, Poster an der Wand: L7 – Hungry for Stink, darauf abgebildet war eine Frau mit gespreizten Beinen. In den Regalen lagen ein paar mit einer dicken Staubschicht überzogene Schulbücher und ein Exemplar von Katjas Maturazeitung. Ich stand auf und zog mir die Jeans, T-Shirt und die Unterhose aus, setzte mich auf die Bettkante und streifte mir die Socken von den Füßen. Katja machte die Tür hinter sich zu und zog sich nur die Jeans und die Unterhose aus, oben ließ sie alles an, auch die Socken. Der weite Strickpullover verdeckte ihren nackten Unterleib und reichte bis zur Mitte ihrer Oberschenkel. Ich legte mich auf den Rücken und sie setzte sich auf mich. Ich griff ihr zwischen die Beine, um zu prüfen, ob sie auch feucht genug sei. Sie war mehr als feucht genug, sie war nass. Sie schob meine Hand weg und ließ mit einer kleinen Bewegung ihres Beckens meinen Herrn Wurst in ihre Mumu hineinschlüpfen. Gleich nach unserem ersten Mal hatte sie mein Geschlechtsteil auf *Herr Wurst* umgetauft und mir ihres als *Mumu* vorgestellt, weil sie die gängigen Bezeichnungen für die Geschlechtsteile wie Schwanz oder Beidl beziehungsweise Muschi oder Möse undsoweiter primitiv und abtörnend fand, aus demselben Grund war sie nicht geil, heiß oder scharf, sondern *garstig*. Sie beugte sich zu mir runter und wir küssten uns. Sie stieß mir ihre Zunge in den Mund und biss in meine hinein.

Nein, nicht *Autobus*, eine Stadt im KAUKASUS!, hörte ich die Oma im Schlafzimmer nebenan in ihr Telefon schreien. Nein, nein, sagte sie, Tiflis nicht, das ist zu lang, ein Wort mit vier Buchstaben!

Vier Buchstaben, dachte ich, was könnte das sein? Die Ablenkung kam mir gelegen, dadurch war ich mit den Gedanken woanders und konnte somit hinauszögern gleich einmal zu kommen. Vier Buchstaben also, dachte ich, mir fiel aber nur Jerewan ein, weil das die einzige Stadt war, die ich im Kaukasus kannte, und das auch nur wegen der Radioshow aus meiner Kindheit, in der es eine Rubrik mit dem Titel *Frage an Radio Jerewan* gegeben hatte. In Geografie war ich immer eine Pfeife, wie die Lehrer gesagt haben. Katja bewegte ihr Becken kreisförmig und ließ so meinen Herrn Wurst in ihre Mumu rein- und rausschlüpfen, ich legte meine Hände auf ihre Hüften, machte mit und tauchte ihr Becken im Uhrzeigersinn mit an.

Baku!, hörte ich die Oma sagen, das ist es! Bravo, meine Liebe!, sagte sie zur ihrer Schwester, die in Berlin saß. Baku, dachte ich!, da hätte ich auch draufkommen können, und während ich überlegte, in welchem Land Baku liegt, hörte Katja, kurz nachdem sie das Tempo erhöht hatte und ihr Seufzen lauter wurde, auf einmal abrupt damit auf, mit ihrem Becken meinen Herrn Wurst in ihre Mumu rein- und rausschlüpfen zu lassen.

Was ist los?, sagte ich, was ist passiert?, Warum hörst du auf?

Pscht!, sagte sie, sei leise. Hörst du das?

Ich horchte genau hin, aber außer dem Fernsehapparat, den die Oma jetzt eingeschaltet hatte, hörte ich nichts.

Hörst du das nicht?, sagte Katja.

Nein, sagte ich, was denn? Was soll ich denn hören?

Ich habe doch ganz genau ein Geräusch gehört, sagte sie, horch doch noch mal.

Wir waren leise und horchten gemeinsam noch mal. Und da war es: ein leises Miauen.

Da, hast du es gehört? Hörst du es? Hier, schon wieder! Hörst du es jetzt?, sagte sie.

Ja, sagte ich, ich höre es, die Katze, na und?

Nein, flüsterte sie, dieses Miauen kenne ich, das ist nicht die Katze, die Puschel miaut anders.

Zu meinem großen Bedauern ließ sie meinen Herrn Wurst aus ihrer Mumu herausschlüpfen und stieg langsam von mir runter. Ich bewunderte sie dafür, wie sie ohne viel Aufhebens meinen Herrn Wurst aus ihrer Mumu hinaus- und hineinschlüpfen lassen konnte. Das machte sie andauernd, während wir Sex hatten. Wenn ihr zum Beispiel gerade etwas einfiel, das sie, um es nicht zu vergessen, sofort auf einem Zettel notieren musste, oder wenn sie kontrollieren musste, ob sie auch nicht vergessen hatte, die Herdplatte auszuschalten oder die Eingangstür zuzusperren, oder wenn sie mittendrin Durst bekam. Dann ließ sie meinen Herrn Wurst aus ihrer Mumu rausschlüpfen, ging in die Küche runter, um ein Glas Wasser zu trinken, die Herdplatte und die Eingangstür zu kontrollieren oder was sie eben sonst gerade so dringend zu erledigen hatte, kam zurück und ließ ihn wieder reinschlüpfen, um weiterzumachen, als ob nichts gewesen wäre. Wie andere Frauen in ihre Handschuhe oder ihre Ballerinas rein- und rausschlüpfen, ließ Katja meinen Herrn Wurst in ihre Mumu rein- und rausschlüpfen, wie es ihr gerade passte.

Sie schlich zur Tür rüber, umgriff langsam die Türschnalle, drückte sie runter und riss die Tür auf. Im Türrahmen stand Markus und miaute.

Was tust du da?, zischte Katja ihn an. Horchst du mich schon wieder aus?

AH, sagte Markus, WO LIEGT MEIN GEFÜHL, DURSTIG BIN ICH.

Durstig, durstig, sagte Katja, dann hol dir halt was zu trinken und steh nicht stundenlang vor meinem Zimmer herum, um zu lauschen! Da gibt's nichts zu lauschen, das hat dich nicht zu interessieren, was ich in meinem Zimmer mache, das hab ich dir schon hundertmal gesagt!

AH, EIN GEFÜHL HABE ICH SCHON, sagte Markus, ICH KÖNNTE MIR SELBST WAS ZU TRINKEN MACHEN, DAS KRIEGE ICH HIN. ICH BIN SCHLIESSLICH EIN HÜBSCHER ERWACHSENER MANN.

Mach das!, sagte Katja und schlug ihm die Tür vor der Nase zu. Sie ging zurück zum Bett, setze sich auf mich drauf, ließ meinen jetzt nur mehr halbsteifen Herrn Wurst in ihre Mumu hineinschlüpfen, aber es ging problemlos, sie war immer noch nass genug, und fing wieder langsam damit an, ihr Becken zu kreisen, wodurch er gleich wieder hart wurde.

Nicht einmal in Ruhe murmeln kann man, sagte sie, ich bin so froh, dass ich hier weg bin. Ich bin das alles schon so leid gewesen. Sie machte die Augen zu, stützte sich mit ihren Armen auf meine Brust und seufzte wieder leise, während sie mit den kreisförmigen Bewegungen ihres Beckens meinen Herrn Wurst in ihre Mumu rein- und rausschlüpfen ließ und das Tempo langsam erhöhte. Aus dem Fernseher und durch die Wand hörte ich die mir seit Kindheitstagen vertraute Stimme des ORF-Nachrichtensprechers Hans Georg Heinke: Papst Johannes Paul der Zweite ist tot. Seit Tagen schon liegt der polnische Papst im Sterben, jetzt meldet die Nachrichtenagentur Ansa seinen Tod. Gleich wie Hans Georg Heinke war Johannes Paul der Zweite ein fixer Bestandteil meiner Kindheit gewesen, so wie Fackelzüge am Nationalfeiertag, Erste-Mai-Wanderungen und das Geräusch der Züge, die an unserem Haus in regelmäßigen Abständen vorbeibretterten. Dass am selben Tag der Schriftsteller Alois Vogel gestorben war, wie ich erst viele Jahre später erfuhr, wurde in den Medien mit keinem Wort erwähnt. Religion schlägt Literatur bereits seit über zweitausend Jahren, so wie: Fernsehen, Essen, Alkohol und Drogen, Computer- und Unglücksspiele beziehungsweise Spiele im Allgemeinen (inklusive Gummihüpfen), Einkaufen und Shoppen, Sport, Urlaubmachen, Erwerbsarbeit, Hobbys und Vereinsaktivitäten aller Art, Sex, Schlafen undsoweiter.

Ich merkte, dass wir beide bald kommen würden, weil sie anfing, mit Zeige- und Mittelfinger ihrer rechten Hand ruckartig ihren Kitzler zu massieren. Ich presste ihr Becken mit den Händen fester gegen meines und stieß auch mit meinem Becken hart gegen ihres, damit es noch schneller ging. Auf einmal hörte sie aber wieder damit auf, ihren Kitzler zu massieren, sie bewegte ihr Becken auch nicht mehr kreisförmig, sondern riss die Augen auf und sagte: Wetten, dass er jetzt wieder den Kühlschrank ausräumt, obwohl wir ihm verboten haben, in der Nacht etwas zu essen?

Was, sagte ich?

Na, Markus, sagte sie, hast du seine Wampe bitteschön nicht gesehen? Die hängt ihm schon fast bis zu den Knien runter. Seine Blutwerte sind unter aller Sau und Zucker hat er auch schon, hat Papa gesagt, sagte sie, ließ meinen Herrn Wurst wieder aus ihrer Mumu herausschlüpfen und stieg von mir runter.

Ich gehe jetzt nachschauen, sagte sie.

Warte, sagte ich, ich komme mit, zog mir die Unterhose an und ging ihr nach, die Stiegen hinunter. Wegen des fehlenden Handlaufs lehnten wir uns mit einer Hand an die Wand, die dort vom jahrelangen Anlehnen schon braungelb war.

In der Küche war Licht. Pscht, sagte sie und drückte sich den Zeigefinger gegen die Lippen. Wir gingen auf Zehenspitzen zur Tür und lugten hinein. Markus stand vor dem geöffneten Kühlschrank und schaute hinein. Er hatte nur Unterhosen und Socken an. Mit einer Hand hielt er den Griff der Kühlschranktür, mit der anderen streichelte er sich seine wirklich beachtliche Wampe. Der Kühlschrankkompressor schepperte laut in der nächtlichen Stille. Katja stellte sich breitbeinig in den Türstock, stütze beide Hände in ihre Hüften und räusperte sich.

Was soll das hier werden, wenn ich fragen darf?, sagte sie laut.

Markus fror ein. Nur sein Blick mitsamt dem Kopf bewegte sich langsam zwischen Kühlschrank und Katja hin und her und seine Gedanken schienen zu rattern, um die richtige, seine Schwester beschwichtigende Antwort zu finden. Er schaute in den Kühlschrank hinein, wo all die Köstlichkeiten vor und von ihm ungenutzt lagerten, drehte den Kopf und schaute wieder zu Katja, die ihn wiederum scharf anschaute, drehte den Kopf wieder zurück und schaute in den Kühlschrank, wo sein Blick an dem Schweinsbraten hängen blieb, den mein Schwiegervater zu Mittag gemacht hatte, drehte den Kopf wieder in Katjas Richtung, die ihn weiterhin finster anschaute undsoweiter. Schließlich seufzte er, drehte den Kopf wieder in unsere Richtung, warf schwungvoll die Kühlschranktür zu und sagte: AH, ICH HABE EIN GEFÜHL: DARAN DARF ICH NICHT EINMAL DENKEN.

Kurze Stille. Dann musste ich laut loslachen, so wie Katja und zum Schluss auch Markus selbst lachen musste, wie ein zum Tode Verurteilter über einen Witz seines Henkers lachen muss, obwohl es eigentlich keinen Grund zum Lachen gibt, aber es trotzdem egal, weil vergeblich ist.

Genau, das kannst du dir einrexen, sagte Katja, ging in die Küche rein, lehnte sich gegen die Kühlschranktür und sagte: *Jetzt aber ab ins Bett mit dir*, so wie man es zu kleinen Kindern sagt, die nach dem Betthupferl in ihr Zimmer geschickt werden. Aber Markus war kein kleines Kind mehr, das nach dem Betthupferl ins Zimmer geschickt werden musste, es wurde nur mit ihm immer so geredet, als wäre er eines. Er tat mir leid. Wir warteten noch, bis er mit gesenktem Kopf in seinem Zimmer verschwunden war, und gingen wieder rauf in unseres.

Das war ein Heckmeck, was?, sagte Katja und schüttelte den Kopf.

Was heißt, sagte ich.

Wir legten uns wieder ins Bett und lachten noch eine Weile über die Szenerie und darüber, was wohl die Eltern gesagt hätten, hätten sie uns so gesehen, alle drei halb nackt mitten in der Nacht in der Küche stehend und ich mit einer Zeltstange in den Boxershorts.

Willst du noch fertig machen?, fragte sie, griff mir in die Unterhose rein und legte ihre Hand um meinen Herrn Wurst. Sie war kalt und feucht.

Ist der Papst katholisch?, sagte ich und mir fiel wieder ein, dass der tatsächlich heute, beziehungsweise gestern gestorben war. Ich sagte es aber nicht, darüber wollte ich heute nicht mehr reden, ich wollte *fertig machen*, wie Katja es bezeichnet hatte, und dann nur mehr schlafen. Katja wusste, dass sie bei mir leichtes Spiel hatte und deshalb schon nicht mal eine Minute, nachdem sie mit ihrer Hand in meine Unterhose gefahren war, wieder auf mir saß und mit einer kurzen Bewegung ihres Beckens meinen wiederauferstandenen Herrn Wurst – *Amen* – in ihre Mumu hineinschlüpfen ließ. Selbst heute, fast zwanzig Jahre später, hat sie immer noch dasselbe leichte Spiel mit mir. Mir kommt es ganz normal vor, ihr ist es nicht ganz geheuer. Sie traut der Sache nicht, weil, wie sie immer sagt, es doch das Normalste überhaupt ist, dass man den anderen nach so langer Zeit, nachdem man sich gegenseitig unzählige Male gehabt hat, einfach nicht mehr unbedingt so oft und dringend haben will, oder sich viel öfter sogar überhaupt nicht mehr haben will, weil es sich, greift man den anderen an, nach so langer Zeit anfühlt, als würde man sich selbst angreifen. Irgendwas stimmt bei dir nicht, sagt sie, du bist mein persönlicher immerbrünstiger Lustmolch, und ich sage ihr dann: Vielleicht bin ich dahingehend auch behindert, vielleicht habe ich hier auch einen Defekt, weil es evolutions- und fortpflanzungstechnisch völlig unproduktiv ist, seinen Samen immer in denselben Eierstöcken deponieren zu wollen und an anderen, jüngeren und somit frischeren Eierstöcken nicht das geringste Interesse zu haben. Ich bin eben ein Albatros, sage ich dann immer, den von meinem Vater gestohlenen Spruch, der sein ganzes Leben lang auch nur mit einer Frau, meiner Mutter, zusammen gewesen war. Damals, als sie wieder auf mir saß, ließ sie sich keine Zeit mehr, sondern steigerte gleich das Tempo, um die Sache endlich zum Abschluss zu bringen. Gerade als sie stärker zu seufzen und ihren Kitzler wieder schneller zu massieren begann, hörte ich durch die Wand aus Omas Schlafzimmer und Fernseher eine Melodie, die ich schon im Wohnzimmer meiner Eltern unzählige Male gehört hatte und die einer von den Soundtracks meiner, wie ich heute weiß, nur scheinbar auf allen Seiten abgesicherten Kindheit war. Es war die markante Titelmelodie des *Seniorenclubs*, der anscheinend gerade spätnachts in irgendeiner Nostalgiesendung zur Einschläferung der bettflüchtigen Großmütter wiederholt wurde, komponiert und am Klavier gespielt von Michael Danzinger, und sofort sah ich den Ober Alfred hinter der Bar stehen und die Frau Anni, *verkörpert* von den Schauspielern Alfred Böhm und Hilli Reschl, beide aus einer Riege von Nachkriegs-Schnulzfilm-Protagonisten wie Peter Alexander, Waltraut Haas, Gunther Philipp undsoweiter, die, wie ich glaubte, nur für mich abgestellt waren, um mir eine perfekte, heile Welt zu *verkörpern*, dachte ich, die es so nie gegeben hat, vor allem nicht für Menschen wie Albert, Paul und Markus, und die sich immer mehr entleibte, je älter ich wurde und je mehr Leute ich außerhalb der von meinen Eltern für mich aufgebauten Sicherheitszone kennenlernte, was mit ein Grund dafür war, keinem mehr zu vertrauen und erst einmal immer vom Schlechtesten auszugehen, was meine sogenannten *Mitmenschen* betraf, vor allem bei Erwachsenen, Autoritätspersonen, Lehrern und meinen Schulverderbern, die den größten Teil meiner Mitschüler ausmachten, dachte ich, und als die Titelmelodie fertig gespielt war und nach dem Applaus der Ober Alfred die Gäste des Seniorenclubs mit einem Kalauer begrüßte, der von den Gästen mit inbrünstigem Gelächter quittiert wurde, konnte ich endlich kommen, nach all den Unterbrechungen an diesem Abend, gleich nachdem Katja gekommen war, so lange konnte ich es noch hinauszögern, ihr Kommen abzuwarten, was ich zwar immer versuchte, mir aber nicht immer gelang, danach ließ sie sich nach vorne auf meine Brust fallen, wo ich ihren Herzschlag spürte, der nur langsam ruhiger wurde, und ich dachte mir, wie schön es doch ist, kommen zu können, noch dazu zusammen kommen zu können, und wie leid mir Markus tat, der nie kommen konnte, zumindest nicht mit jemandem zusammen, und dass das schleunigst geändert gehörte, wie, das musste ich mir noch überlegen, aber jetzt nicht mehr, dachte ich, bitte heute nicht mehr der Grübelsucht verfallen, der ich sonst so oft ausgeliefert war, dann fielen mir die Augen zu und bevor ich einschlief, meinte ich durch die Wand aus dem Zimmer und dem Fernseher nebenan noch einmal die Stimme Hans Georg Heinkes zu hören, der in der »Zeit im Bild 3« erneut den Tod Johannes Paul des Zweiten bedauerte.

Obwohl ich mir an diesem Abend selbst gesagt hatte, mir etwas wegen Markus überlegen zu müssen, dauerte es noch Jahre, bis ich mir tatsächlich etwas überlegt hatte. Der Auslöser war letztlich ein Ballbesuch. Es war einer der sogenannten Maturabälle gewesen, die die Schüler und Schülerinnen zur Feier des Abschlusses ihrer höheren Lehranstalten veranstalten, in erster Linie dafür, um Geld für die anschließende Maturareise zu sammeln. Wessen Maturaball es gewesen war, den ich mit Katja und Markus besuchte, weiß ich nicht mehr genau, ich denke, es war eine Cousine von Katja. Ich weiß nur mehr, dass es meine Idee war, damit Markus wieder einmal aus der Routine seines Idiotenzwingers herauskommt, wie der Zivildiener damals zu mir gesagt hatte und wie das Behindertenwohnheim seitdem für mich hieß, ob ich wollte oder nicht. Wir putzten uns also für den Abend heraus wie die Pfingstochsen. Die Pfingstochsen marschieren auf!, hatte meine Schwiegermutter gesagt, Markus die Krawatte umgebunden und ihm mit einer Gumminoppenbürste, bei der der Großteil der Gumminoppen schon fehlte und nur mehr die Stahlstifte herausstanden, fest die Haare gestriegelt, als wäre er tatsächlich ein Pfingstochse.

Die Metallstifte hinterließen rote Striemen auf der Kopfhaut seiner bereits entstehenden Geheimratsecken und rissen teilweise seine Pickel auf, dass ihm eine gelbrote Sauce an den Schläfen hinunterlief, die meine Schwiegermutter mit einem Taschentuch auftunkte, nur um gleich darauf wieder mit der Bürste drüberzufahren undsoweiter. Katja hatte sich beim Friseur eine Aufsteckfrisur machen lassen, mit der sie aussah wie eine Mischung aus Marge Simpson und Amy Winehouse. Natürlich kamen wir verspätet zum Ball, weil Katja eine Trödlerin war und jede Minute, die sie zu einem Termin früher erschien, eine verschwendete Minute für sie war, die sie für etwas anderes hätte nutzen können. Auf jemanden zu warten war ihr ein Gräuel, wie man so schön sagt, lieber nahm sie in Kauf, dass der Jemand wegen ihrer Verspätung auf sie angefressen, oder wenn sie viel zu spät erschien, derjenige gar nicht mehr da war. Und Markus kam schon aufgrund seiner ihm angeborenen Langsamkeit überallhin zu spät. Als wir ankamen, war die Polonaise schon im Gange. Das war schon einmal die erste Enttäuschung für Markus an diesem Abend, weil er sich schon so auf die Polonaise gefreut hatte, er aber damit nicht den Tanz, sondern die *Spaghetti Bolognese* gemeint hatte.

AH, sagte er, ICH HABE EINE FRAGE, WO SIND DIE SPAGHETTI?

Als wir ihm erklären mussten, dass es gar keine Spaghetti gab, sondern nur einen Tanz mit ähnlichem Namen seiner geliebten Spaghetti Bolognese, fror er gleich einmal ein und verharrte auf dem Platz, auf dem er in dem Moment der überbrachten Hiobsbotschaft gerade stand, und das für circa zwanzig Minuten. Das war nicht ideal, weil dieser Platz gleich am Eingang zum Ballsaal lag, der vollgestopft mit Besuchern war, die ständig durch den Eingang hinein oder hinaus wollten und Markus die ganze Zeit von allen Seiten her anrempelten und er sich deswegen noch mehr versteifte. Nicht nur wir, sondern alle Gäste waren aufgeputzt wie die Pfingstochsen: die Mädchen in weißen Ballkleidern, weißen Handschuhen und Hochsteckfrisuren, die Burschen mit Frack, Fliege und eine weiße Rose in den ebenso weiß behandschuhten Händen haltend, die die Mädchen auf die Tanzfläche zur Spaghetti Polonaise von Robert Schumann führten, die stolzen Mütter, Väter und Großeltern, die daneben aufgereiht standen und zuschauten, sich mit Taschentüchern die Tränen der Rührung auftunkten wie vorher meine Schwiegermutter die gelbrote Sauce aus Markus' mit den Stahlstiften der der Gumminoppen zum Teil verlustig gegangenen Gumminoppenbürste aufgerissenen Pickeln an den Geheimratsecken und Schläfen aufgetunkt hatte. Ich gebe zu, ich war ein bisschen neidisch. Die Atmosphäre hatte etwas von einer Siegesfeier. Die meisten bei der Feier Anwesenden hatten gewonnen, vor allem die auf der Tanzfläche sich gegenseitig an den Händen haltenden und sich in Formation drehenden und anstrahlenden Bolognese-Pärchen. Wenn ich ehrlich war, hätte ich ihn auch gerne einmal erlebt, diesen kurzen Moment des Triumphes, in dem alles so perfekt zum Abschluss kommt, in dem sich die Strapazen der vorangegangenen Jahre als anscheinend gelohnt herausstellen, auch wenn man es eigentlich noch gar nicht sagen kann, ob sie sich auch tatsächlich gelohnt haben werden. Aber in diesem Moment schon, in diesem Moment kann man es ganz genau sagen, dass sie sich gelohnt haben, man war ja schließlich trotz allem noch jung. In diesem Moment liegt der Blick sonnig in einer unbeschwerten Zukunft, die Strapazen liegen hinter einem, vor einem liegen die Maturareise auf Ibiza, billiger Schnaps, Mädchen, Erfolg, Führerschein, Auto, Motorrad, womöglich Freiheit, und in ein paar Stunden hoffentlich die Bolognese-Partnerin oder einfach irgendeine Maturantin, ebenfalls glücklich, betrunken, nackt und mit gespreizten Beinen im Bett oder sonst irgendwo. So eine Feier hatte ich nie. Nach meiner bestandenen Lehrabschlussprüfung gab es zur Feier des Tages nur Dosenbier und hosensackwarme Leibwächter, die ich, gemeinsam mit meinem Lehrlingskollegen, am Eingangsportal vor dem Grazer Wirtschaftsförderungsinstitut auf ex getrunken hatte. Nach, wie gesagt, zwanzig Minuten konnten wir Markus dazu bewegen, sich etwas abseits vom Eingang an einen Stehtisch zu stellen. Ich holte uns ein Bier und stellte mich zu ihm. Stumm nuckelte er an der Flasche und beobachtete die jungen Leute, die lachten, tanzten, tranken, einander umarmten und küssten und mit Trinksprüchen auf ihren Erfolg und die Zukunft anstießen.

Ich schau mal eine Runde, sagte ich zu ihm, du kannst ja auch mal woanders hingehen. Treffen wir uns, sagen wir, in zwei Stunden wieder hier? Er nickte nur und ich ließ ihn stehen. Ich weiß nicht mehr, wie lange ich weg war, auf alle Fälle länger als zwei Stunden. Wie das halt so ist auf Bällen, Festen und Partys: Man trifft jemanden, den man ewig nicht mehr gesehen hat, sagt: Dich habe ich ja schon ewig nicht mehr gesehen!, zahlt eine Runde, trinkt aus, wird selbst eingeladen, trinkt aus, plaudert, bis man wieder jemanden trifft, den man ewig nicht mehr gesehen hat, sagt wieder: Dich habe ich ja schon ewig nicht mehr gesehen!, zahlt eine Runde, trinkt aus, wird selbst eingeladen, trinkt aus, plaudert undsoweiter, und auf einmal ist es fünf Uhr in der Früh. Irgendwann fiel mir Markus wieder ein und ich ging zurück zum vorher ausgemachten Platz. Er stand immer noch gleich da, vor ihm standen ein paar leere Schnapsstamperl und Bierflaschen, die ihm irgendwelche Leute spendiert hatten, in einer Hand hielt er eine noch halb volle Flasche. Er war offensichtlich betrunken und schaute etwas derangiert aus. Das Hemd hing ihm vorne zur Hälfte aus der Hose, bei der das Hosentürl offenstand, die Krawatte hatte er sich heruntergezogen, sie hing schief an seinem Hals, und die Haare standen ihm zu Berge, wie man so schön sagt. Den Mund halb geöffnet, die dicke Zunge über die Unterlippe geschoben, starrte er in seinen Narrenkasten hinein.

Markus!, sagte ich, hallo, entschuldige, dass ich erst so spät auftauche, geht's dir auch gut? Hast du dich gut unterhalten? Hast du Katja gesehen? War sie auch einmal hier bei dir?

Er sagte nichts und schaute weiter in seinen Narrenkasten hinein. Zumindest dachte ich zuerst, dass er in seinen Narrenkasten hineinschaute, dann fiel mir auf, dass sein Blick an einem Tisch in der Ecke neben der Schnapsbar hängen geblieben war. Ein Bursch, der ähnlich derangiert aussah wie Markus, hatte ein Mädchen auf den Tisch gehoben und sich breitbeinig zwischen ihre Beine gestellt, die diese wiederum um seine Hüften und hinter seinem Rücken verschränkt hatte. Sie war barfuß, die Ballstöckelschuhe lagen vor dem Tisch auf dem Boden. Ihr Ballkleid war über die Oberschenkel hochgerutscht, bis zu den Spitzen ihrer halterlosen Strümpfe. An einem Oberschenkel trug sie ein knallrotes Strumpfband, wie es die Bräute am Hochzeitstag tragen. Zwischen Schenkel und Strumpfband hatte der Bursch seine linke Hand gesteckt, die sich immer weiter nach oben arbeitete und zwischendurch von dem Mädchen ebenso immer wieder zurück nach unten geschoben wurde. Ein Träger ihres Kleides war ihr über die Schulter gerutscht, der BH kam zum Vorschein, zwischen dessen Spitzen die Brustwarze herausgerutscht war, die der Bursch mit der Handfläche seiner rechten Hand kreisförmig streichelte. Sie hatte den Kopf in den Nacken gelegt, hielt die Augen geschlossen und er küsste abwechselnd ihr Dekolleté, ihren Hals und ihr Gesicht, weshalb ihr Make-up schon ganz verschmiert war. Er leckte ihr Ohr ab und steckte seine Zunge hinein, wanderte wieder hinunter und küsste sie, während er seinen Unterleib an ihrem rieb. War sein Mund gerade nicht auf ihren gepresst, lächelte sie mit ihrem von knallrotem Lippenstift verschmierten Mund. Dazwischen nahm der Bursch hie und da einen Schluck aus seiner Bierflasche, die er daneben auf dem Tisch abgestellt hatte, und steckte den Flaschenhals auch dem Mädchen wie einem Baby in den Mund, die zaghaft daran nuckelte.

Sauschädelschmaus, oder?, sagte ich zu Markus und lachte. Aber er lachte nicht mit. Er drehte seinen Kopf zu mir, legte ihn zu Seite, streichelte meinen Kopf und sagte leise: AH, ICH DENKE WAS, ICH TÄTE SO GERNE FICKEN.

Sofort fielen mir die Sätze meiner Schwiegermutter und Katjas wieder ein: *Das hat dich nicht zu interessieren,* hatte Katja zu ihm gesagt, als Markus vor ihrer Zimmertür dem Geräusch meines in ihre Mumu hinein- und herausschlüpfenden Herrn Wurst lauschte und meine Schwiegermutter hatte gesagt: *an das Kinder-Machen brauchst du überhaupt nicht erst anfangen zu denken, du siehst ja, was dabei herauskommt: nichts Gescheites!*

Ich seufzte. Ich wusste nicht, was ich sagen sollte. Ich konnte ihm nicht mal die Hand auf die Schulter legen und sagen, dass es schon werden wird, weil ich natürlich selbst nicht wusste, ob es bei ihm jemals werden würde, darum sagte ich nur: Ich weiß Markus, ich weiß.

Es war schon hell, als wir im Haus meiner Schwiegereltern ankamen, oder besser gesagt: hellgrau, es war Februar. Wir zogen uns aus, schmissen unser nach Rauch und Bier stinkendes Gewand auf den Boden und ließen uns ins Bett fallen. Wir drehten uns zur Seite und Katja drückte mir ihren kalten, nackten Hintern gegen den Bauch, um ihn daran aufzuwärmen. Ich legte meine Hand auf ihren ebenfalls kalten Oberschenkel und streichelte ihn. Sie schnurrte und drückte ihren Hintern fester gegen mich. Ich widerstand fürs Erste meinem Reflex, ihr von hinten zwischen die Beine zu greifen. Ihre Oma, im Schlafzimmer daneben, schaute sich wie jeden Tag in der Früh das Wetterpanorama im Fernsehen an. Das konnte ich an der Hintergrundmusik erkennen, die so laut war, als käme sie direkt aus einem Radio neben meinem Kopf beziehungsweise aus einem Frühschoppenzelt. Diese mit immerlustiger Volksmusik unterlegten Wetterpanoramasendungen gehörten auch zu meinen Elternwohnzimmererinnerungen, dachte ich. Genauso wie die immerlustige Volksmusik des Schweinefunks aus dem Radio, wie mein Vater den Regionalsender der staatlichen Radiostation immer nannte. Da ich im Sommer selten fernschaute, waren es meistens Sauwetterpanoramasendungen, an die ich mich erinnerte. Sofort hatte ich wieder die mich deprimierenden Bilder der österreichischen Landschaften und Hauptplätze vor Augen, die mit der immerlustigen Volksmusik der Sauwetterpanoramasendungen überhaupt nicht zusammenpassten. Genauso wie die immerlustigen Schnulzenschauspieler schmierte die immerlustige Volksmusik eine pastellfarbene Spachtelmasse über meine eigentlich rissige und von Schimmel befallene Gipskartonwand-Wirklichkeit vor der eigenen Haustür, in der es weniger zu lachen gab, als einem die immerlustigen Schnulzenschauspieler, die immerlustige Volksmusik und die vermeintlich immerschönen österreichischen Panoramen weismachen wollten, die den Großteil des Jahres in Wirklichkeit Sauwetterpanoramen waren. Die Verherrlichung der österreichischen Sauwetterpanoramen erinnert mich vom Gehabe her an den Blut- und Kitschpatriotismus der *Nur-ihre-Pflicht-Tuer,* dachte ich, der *Nichts-davon-gewusst-haben-Woller* und der jungen, aufstrebenden Verdrängergeneration der *Lasst-uns-mit-dem-*

Scheißdreck-in-Ruhe-wir-können-ja-nichts-dafür-Enkerl. Dieser Kitschpatriotismus beginnt bei der Verklärung der österreichischen Sauwetterpanoramen und endet bei den österreichischen Gaskammern, um dann bei den *Gaskammern-Leugnern* wieder von vorne anzufangen, dachte ich. *Früher hätte man euren Gestörten vergast,* wie es im Protokoll meiner Schwiegermutter gestanden ist, *so, wie es sich eigentlich gehört,* und das war in den neunziger Jahren. Die Grausamkeit wird durch vermeintlich plausible und nachvollziehbare Argumente legitimiert, zur vom gesunden Menschenverstand erklärten Normalität und somit gesellschaftlich und staatlich sanktioniert, so ist es schon immer gewesen, hat mein Vater immer gesagt und mit den Schultern gezuckt, da brauchst du nur in die Geschichte hineinschauen, hat er gesagt, und seinen mir viel zu galligen, von ihm aber geliebten Gabelbissen verspeist, dachte ich. Laut polterte die Almseepolka durch die Holzriegelwand aus Omas Schlafzimmerfernseher, zu deren Klängen man die in einer Nebelsuppe versunkene Gamskogelhütte in Zauchensee vermuten konnte, gefolgt von unterschiedlichen Jodlerweisen, die die Bilder des mit Graupelschauer beschlagenen Klaffer am Hochficht und den von dichtem Schneefall unkenntlich gemachten Patscherkofel zeigten. Zum Rentmeistergutjodler wurden Bilder der Gefrorenen Wand in Hintertux ins Wohnzimmer meiner Eltern und in Tausende andere Wohnzimmer gesendet, von der man überhaupt nichts sah, weil der gefrierende Nebel die Kamera beschlagen hatte, während ich, von dem Anblick niedergeschlagen und einen genauso trostlosen Arbeitstag vor mir habend, lustlos in mein Honigbrot biss. Nach all den Berggipfeln, Liftstationen und Kirchenplätzen diverser Landeshauptstädte landete man immer wieder bei den Bildern des hinter einem Vorhang aus Sprühniesel verdeckten Wiener Rathauses, das man nur durch den dazu immer abgespielten Kaiserwaldwalzer wiedererkannte. Auch jetzt hörte ich wieder den Kaiserwaldwalzer oder sonst irgendeinen Walzer, so genau konnte ich es nicht sagen, und stellte mir dazu die rußige Fassade des Wiener Rathauses vor, die von den starken Wiener Winterwindböen zusammen mit dem undurchsichtigen Wiener Sprühniesel wie mit einem Hochdruckreiniger angesprüht – *abgekärchert* – wurde, wie meine Mutter immer sagte, wenn ich zum Beispiel nach dem Essen von dem Essen verklebt vom Tisch aufstehen wollte – *nach dem Essen müsste man dich immer abkärchern!* –, und konnte wieder nicht widerstehen, meine Hand von hinten zwischen Katjas Schenkel zu schieben, die auch gleich ein Bein leicht anhob, damit ich besser hineinkonnte.

Weißt du, was Markus jetzt am Schluss zu mir gesagt hat?, sagte ich.

Nein, was denn?, sagte Katja und gähnte.

Er hat gesagt: *Ich täte so gerne ficken,* sagte ich.

Was? Das hat er gesagt? *Ich täte so gerne ficken*, hat er gesagt?, das Wort *ficken* hat er benutzt? Seit wann benutzt er dieses Wort?, sagte Katja und drehte sich abrupt um, damit sie mir ins Gesicht schauen konnte. Dabei rutschte meine Hand zwischen ihren Schenkeln wieder heraus.

Ja, *ich täte so gerne ficken,* hat er gesagt. Oder vielleicht hat er auch *pudern* gesagt, das weiß ich jetzt nicht mehr so genau. Was ist so schlimm daran?, sagte ich.

Was so schlimm daran ist?, sagte sie.

Ja, du tust es ja schließlich auch gerne, oder nicht?, sagte ich. Schlimm daran ist nur, dass er es gerne tun möchte, aber nicht kann, finde ich.

Bitte, das ist ja wohl was anderes, sagte sie, du hast schon gemerkt, dass Markus behindert ist, oder? Außerdem soll er nicht *ficken* sagen, oder *pudern*, das ist ordinär. Du sagst ja auch nicht *ficken* und *pudern*, oder? Oder sagst du nur nicht ficken und pudern, wenn ich dabei bin und wenn ich nicht dabei bin, sagst du schon *ficken* und *pudern?*

Ist doch egal, wie er dazu gesagt hat oder wie ich dazu sage, sagte ich, es geht ja nicht um die Wörter, es geht ums Tun! Glaubst du vielleicht, er ist nicht geil? Er will halt auch mal!

Natürlich wird er auch einmal geil sein!, sagte sie. Natürlich wird er auch einmal wollen! Aber was soll ich dagegen, oder besser gesagt, *dafür* tun? Außerdem will ich mir das gar nicht vorstellen müssen! Oder willst du dir vielleicht deine Schwester beim Sex vorstellen müssen? Das ist doch grauslich!

Nein, ich will mir meine Schwester nicht beim Sex vorstellen müssen, sagte ich, aber darum geht es doch gar nicht. Meine Schwester kann schließlich Sex haben wann und mit wem auch immer sie will. Aber Markus nicht. Markus täte gerne, kann aber nicht.

Was glaubst du, wie viele Männer gerne wollen täten und nicht können? Müssen jetzt auch alle, die wollen täten, können dürfen, oder was?, sagte sie. Müssen sich jetzt schon die Frauen zur Verfügung stellen für die Männer, die gerne wollen täten, aber nicht können?

Nein, aber die können wenigstens ins Puff gehen, sagte ich.

Was soll das heißen? Willst du mit Markus vielleicht ins Puff gehen?, sagte sie.

Warum nicht, warum soll er denn nicht ins Puff gehen können?, sagte ich, wenn er so oder so nie Sex haben wird können, wird er doch wenigstens ins Puff gehen können!

Ich glaub nicht, dass das eine gute Idee ist, sagte sie. Da werden meine Eltern keine Freude haben, wenn du ihnen mit dem Vorschlag kommst, dass du mit Markus ins Puff gehen willst, gar keine Freude werden sie haben.

Das muss ja keiner erfahren, sagte ich.

Ich weiß nicht, ich hab kein gutes Gefühl dabei, sagte sie.

Ich muss ja nicht ins Puff gehen mit ihm, es gibt ja auch Huren, die Hausbesuche machen, sagte ich.

Es gibt Huren, die Hausbesuche machen? Du kennst dich aber gut aus mit den Huren, sagte sie. Sogar dass sie Hausbesuche machen, weißt du! Einen richtigen Hurenkenner habe ich mir da geangelt! Hast du auch schon mal einen Hausbesuch von einer bekommen?

Nein, ich habe noch keinen Hausbesuch von einer bekommen, ich habe ja dich, sagte ich und wollte meine Hand wieder zwischen ihre Schenkel hineinschieben.

Das kannst du dir heute abschminken, sagte sie, klemmte ihre Schenkel zusammen, zog den Hintern ein und sich selbst die Decke bis zur Nasenspitze hoch.

Das war ein Scherz, sagte ich und weil keine Antwort kam, nach einer Weile: Schlaf gut.

Du mich auch, sagte sie.

Kurz darauf schliefen wir ein.

Meiner Schwiegermutter brauchte ich mit meiner Idee wirklich nicht zu kommen, da hatte Katja recht. Die Idee hätte sie mit einer Armbewegung vom Tisch gewischt und so etwas gesagt wie: Liawa dawoat ois darennt, was so viel heißt wie: Lieber abwarten, als überstürzt zu handeln. Zu meinem Schwiegervater hatte ich da schon einen besseren Zugang. Er war besonnen, handelte überlegt und redete nicht viel, weshalb ich ihn bei Gesprächen mit Katja oft meinen *Schweigevater* nannte. Zu ihm hätte ich mit meiner Idee bestimmt gehen können. Das hätte ich, rückblickend, auch tun sollen, wäre nicht kurz vorher dieser peinliche Zwischenfall passiert, aufgrund dessen ich mich geschämt hatte, mich mit meiner Idee an ihn zu wenden. Es war an einem Sonntag gewesen, am Nachmittag. Katja machte ein Nachmittagsschläfchen und ich legte mich, um sie dabei nicht zu stören, auf das Sofa in Markus' Zimmer und las ein Buch. Markus war im Badezimmer und duschte sich, was immer eine Prozedur von ein bis zwei Stunden war. Alleine für die Tätigkeit, das Wasser aufzudrehen und in die Dusche hineinzusteigen, was normalerweise nur wenige Sekunden in Anspruch nimmt, brauchte er mindestens zehn Minuten. Einmal machte ich die Badezimmertür auf, da stand er in dem mit Wasserdampf vom Boden bis zur Decke gefüllten Badezimmer, an dessen Wänden bereits das kondensierte Wasser rann und auf dem Boden Lachen bildete, und schaute in die Duschkabine hinein, weil er sich nicht entscheiden konnte, mit welchem Fuß er als Erstes hineinsteigen sollte. Er hob ein Bein hoch, wollte es in die Duschkabine hineinstellen, zog es kurz davor zurück, stellte es ab, wartete, hob das andere Bein hoch, versuchte, es in die Duschkabine hineinzustellen, zog es wiederum kurz davor zurück und stellte es wieder ab. Oft stellte ich mir vor, was er sich wohl in diesen Momenten wirklich dachte, weil bei Nachfrage immer nur seine klassischen, von ihm, wie mir vorkam, eingelernten Sätze kamen, die er sich für die Normalen zurechtgelegt hatte, weil er wusste, dass von ihnen die Sätze, die er tatsächlich in seinem Kopf hatte, nicht verstanden werden würden. Darum sagte er lieber Sätze wie: AH, ICH WEISS SCHON, ICH STEHE WIE ANGEWURSTELT DA. Vielleicht, dachte ich, dauert alles bei ihm so lange, weil er weiß, dass er beim Denken Fehler macht und deshalb alles ganz genau, Schritt für Schritt durchdenkt? Dass er grundsätzlich viel mehr Energie in das Denken legt als der Durchschnittsnormale, der seinen Vierundzwanzigstundentag, seiner Armbanduhr und seiner Gewohnheit gemäß oder einfach wie es ihm vom Kindergarten bis zur Rente beigebracht worden ist, durchgetaktet hat? Vielleicht denkt Markus sich, wenn er ins Bad geht und vor der Duschkabine steht: AH, ICH DENKE

WAS! UM MICH ZU WASCHEN, MUSS ICH NASS WERDEN. DAZU MUSS ICH DAS WASSER IN DER DUSCHKABINE AUFDREHEN. UM DAS WASSER AUF MEINE HAUT ZU KRIEGEN UND SIE DADURCH NASS WERDEN ZU LASSEN, MUSS ICH IN DIE DUSCHKABINE HINEINSTEIGEN. VOR DEM HINEINSTEIGEN MUSS ICH ABER NACKT SEIN. UM NACKT ZU SEIN, MUSS ICH MIR VORHER NOCH DAS GEWAND AUSZIEHEN. WAS MUSS ICH MIR ALS ERSTES AUSZIEHEN UND WAS ALS LETZTES? MACHT ES EINEN UNTERSCHIED, WAS ICH MIR ALS ERSTES UND ALS LETZTES AUSZIEHE? BESSER VON UNTEN NACH OBEN ODER BESSER VON OBEN NACH UNTEN, UM IN DER MITTE NICHTS AUSZULASSEN? VON DEN SOCKEN ZUM PULLOVER ODER UMGEKEHRT? BIN ICH SCHON NACKT? WO BIN ICH STEHEN GEBLIEBEN? BEIM WASSERAUFDREHEN? BEIM HINEINSTEIGEN IN DIE DUSCHKABINE? BEIM AUSZIEHEN? WAS KOMMT VORHER UND WAS KOMMT NACHHER? WIE IST NOCH MAL DIE RICHTIGE REIHENFOLGE? WAS MUSS ICH TUN, WENN ICH DRINNEN BIN? WENN ICH ALLES RICHTIG GEMACHT HABE UND NASS GEWORDEN BIN? WAS MUSS ICH MIR WASCHEN? HAT DER PAPA GESAGT, ICH MUSS MIR HEUTE DIE HAARE WASCHEN? ODER MUSS ICH MIR HEUTE DIE HAARE NICHT, SONDERN NUR DEN KÖRPER WASCHEN? WENN ICH MIR DIE HAARE WASCHEN SOLL, MUSS ICH MIR DIE HAARE ZWISCHEN DEN BEINEN MIT HAARSHAMPOO ODER MIT DUSCHGEL WASCHEN? WELCHE STELLEN MUSS ICH MIR GRÜNDLICHER WASCHEN UND BEI WELCHEN MUSS ICH NICHT SO GRÜNDLICH SEIN? ZWISCHEN DEN ZEHEN, HINTER DEN OHREN, IN DER RITZE? WAS BEDEUTET GRÜNDLICH? WAS SOLL ICH NACH DEM DUSCHEN ESSEN? SÜSS ODER PIKANT?

KALT ODER WARM? WAS SOLL ICH NACH DEM DUSCHEN TRINKEN? WARM ODER KALT? KAKAO ODER BUTTERMILCH? PFEFFERMINZTEE ODER BIER? IST DAS WASSER IN DER DUSCHE ZU WARM ODER ZU KALT ODER PASST ES EH? undsoweiter undsofort. Das, oder so ähnlich muss wohl in seinem Kopf vorgehen, dachte ich. Und das bei so vielen Entscheidungen, die an einem Tag zu treffen sind! An dem Tag, an dem ich in seinem Zimmer auf dem Sofa lag und ein Buch las, war er mit dem Duschen flott fertig gewesen, also nach circa anderthalb Stunden. Er kam in sein Zimmer, nackt bis auf die Puma-Plastikbadeschlapfen an seinen Füßen und ein Handtuch, das er sich wie einen Turban um den Kopf gewickelt hatte. Als er mich auf dem Sofa liegen sah, lächelte er, nickte überrascht mit dem Kopf und winkte mir mit der rechten Hand zu, den Arm dabei königlich leicht hin und her schwenkend, so wie die Queen oder der Papst bei feierlichen Anlässen immer der jubelnden Menge vom Balkon herunter oder aus Nobelkarossen beziehungsweise dem Papamobil heraus zuwinken. Ich legte mein Buch weg und tat das Gleiche, ich hatte Zeit. Da mach ich jetzt mit, dachte ich. Fünf Minuten winkten wir einander zu, in königlicher Pose, die Arme hin und her schwenkend. Dazwischen nickte Markus die ganze Zeit grinsend und machte hie und da eine kleine Verbeugung in meine Richtung. Durch das Hin-und-her-Schwenken kreuzte sein Oberarm immer wieder seinen Blick, bis er damit an seinem Bizeps hängen blieb. AH, ICH DENKE WAS, sagte er, ARNOLD SCHWARZENEGGER! Er fing an, wie ein Bodybuilder zu posen. Breitbeinig stellte er sich vor mich hin, hob die Arme seitlich hoch und spannte seine Bizepse an, die sich aber durch das Anspannen nicht veränderten. Er zwickte dabei die Arschbacken zusammen und schob sein Becken nach vorne. Seine buschige Schambehaarung schaute aus wie ein

Vogelnest, aus dem die Zipfelmütze seines Penis wie ein Entenschnabel herausschaute. Ich machte ihm die Pose nach. Er zog die Arme nach unten und presste die Fäuste zusammen, was bei Arnold Schwarzenegger den Latissimus hätte anschwellen lassen, Markus drückte es nur die Fettschürze heraus. Ich machte ihm die Pose nach. Er machte die klassische seitliche Brustpose der Bodybuilder, indem er ein Bein anwinkelte und mit einem Arm gegen den anderen, abgewinkelten drückte. Ich machte ihm die Pose wieder nach. Sein Oberkörper zitterte vor Anstrengung und die Fettschicht, mit der sein ganzer Körper verpackt war, zitterte dabei mit, wie ein Wackelpudding, den einem eine unfreundliche Kellnerin unvorsichtig vor sich auf den Tisch hinstellt. Der Handtuchturban war verrutscht und das Handtuch hing ihm auf einer Seite herunter, sodass ich die Aufschrift *Tupperware* sehen konnte. In dem Moment ging die Tür auf und mein Schwiegervater kam herein. Er schaute abwechselnd Markus und mich an, wie wir uns in Bodybuilderposen gegenüberstanden. Markus nackt, lediglich mit den Puma-Plastikbadeschlapfen und dem Tupperware-Handtuchturban auf dem Kopf, ich, mit ebenfalls nacktem Oberkörper, weil ich mir, um besser posen zu können, das Leiberl ausgezogen und vor lauter Lachen Tränen in den Augen hatte. Ich hörte sofort zu lachen auf, mein Schwiegervater wurde wieder einmal zum Schweigevater, sagte nichts, schüttelte nur den Kopf, ging hinaus und machte die Tür hinter sich zu. Ich zog mein Leiberl wieder an, setzte mich auf das Sofa, legte mein Gesicht in meine Hände und traute mich nicht aus dem Zimmer zu gehen. Erst als ich sah, wie mein Schweigevater mit dem Auto aus der Einfahrt fuhr, um Einkäufe zu erledigen, ging ich hinaus. Zu dem Zeitpunkt stand Markus immer noch mit dem halb von seinem Kopf herunterhängenden Tupperware-Handtuch da, nur aus den Puma-Plastikschlapfen war er herausgeschlüpft. Jahre später, als ich meinen Schwiegervater darauf ansprach, schaute er mich nur verwundert an, winkte ab und sagte: Das war doch nichts Neues für mich, das hat Markus bei mir und den Betreuern im Tageswohnheim auch immer gemacht. Hätte ich das damals schon gewusst, wäre ich mit meiner Idee sicher vorher zu ihm gegangen, so hatte ich es bleiben lassen und sie im Alleingang durchgezogen. Mein Plan war, Markus offiziell für einen Ausflug nach Wien, zum Beispiel nach Schönbrunn oder in den Prater, einzuladen, ihm aber stattdessen in meiner Wohnung eine Hure zu bestellen. Aus dem Österreichischen Kontakt Magazin wollte ich mir eine, wie ich meinte, geeignete Frau heraussuchen, die kein Problem mit der Behinderung von Markus hatte. Das war gar nicht so einfach, die meisten lehnten ab. Ich weiß nicht, ob aus Ekel oder aus Angst vor dem Unbekannten. Sie waren kurz angebunden und legten gleich wieder auf, noch bevor ich mich länger mit ihnen darüber unterhalten konnte. Am Ende blieben mir nur zwei Inserate in der Ausgabe des Österreichischen Kontakt Magazins über: *Lucy leckt* und *Oma brummt*. *Oma brummt* sprach mich mehr an, es kam mir irgendwie fürsorglicher und rücksichtsvoller vor. Ich rief an, aber auch sie unterbrach mich sofort, als ich das Wort *Mongoloid* sagte. Also blieb nur mehr *Lucy leckt* übrig. Ich probierte es bei ihr. Ich musste lange läuten lassen, bis jemand abhob.

Ja?

Die Stimme war tief und rau und hörte sich müde an.

Spreche ich mit Lucy?, sagte ich.

Ja, Ludmilla sprechen, sagte sie. Sie hatte einen ausländischen Akzent, ich tippte auf Bulgarien oder Rumänien.

Was wollen?, sagte sie, wollen ficki ficki? Kosten hundert Euro. Mit blasen hundertzwanzig. Mit ohne Gummi hundertfünfzig.

Ich hörte, wie sie Rauch aus ihren Lungen blies und danach wieder an einer Zigarette zog.

Ja, sagte ich, ich meine, nein. Es ist nicht für mich, es wäre wegen meinem Schwager gewesen.

Schwager? Welche Schwager? Du Perverse?, sagte sie, nix machen Perverse!

Nein, ich nix Perverse!, sagte ich schnell, in der Angst, sie könnte gleich wie die anderen wieder auflegen. Überhaupt nix wollen machen perverse! Kann auch sein nur streicheln oder kuscheln oder vielleicht bissi wichsen, sagte ich und merkte gar nicht, dass ich auf einmal gleich redete wie sie, dass ich mich sofort ihrem Reden angepasst hatte.

Nix Perverse?, sagte sie, misstrauisch geworden, was wolle dann? Klingen wie Perverse!, sagte sie undsoweiter undsofort. Bis sie verstanden hatte, um was es ging, verging eine Viertelstunde, in der sie zwischendurch immer wieder *Perverse, Perverse!* und *nix machen perverse!* sagte und auflegen wollte, sich aber dann doch von mir nach einigem Hin und Her und Hinauftreiben des Preises überreden ließ. Wir vereinbarten einen Termin und verabschiedeten uns voneinander, obwohl ich mir schon beim Auflegen nicht sicher war, ob sie jemals erscheinen würde.

Dieses Mal gab es keine Probleme mit Markus, der wieder mit dem Zug angereist war. Er stieg bei der richtigen Haltestelle aus und wartete auf dem Bahnsteig, bis ich ihn abholte. Keiner hatte Verdacht geschöpft, nicht einmal Katja, die hatte die Episode nach dem Maturaball längst vergessen gehabt. Alle waren der Meinung, ich ginge mit Markus in den Prater Geisterbahnfahren und danach in das Gasthaus Luftburg, um eine Stelze zu essen und Bier zu trinken. Er saß auf einer Bank und blätterte in der Sonntagsausgabe der *Kronen-Zeitung*.

AH, ICH DENKE WAS!, sagte er, als er mich sah, SERVUS MEIN SCHWAGER, GEISTERBAHN!

Servus Markus, sagte ich, noch nicht, zuerst fahren wir zu mir in die Wohnung.

Ich hatte wegen des Damenbesuchs die Wohnung zusammengeräumt und geputzt. Auf dem Wohnzimmertisch hatte ich eine gehäkelte Tischdecke gebreitet und darauf eine Vase mit frischen Schnittblumen gestellt, daneben eine kleine Flasche Prosecco und auf einem Teeservice einen Punschkrapfen hergerichtet.

AH, ICH WEISS WAS GUTES: PUNSCHKRAPFEN!, sagte Markus, als er den Punschkrapfen erblickte.

Der ist aber nicht für dich, sagte ich, der ist für die Dame, die gleich kommt.

AH, ICH DENKE WAS, sagte er, GEISTERBAHN!

Ja, Markus, sagte ich, später gehen wir in die Geisterbahn, aber jetzt kommt gleich eine Dame zu Besuch. Die möchte sich mit dir treffen. Vielleicht gefällt sie dir sogar, nicht wahr? Vielleicht könnt ihr euch ein bisschen näherkommen, sagte ich. Du weißt schon.

Er schaute mich verständnislos an. Er war auf Geisterbahn eingestellt, nicht auf irgendwelche Damen.

Horch Markus, sagte ich, gleich kommt eine Dame, die vielleicht mit dir kuscheln will, schau dir das einmal in Ruhe an, du musst nichts machen, was du nicht willst, okay? Danach gehen wir in die Geisterbahn, versprochen, in Ordnung? Er nickte. Außerdem rechnete ich sowieso nicht mehr damit, dass die Dame auftauchen würde. Zu dem vereinbarten Zeitpunkt kam dann auch niemand. Weil ich mittlerweile auch kein gutes Gefühl mehr bei der Sache hatte, wollte ich das Ganze abblasen und mit Markus in den Prater aufbrechen, als es läutete. Oje, es läutet, dachte ich. Jetzt, wo es wirklich läutete, wurde ich nervös, weil ich mir insgeheim eingeredet hatte, dass es ohnehin nicht läuten würde. Jedenfalls war ich nervöser als Markus, schließlich hatte ich mir noch nie eine Hure in die Wohnung bestellt. Ich atmete tief durch und machte die Tür auf. Vor mir stand eine kleine, zaundürre Frau mit kurzen blonden Haaren. Sie trug zerrissene Jeans, eine hellrosa Bluse und dazu passende hellrosa Turnschuhe. Auch ihre Fingernägel waren hellrosa lackiert. Ihr Gesicht war durch Alkohol-, Nikotin- und Solarium-Missbrauch dunkelbraun und faltig, sie hatte einen Truthahnhals und sah deshalb etwas überwutzelt aus, wie mein Vater gesagt hätte. Außer einem leichten Lidschatten und Lippenstift – natürlich beide hellrosa – war sie nicht geschminkt. Sie hätte genauso die Verkäuferin in der Trafik unten neben meinem Bau sein können, und ich war einen Moment erschrocken, weil ich dachte, dass es vielleicht tatsächlich die Verkäuferin aus der Trafik nebenan war, die sich nebenbei etwas dazuverdiente. Als ich nichts sagte, sagte sie: Ludmilla, und streckte mir ihre Hand hin. Ich gab ihr meine und sagte: Harry, freut mich, komm doch rein.

Darf rauchen ich?, sagte sie und hatte sich, bevor ich etwas sagen konnte, schon eine Zigarette angezündet.

Wo jetzt die komische Schwager?, sagte sie.

Einfach geradeaus weiter ins Wohnzimmer, bitte, sagte ich.

Markus saß am Wohnzimmertisch und starrte immer noch auf den Punschkrapfen.

Markus, das ist Ludmilla, Ludmilla, das ist Markus, sagte ich.

Allo, die Schatzi, sagte sie.

Markus grinste, nickte, und winkte ihr zu.

AH, ICH DENKE WAS: HÜBSCH UND GEMÜTLICH!, sagte er.

So, sagte ich, dann lasse ich euch beide jetzt alleine, und zu Ludmilla: Ich werde nach einer Stunde wiederkommen, in Ordnung?

Sie nickte und machte aus dem Handgelenk nur eine kurze Bewegung mit ihren von ihrer Hand weggestreckten Zeige- und Mittelfingern, zwischen denen die dünne Zigarette steckte, um anzudeuten, dass ich verschwinden sollte. Ich ging aus der Wohnung raus und runter in den angrenzenden Park, wo ich mich auf eine Parkbank setzte und Steine in den dortigen Ententeich schmiss. Was dann genau passiert ist, habe ich nie so genau herausgekriegt.

Nach einer knappen Stunde ging ich zurück. Auf der kleinen Bank meiner Garderobe saß Ludmilla, die, als ich die Tür aufgemacht hatte, sofort aufsprang und auf mich einredete.

Nix ficki-ficki mit die Depperte!, sagte sie. Die Depperte sein immer noch in die Klo und schaut deppert in die Spiegel eini! Lasst nix runter den Hose! Geht nix weiter, die Depperte! Sagt nix, macht nix! Kein Zeit mehr ich! Gehen jetzt!, sagte sie, und fuchtelte aufgeregt mit ihrer Zigarette vor meinem Kopf herum.

Ist schon gut, beruhige dich bitte, es ist ja nichts passiert, oder?, sagte ich, in der Hoffnung, dass auch wirklich nichts passiert war. Mir wurde schlecht. Katja fiel mir ein, sowie meine Schwiegermutter und mein Schwiegervater und wie Katja gesagt hatte: *Ich weiß nicht, ich hab kein gutes Gefühl dabei,* und: *Meine Eltern werden keine Freude damit haben, gar keine Freude werden sie haben …*

Ich gab Ludmilla zu den vorher ausgemachten zweihundert statt hundertfünfzig Euro, die sie inklusive Schmutzzulage, wie sie gesagt hat, verlangt hatte, noch mal zwanzig Euro drauf, was sie gleich beruhigte, und ging in mein Wohnzimmer. Ich hörte, wie die Tür draußen laut zufiel. Die Prosecco-Flasche war leer, im Punschkrapfen, den ich Ludmilla hergerichtet hatte, steckten zwei zuvor darin ausgedämpfte Zigarettenstummel der Marke Davidoff, klassische Nuttenstangen, wie die dünnen Zigaretten genannt wurden. Die Luft war stickig, es roch nach Rauch, süßem Parfüm und Schweiß. Ich riss die Fenster auf, ging zum Bad und klopfte an die Tür.

Markus?, sagte ich, alles klar bei dir?

Ich hörte ihn nur schnaufen.

Markus, ich komm jetzt rein, okay?

Ich machte langsam die Tür auf und spechtelte hinein.

Er stand vor meinem Badezimmerspiegel, Hose und Unterhose bis zu den Oberschenkeln runtergezogen, seine Vogelnestschambehaarung wölbte sich nach vor, die Zipfelmütze seines schlaffen Penis schaute wieder wie ein Entenschnabel heraus.

AH, ICH DENKE WAS, sagte er, ICH BIN GERADE IN MEINEM GESCHEHEN.

Was ist passiert?, sagte ich, geht's dir gut?

AH, ICH DENKE WAS, sagte er, GESCHUPFT.

Was meinst du mit geschupft?, sagte ich, wer hat wen geschupft? Hat Ludmilla dich geschupft, oder hast du sie geschupft? Hat sie dir wehgetan? Hast du dir wehgetan?, sagte ich. Hoffentlich hat er ihr nicht wehgetan, dachte ich. Aber er hat doch noch nie irgendjemandem wehgetan! Keiner Fliege, wie man so schön sagt!

Mehr sagte er aber nicht, nur noch mal: GESCHUPFT und nickte. Er stand wieder wie gewohnt da, den Mund offen, die Zunge über die Unterlippe nach vorne geschoben und schaute mich an. Ich ließ es gut sein.

Ist schon gut, sagte ich, komm raus. Ich berührte nur leicht seine Schulter und er ließ sich ohne Widerstand aus dem Badezimmer führen. Ich glaube, er war froh, dass ich wieder da war. Ich spürte, wie er am ganzen Körper zitterte. Ich zog ihm die Unterhose und die Hose hinauf, steckte sein Hemd in die

Hose hinein, knöpfte sie zu, fädelte den Gürtel ordentlich in die Schlaufen und strich sein Hemd über die Schultern glatt. Mehrmals strich ich sein Hemd über die Schultern glatt, obwohl dort überhaupt keine Falten mehr zu sehen waren. Ich umarmte ihn. Er legte seinen Kopf in die Grube zwischen meinem Kopf und meiner Schulter hinein und miaute.

So, jetzt passt wieder alles, nicht wahr?, sagte ich übertrieben ruhig, um meine Panik zu überspielen, alles ist wieder gut.

AH, ICH WEISS WAS GUTES: PUNSCHKRAPFEN!, sagte er.

Ja, jetzt kriegst du deinen Punschkrapfen, sagte ich, du kriegst so viele Punschkrapfen, wie du willst, schnitt den Teil weg, in dem noch Ludmillas Zigarettenstummel drinnen steckten, und gab ihn Markus. Der biss genüsslich in den Punschkrapfen hinein.

Und bitte, kein Wort darüber zu irgendjemandem, sagte ich, das bleibt zwischen uns beiden, das musst du mir versprechen, in Ordnung? Verstehst du, zu niemandem!

AH, ICH WEISS WAS, ICH BIN STUMM WIE EIN TISCH, sagte er.

Später, als ich mich wieder beruhigt hatte, gingen wir in den Prater und fuhren mit der Geisterbahn.

Wieder draußen sagte Markus: AH, DAS WAR WOHLTUEND WEHTUEND.

Danach schauten wir wie versprochen auf eine Schweinestelze und vier Bier bei der Luftburg vorbei. Beim Nachhausgehen kaufte ich ihm noch ein Lebkuchenherz mit der Aufschrift: *Bester Papa.*

Und damit war die Sache mit dem Geschlechtsverkehr für mich vorerst erledigt.

12
NEUN MONATE

Was machen wir, oder besser, was macht Katja, wenn alles medizinisch Mögliche ausgeschöpft ist, alle Eventualitäten berücksichtigt worden sind und die Prognose trotzdem lautet, dass es nicht werden wird beziehungsweise es nicht so werden wird, wie sie es sich vorstellt? Was dann? Es wird ganz sicher nicht reichen, dass ich dann meine Hand auf ihre lege und sage: Es wird schon werden. Dann würde sie, würden wir eine Entscheidung treffen müssen, und die wollte ich nur treffen, wenn ich zumindest eine Ahnung hatte, was diese Verantwortung bedeutet. Natürlich, mehr als eine Ahnung konnte es nicht sein, aber diese Ahnung wollte ich untermauern, ich wollte möglichst viele Sichtweisen berücksichtigen, um meine eigene Sichtweise zu überprüfen und zu hinterfragen, damit ich was in der Hand hätte, bevor die Untersuchungen anfingen, ein Vergleichswerkzeug, eine Liste. Eine Liste mit zwei Seiten, Plus und Minus, Soll und Haben, Für und Wider. Und damit wollte ich als Erstes anfangen: mit meiner eigenen Sichtweise. Das würde nicht so schwierig sein, dachte ich, seine eigene Sichtweise kennt man ja schließlich, oder?

Das hatte ich geschrieben, bevor ich mir über meine Sichtweise Gedanken machen wollte. Seitdem hatte ich mir darüber viele Gedanken gemacht und war zu dem Entschluss gekommen, mir darüber nicht mehr so viele Gedanken machen zu wollen. Die Sache mit der Liste kam mir mittlerweile auch lächerlich vor. Was sollte das eigentlich für eine idiotische Idee gewesen sein? Plus und Minus, Soll und Haben, Für und Wider? Was habe ich mir eigentlich dabei gedacht?, dachte ich.

Wollte ich mir ein Bild von Markus auf ein Flipchart picken und darunter die Vor- und Nachteile hinschreiben, oder was? Was für seine Existenz und was gegen seine Existenz spricht? Was für und was gegen die Existenz für mein eventuell behindertes Kind sprechen würde? Wer will und kann das schon entscheiden? Als Elternteil denkt man bei so einer Entscheidung außerdem automatisch immer nur an sich selbst und nicht an das Kind, so wie alle werdenden Eltern immer nur an sich selbst und nicht an das Kind denken. Obwohl sie selbst wirklich glauben – und es auch jedem versichern –, dass sie nur an das Kind denken, denken sie nur an sich selbst. Weil man selbst existiert und damit die eigenen Vorstellungen, Wünsche und Befindlichkeiten, das Kind aber mitsamt seinen Vorstellungen, Wünschen und Befindlichkeiten eben nicht existiert zu diesem Zeitpunkt, dachte ich. An die eigenen Unannehmlichkeiten, die einem ein behindertes Kind einbrockt und die einem blühen werden, denkt man, und nicht an die Unannehmlichkeiten, die das behinderte Kind oder auch ein ganz normales Kind einmal haben wird. Das kann doch, wenn schon, nur Katja entscheiden, dachte ich. Hat es nicht immer geheißen: Mein Bauch gehört mir? Und Katja würde dann berechtigterweise sagen: Das sagst du doch nur, um dich abzuputzen! Um mir die Entscheidung in die Schuhe zu schieben, wie bei allen unangenehmen Entscheidungen, die zu treffen sind!

Das stimmte natürlich zum Teil auch. Ich konnte mich ja nicht mal bei unwichtigeren Dingen wie Urlaubsreisen, Wohnungseinrichtungsgegenständen oder bei der Auswahl des Abendessens entscheiden, wie sollte ich mich dann entscheiden, ob es sich auszahlt, ein behindertes Kind zu kriegen oder nicht? Gut, was heißt schon *auszahlen*, nicht wahr? Auszahlen tut sich kein Kind, wie Bekannte, die bereits Kinder haben, immer sagten. In Kinder zahlt man immer nur ein, eine Auszahlung gibt es nicht. Aber man bekommt so viel zurück!, sagten sie. Die hatten auch alle gesunde Kinder. Was bekommt man von den Kindern zurück, die nicht gesund sind? Vor allem von denen, die geistig nicht gesund sind? Man weiß es nicht. Was nicht heißen soll, dass man von einem gesunden Kind unbedingt irgendetwas zurückbekommt. Man sollte, meiner Meinung nach, von Haus aus überhaupt nichts zurückbekommen wollen von dem Kind, beziehungsweise darf man überhaupt nichts zurückbekommen wollen, dachte ich. Schließlich wurde dem Kind das Leben auch ungefragt eingebrockt, unabhängig von dem, was ihm blühen werden würde oder nicht. Wenn ich mich entscheiden müsste, ob ein behindertes Kind oder kein behindertes Kind, würde ich sagen, wenn es so werden würde wie Markus: Vielleicht ja. Wenn es so werden würde wie Albert: Wahrscheinlich nein. Aber es würde weder so werden wie Markus noch so werden wie Albert, das war klar. Kinderkriegen ist kein Wunschkonzert und wenn man Pech hat, kriegt man nicht nur ein behindertes, sondern womöglich obendrein ein unsympathisches Kind, ein rücksichtsloses, hinterfotziges, gfeanztes, neidisches, gewalttätiges, egoistisches, kurz: ein Arschlochkind. Darum habe ich beschlossen, mich nicht zu entscheiden und es darauf ankommen zu lassen, und Katja auch, dachte ich. Sie sagte es zwar nicht, tat aber auch nichts Gegenteiliges. Sie wollte sich wegen dieser Angst nicht die Schwangerschaft verderben lassen. Katja hatte sich nach dem ersten Schock, als sie erfahren hatte, dass sie schwanger war, auch erholt gehabt und sah das Ganze schließlich gelassener. Zu dem *Kaugummiautomaten-Güllekologen*, wie wir ihn nach unserem Besuch genannt haben, gingen Katja und ich nicht mehr. Wir lachten während ihrer Schwangerschaft oft noch darüber, vor allem über seinen Vergleich mit den *vorwiegend festkochenden Erdäpfeln:*

Sehen Sie die Schwangerschaft wie einen Sack vorwiegend festkochender Erdäpfel!, hatte er gesagt. In jedem Sack vorwiegend festkochender Erdäpfel sind ein paar Püree-Erdäpfel dabei. Die Wahrscheinlichkeit, in den Sack mit vorwiegend festkochenden Erdäpfeln hineinzugreifen und einen Püree-Erdapfel zu erwischen, ist relativ gering. Die Frage ist, ob Sie der Püree-Erdapfel, sollten Sie zufälligerweise einen erwischen, in Ihrem Rapunzel-Salat stört oder nicht. Ob Sie unbedingt einen festkochenden Erdapfel in Ihrem Rapunzel-Salat haben wollen, oder ob es ein Püree-Erdapfel zur Not auch tut, hatte er gesagt.

Seitdem nannten wir Markus, wenn wir über ihn redeten, zum Spaß manchmal *Püree-Erdapfel.* Kommt am Wochenende der Püree-Erdapfel auch zu deiner Mutter zum Essen? Hast du schon ein Geburtstagsgeschenk für den Püree-Erdapfel gekauft? Wie viel wiegt denn unser Püree-Erdapfel inzwischen schon?, undsoweiter, haben wir gesagt, dachte ich.

Katja schien im Allgemeinen gelöster zu sein, weil es auch überhaupt keine Probleme gab. Sie war eine gut gelaunte Schwangere. Keine Übelkeit, keine Müdigkeit, keine Fressattacken. Alle bisherigen Mutter-Kind-Pass-Untersuchungen verliefen problemlos. Erst als der Termin zur Nackenfaltenmessung näherkam, wurde sie nervös. Die Nackenfaltenmessung wollte sie zur Beruhigung doch durchführen lassen, obwohl ich eigentlich dagegen war, weil, was würden wir mit einer unklaren Diagnose, die gar nicht so unwahrscheinlich war, anfangen? Schließlich war die Verwechslungsgefahr zwischen einem festkochenden und einem Püree-Erdapfel bci der Nackenfaltenmessung ziemlich hoch, wie der Kaugummiautomaten-Güllekologe gesagt hatte. Dann würden wir wieder vor dem gleichen Dilemma stehen. Auf der anderen Seite verstand ich Katja natürlich, weil sie immer noch die Frage beschäftigte, für die sie sich gleichzeitig schämte: Was, wenn das Kind so wird wie Markus? Je näher der Tag der Untersuchung kam, desto nervöser wurde sie. Auf dem Weg zum Frauenarzt, um die Nackenfaltenmessung durchführen zu lassen, war sie besonders nervös. Um ihre Nervosität zu überspielen, redete sie in einer Tour. Mir kam vor, sie wusste gar nicht, was sie redete, als kämen einfach Worte und Sätze aus ihrem Mund heraus, an die sie gar nicht dachte, als müsste sie ununterbrochen an die Untersuchung und vor allem an das Ergebnis der Untersuchung denken. Sie redete also nur, um sich vom Denken abzulenken, dachte ich. Meine Antworten schien sie genauso wenig wahrzunehmen wie die Sätze, die sie automatisch sagte.

Wie kann man nur Frauenarzt werden?, sagte sie, als wir ins Auto gestiegen waren. Findest du das nicht auch irgendwie grauslich? Den ganzen Tag in fremde Scheiden hineinschauen zu müssen?

Na ja, sagte ich, gerade weil es fremde Scheiden sind, in die man hineinschauen muss, hat man doch keinen persönlichen Bezug dazu, oder? Der Automechaniker denkt ja auch nicht bei jedem Auto, das von ihm repariert wird, an sein eigenes Auto, sagte ich.

Das nicht, aber wenn er nach Hause kommt zu seinem Auto, zieht er doch zwangsläufig einen Vergleich zwischen den anderen Autos, die er den ganzen Tag bearbeitet hat, und seinem eigenen, ob er will oder nicht, oder? Also muss auch der Frauenarzt zwangsläufig einen Vergleich ziehen zwischen den Scheiden, in die er den ganzen Tag hineinschauen muss, und der Scheide seiner Frau, sagte sie. Ich kann mir nicht vorstellen, dass er zu den fremden Scheiden eine rein geschäftliche und zur vertrauten Scheide seiner Frau eine rein persönliche, also erotische Beziehung haben kann, oder? Wie soll das gehen?

Er schaut ja in die Scheiden *hinein*, wie du gesagt hast, das ist doch ganz was anderes, sagte ich. Der Frauenarzt schaut doch nicht in die Scheide seiner Frau hinein, nachdem die beiden zum Beispiel einen netten Abend im Kino mit anschließendem Abendessen verbracht haben, mit ein paar Gläsern Wein, und er sie mit dem Abspielen ihrer Lieblingsmusik in Stimmung gebracht hat, oder? Kein normaler Mann will doch einer Frau aus romantischen Gründen in die Scheide hineinschauen!, sagte ich.

Das stimmt, ein normaler Mann nicht, sagte sie. Aber einem Frauenarzt kaufe ich das nicht ab. Sonst wäre er ja nicht Frauenarzt geworden, würde er nicht gerne in Scheiden hineinschauen, sondern sie sich wie jeder andere von außen anschauen wollen. Meine Theorie ist, dass es nur ein Entweder-oder gibt, sagte sie.

Entweder-oder was, sagte ich.

Dass ein Frauenarzt entweder eine rein geschäftliche Beziehung oder eine rein persönliche, also erotische, Beziehung, und zwar zu *allen* Scheiden haben kann, sagte sie.

Du spinnst, sagte ich.

Ich spinn?, sagte sie. Kannst du dich nicht an die Geschichte von dem Frauenarzt erinnern, bei dem meine Mama gewesen ist?

Die Geschichte mit dem Blutsturz?, sagte ich.

Nein, nicht die Geschichte mit dem Blutsturz, sagte sie. Von wem kennst du überhaupt die Geschichte mit dem Blutsturz? Ich hab sie dir nicht erzählt, oder?

Nein, du nicht, von deiner Mama kenn ich sie, sagte ich.

Von meiner Mama? Die erzählt aber auch immer jedem alles.

Ich bin ja nicht jeder, sagte ich.

Egal jetzt, es war jedenfalls nicht die Geschichte mit dem Blutsturz, die ich meine, auch nicht die Geschichte mit der

Galle, falls sie dir die auch erzählt hat, sondern die Geschichte mit dem Krebsabstrich, sagte sie.

Die Geschichte mit dem Krebsabstrich kenne ich nicht, sagte ich, während ich das Auto in die Parklücke, die ich gleich gegenüber der Praxis des Frauenarztes gefunden hatte, einparkte. Ich schnallte mich ab und wollte aussteigen. Katja schnallte sich aber nicht ab, sondern blieb sitzen, legte ihre Hand auf mein Knie und sagte:

Gut, dann erzähle ich dir schnell die Geschichte mit dem Krebsabstrich.

Sollten wir nicht?, sagte ich und zeigte auf das Gebäude auf der anderen Straßenseite hinüber.

Dauert nicht lange, sagte sie.

Also gut, sagte ich, bitteschön.

Meine Mama hat sich einen Krebsabstrich machen lassen, nachdem der Frauenarzt ihr empfohlen hatte, einen machen zu lassen, zur Vorsorge quasi.

Ist ja nichts Außergewöhnliches, sagte ich.

Das nicht, außergewöhnlich war aber, dass er ihn nie hat auswerten lassen. Und nicht nur ihren Abstrich hat er nie auswerten lassen, sondern Hunderte! Er hat in Hunderte Scheiden hineingeschaut, einen Abstrich gemacht, diese Abstriche aber nie auswerten lassen! Bei vielen Frauen wurde der Krebs deshalb erst viel später entdeckt, für manche zu spät. War sogar in der Zeitung damals. Ein Riesenskandal. Warum hat er das getan bitteschön, frage ich dich? Ich sag dir warum: Weil er aus erotischen Gründen in die Scheiden hineinschauen wollte!

Ich glaube eher wegen dem Geld, das er sich gespart hat, weil er die Abstriche nicht hat auswerten lassen, sagte ich. Kostet sicher nicht wenig, so einen Abstrich im Labor auswerten zu lassen. Er hat die Proben nicht auswerten lassen, sie aber trotzdem über die Krankenkassa abgerechnet. Da kommt schon was zusammen.

Ein Vorwand, ein reiner Vorwand!, sagte sie. Man muss immer um die Ecke denken, vor allem bei den Frauenärzten, sagte sie. Ich traue ihm zu, absichtlich betrogen und den Betrug zugegeben zu haben, nur um von der Tatsache abzulenken, dass er in Wirklichkeit nicht aus wirtschaftlichen, sondern aus erotischen Gründen in Hunderte Scheiden hineingeschaut hat! Das kommt davon, weil du keine Krimis schaust!

In Ordnung, alles klar, gehen wir jetzt bitte rein?, sagte ich und stieg aus dem Auto. Katja stieg auch aus. Sie griff nach meiner Hand und wir gingen über die Straße. Vor der Eingangstür blieb sie stehen. Daneben hing unter einigen anderen das Schild:

Dr. Heribert Winkler – Facharzt für Gynäkologie und Geburtshilfe.

Können wir noch kurz warten?, sagte sie. Bitte. Eine Zigarettenlänge noch.

Du rauchst doch momentan gar nicht, sagte ich.

Aber ich hab welche mit, du könntest doch für mich eine rauchen, oder?, sagte sie.

Ich rauch doch auch nicht!, sagte ich.

Bitte, rauch eine für mich, nur eine einzige, tu mir den Gefallen. Bitte-bitte!, sagte sie.

Gut, gib her, sagte ich.

Sie kramte aus ihrer Tasche eine Packung Zigaretten und gab sie mir. Ich holte eine Zigarette heraus, steckte sie mir in den Mund und Katja zündete sie mir an. Ich paffte vor mich hin.

Diesen Geruch vermisse ich schon so, sagte sie. Den Geruch, den der Rauch in der Sekunde hat, in der man die Zigarette anzündet. Dieser Rauch hat einen ganz eigenen Geruch, findest du nicht auch? Ganz anders als der normale, stinkige, der danach kommt, sagte sie, und fächerte sich mit beiden Händen und geschlossenen Augen den von der Zigarette aufsteigenden Rauch ins Gesicht und atmete ihn tief ein.

Stimmt, sagte ich, den Geruch mag ich auch, vor allem in der Mischung mit dem Schwefelgeruch, wenn man sich die Zigarette mit einem Zündholz anzündet.

Sie nickte lächelnd.

Ich paffte weiter, nach ein paar Minuten grauste mir aber. Ich dämpfte die Zigarette am Eingangsportal aus und schmiss den Stummel in den Spalt eines Kanaldeckels.

Komm, sagte ich, gehen wir endlich rein, wir sind schon spät dran.

Katja schaute mich mit glasigen Augen an, griff wieder nach meiner Hand und drückte sie fest zusammen. Ich zog sie zu mir und umarmte sie. Ich sagte nicht, dass es schon werden wird, sondern: alles gut. Ich spürte in meinem Nacken, wie sie nickte. Dann löste sie sich von mir, streifte ihre Haare über die Schultern zurück und sagte: Gehen wir.

Der neue Frauenarzt war alt, also bestimmt schon sechzig plus. Auch dieser Frauenarzt war, sagen wir, speziell. Bei Frauenärzten schienen wir kein glückliches Händchen zu haben, wie man so schön sagt. Gleich wie der Kaugummi-Güllekologe begrüßte uns der neue Alte überschwänglich, indem er hinter seinem massiven Holzschreibtisch aufsprang und uns mit seinen beiden Händen die Hände durchschüttelte. Auf dem massiven Holzschreibtisch stand ein Kunststoffmodell einer Vulva, das aussah wie mit Kinder-Plastilin geformt. Nach der obligatorischen Frage, was er denn für uns tun könne, legte Katja den Mutter-Kind-Pass neben die Plastilinvulva, schob ihn ein Stückchen in seine Richtung und sagte, wir seien wegen der Ultraschalluntersuchung da. Wegen der familiären Vorbelastung undsoweiter sagte sie nichts. Die Diskussion wollten wir uns diesmal ersparen.

Nun gut, sagte der Frauenarzt, wenn Sie bitte mitkommen?

Wir gingen in den angrenzenden Raum, wo er Katja bat, sich auf den in der Mitte des Raumes stehenden Gynäkologenstuhl zu setzen. Daneben stand das Ultraschallmessgerät.

Bitte, machen Sie es sich bequem, sagte er, setzen Sie sich auf den Stuhl. Er hatte einen deutschen Akzent.

Sessel heißt das, dachte ich, Stuhl bedeutet bei uns Scheiße. Katja setzte sich auf den Stuhl. Ich stellte mich daneben so hin, dass ich gleichzeitig ihre Hand halten und den Bildschirm des Ultraschallmessgeräts sehen konnte.

Bitte machen Sie den Bauch frei, sagte er.

Katja streifte ihre Bluse bis zu den Brüsten hoch und zog die Hose ein Stückchen ihre Hüften hinunter. Er nahm den Sensorkopf, stülpte ein Plastiksackerl darüber, befestigte es darauf mit einem Gummiringerl und schmierte einen Batzen Gleitmittel darauf.

Dann gucken wir mal!, sagte er und begann damit, an den Knöpfen und Reglern herumzudrehen, während er den Sensorkopf auf Katjas Bauch hin- und hergleiten ließ und ihn zwischendurch manchmal ein, zwei Zentimeter in den Bauch hineindrückte. Es war nur ein Rauschen zu sehen und zu hören. Langsam wurde das Bild schärfer und man konnte den Herzschlag hören, der mehr wie das Pfauchen eines Tieres als ein Schlagen klang.

Da ist ja das Butzerl, sagte er, und es klang komisch, wie er Butzerl sagte, mehr wie *Putzal*. Gucken wir mal, ob es uns zeigt, was es ist, nicht wahr? Ist ja nicht so, dass sie es immer gleich herzeigen, manche haben die Beine die ganze Schwangerschaft zusammengeklemmt, da kann man überhaupt nichts erkennen!

Er fuhr mit dem Sensorkopf auf und ab und hin und her, drückte ihn hinein, drückte mit der anderen Hand seitlich hinein, einmal von links, einmal von rechts, und der Fötus flutschte dabei herum wie ein Stückchen Eierschale, die versehentlich in die Pfanne mitgegangen ist und die man versucht mit der Messerspitze wieder herauszufischen. Eine Weile schaute er finster und konzentriert auf den Bildschirm, dann erhellten sich seine Gesichtszüge langsam, die Augen gingen auf und er sagte: Na, bitte, da haben wir sie ja! Schauen Sie, wie schön sie die Beine gespreizt hat! Gratuliere, sagte er, es ist eindeutig eine Muschi! Da beißt die Maus keinen Faden ab!

Katja und ich waren baff. Einerseits, weil wir nur die Nackenfaltenmessung im Kopf gehabt hatten und uns darüber, was das Kind werden würde, die ganze Zeit überhaupt keine Gedanken gemacht hatten, anderseits wegen der Bezeichnung *Muschi* für das Geschlechtsorgan eines fünfzehn Wochen alten Fötus aus dem Mund eines Gynäkologen.

Gucken Sie, sagte er zu mir, hier kann man die Schamlippen genau erkennen.

Aha, sagte ich, schön.

Sie haben aber eine Freude, sagte er.

Katja lachte laut auf.

Entschuldigen Sie, sagte ich, ich bin etwas verwirrt, ich dachte, Sie machen die Nackenfaltenmessung.

Ach so, sagte er, die meisten wollen immer als Erstes wissen, was es wird, wissen sie. Aber dann schauen wir doch gleich nach!

Katja drückte meine Hand fester zusammen. Der Frauenarzt drückte wieder mit dem Sensorkopf in ihrem Bauch herum, suchte den Nacken des Fötus, der für mich jetzt kein Fötus mehr war, sondern meine Tochter, und setzte horizontal und vertikal ein paar Marker, indem er auf die Leertaste seiner Tastatur schlug, sodass Katja dabei jedes Mal zusammenzuckte und meine Hand fest zusammendrückte.

Gucken Sie, junger Mann – er redete immer nur mich an – hier sehen Sie die Dicke der Nackenfalte, die liegt bei – er zwickte seine Augen zusammen und schaute konzentriert durch seine Sehschlitze auf den Bildschirm – so zwokommaens, zwokommazwo Millimeter.

Ich schaute ihn fragend an.

Alles bestens, junger Mann, sagte er, alles bestens! Ein normaler Befund!

Ich spürte, wie sich alles in mir entspannte, von dem es mir vorher gar nicht aufgefallen war, dass es sich angespannt gehabt hatte. Auch Katjas Griff lockerte sich und sie fing zu weinen an. Ich streichelte ihr den Kopf. Sie lächelte und wischte sich die Tränen aus den Augen.

Normalerweise weinen immer die Männer, wenn sie erfahren, dass es ein Mädchen wird!, sagte der Frauenarzt und lachte. Wir lachten mit, aber natürlich aus einem anderen Grund.

Nach der Ultraschalluntersuchung musste sich Katja noch unten frei machen, damit der Frauenarzt *in ihre Scheide hineingucken konnte*, wie er sagte.

Kommen Sie her, junger Mann, Sie sind doch sicher interessiert, nicht wahr?, sagte er zu mir und winkte mich zu sich. Zu zweit schauten wir, mit unseren Köpfen dicht aneinander, sodass sich unsere Brillen in unregelmäßigen Abständen klackernd berührten, zwischen Katjas Beine und in ein Edelstahlgynäkologeninstrument hinein. Das ist der Muttermund, sehen Sie?, sagte er, der ist jetzt natürlich noch geschlossen, quasi zugestoppelt mit dem Schleimpfropfen hier. Sehen Sie ihn? Sie sehen ihn nicht? Ist doch ganz klar und schön zu erkennen!, sagte er, gucken Sie noch einmal genau hin, sieht aus wie ein Weinkorken! Haben Sie ihn jetzt? Hab ich recht? Stimmt, oder etwa nicht?, sagte er. Undsoweiter undsofort.

Siehst du, was habe ich dir gesagt!, sagte Katja, nachdem wir die Praxis verlassen hatten. Das war auch so ein erotischer Scheiden-Hineinschauer!, sagte sie und lachte. Er wollte dich sogar auf den Geschmack bringen, indem er dich in meine Scheide hineinschauen hat lassen! Ich hab gleich gewusst, dass er ein erotischer Scheiden-Hineinschauer ist. Schon wie ich die Plastilinzwillingsscheide gesehen habe, die auf seinem Schreibtisch gestanden ist, habe ich es gewusst, sagte sie, das war sicher die Scheide seiner Frau.

Müsste es nicht Plastilinscheidenzwilling heißen?, sagte ich.

Kann sein, oder vielleicht Zwillingsplastilinscheide?, sagte sie.

Oder doch Scheidenplastilinzwilling?, sagte ich.

Wir lachten.

Als Kind habe ich immer Dschilimankaro gesagt zu dem Berg, sagte sie. Das hat lange gedauert, bis ich es mir abgewöhnen habe können.

Und ich Kuklux-Uhr statt Kuckucksuhr, sagte ich.

Kuklux-Uhr – die Wanduhr für jeden ordentlichen Rassisten!, sagte sie. Wetten, auf eBay würden sie sich darum reißen?

Wir lachten. Endlich lachten wir wieder zusammen. Endlich lacht sie wieder, dachte ich. Nachdem ihr das Lachen vergangen war, als sie von ihrer Schwangerschaft erfahren hatte, war es nach der negativ ausgefallenen Nackenfaltenmessung wieder zurückgekommen. Und an die Möglichkeit eines falsch negativen Ergebnisses dachten wir erst gar nicht. Wir machen uns die Welt widewidewie sie uns gefällt.

13
HARTHEIM

Die Sache mit dem möglichen Down-Syndrom bei unserem Kind war somit für uns vom Tisch. Auch bei den weiteren Ultraschallmessungen, die im Zuge der Mutter-Kind-Pass-Untersuchungen durchgeführt wurden, gab es keine Auffälligkeiten. Der Embryo entwickelte sich der Norm entsprechend. Alle waren zufrieden. Markus beobachtete das Wachsen von Katjas Bauch interessiert. Bei Besuchen suchte er immer Katjas Nähe. Wenn sie auf dem Sofa saß, die Beine auf dem Tisch hochgelegt, und in einem Buch oder in einer Zeitung las, setzte er sich zu ihr und begann ihren Bauch zu streicheln.

AH, ICH HABE WAS IM GEFÜHL, sagte er, ICH WERDE BALD ONKEL.

Katja legte ihre Hand auf seine, und so saßen sie dann oft eine Stunde stumm da. Nur wenn er zwischendurch miaute, warf Katja ihm einen strengen Blick zu, worauf er immer seinen Kopf schief legte und sie angrinste. Dann lächelte sie auch. So innig hatte ich die beiden vorher nie gesehen. Ich hatte irgendwie ein schlechtes Gewissen wegen der Liste, die ich vorgehabt hatte zu schreiben und anhand derer ich eine Entscheidung treffen wollte, ob wir ein behindertes Kind behalten sollten oder nicht. Obwohl das Thema eigentlich erledigt war, beschäftigte es mich weiterhin. Wahrscheinlich deshalb, weil ich mich in den letzten Monaten viel damit auseinandergesetzt und auch mit Markus mehr Zeit als sonst verbracht hatte. Sonst war er irgendwie unsichtbar gewesen für mich. So wie der Hund meines Schwiegervaters, der immer im Vorhaus auf seiner Decke lag und nicht viel Aufhebens um sich selbst und andere machte. Und nicht nur für mich war Markus unsichtbar, die geistig behinderten Menschen waren grundsätzlich unsichtbar. Sie waren und sind in der Öffentlichkeit nicht oft zu sehen und werden auch nicht gern gesehen, dachte ich. Und wenn doch mal einer auftaucht, kommt es einem wie ein Störbrummen vor, ein Tinnitus-Pfeifen, bei dem man froh ist, wenn es wieder verschwindet. Das Abweichen von dem von uns eingelernten Verhalten verstört uns, dachte ich. Das Abweichen von dem, was sich gehört. Deshalb leben und sterben sie im Stummen. Menschen, die sich beruflich um sie kümmern, haben unsere Hochachtung, die aber eine scheinheilige Hochachtung ist. Vor allem wird diese Arbeit deshalb von uns geschätzt, weil wir sie selbst nicht machen wollen. Weil wir uns nicht vorstellen können, sie selbst zu machen, weil uns das Verhalten der geistig Behinderten irritiert oder anekelt und wir nicht wissen, wie wir auf sie reagieren sollen. Es liegt eine nicht ausgesprochene Unerwünschtheit über ihrer Existenz. Wenn sie einmal doch ausgesprochen wird, dann anonymisiert, wie der Telefonterrorist seinerzeit: *Früher hätte man euren Gestörten vergast,* wie es im Protokoll meiner Schwiegermutter gestanden ist, *so wie es sich eigentlich gehört.* Oder durch Aussagen von Wissenschaftlern und Ärzten, wie unserem Kaugummiautomaten-Güllekologen, die sich für eine intelligente und gesunde Gesellschaft einsetzen und für die eine Reduzierung der Püree-Erdäpfel in dem Sack festkochender Erdäpfel ein wichtiges Ziel zur Erhaltung unserer Spezies zu sein scheint. Andererseits: Kann man es den Eltern verdenken, wenn sie nun schon einmal die Wahl haben, dass sie sich im Zweifel doch nicht für einen Püree-Erdapfel entscheiden und lieber beim nächsten Mal auf einen festkochenden hoffen? Ich denke nicht, dachte ich.

Von Hartheim hatte ich vorher noch nie etwas gehört gehabt. Es war ein Nebensatz meines Schwiegervaters, der mich darauf brachte: *So wie damals in Hartheim,* hatte er gesagt, als ich ihn auf den damaligen Telefonterroristen mit dem *Vergasen-Sager* angesprochen hatte. Darum schaute ich nach, was Hartheim war und wollte danach unbedingt dort hinfahren. Aber ich wollte nicht allein dort hinfahren, sondern mit Markus. Als ich meinen Schwiegervater darauf ansprach, zuckte er nur mit den Schultern und sagte: von mir aus, wenn er will. Ich fragte ihn jetzt immer, bevor ich mit Markus etwas unternahm, wegen der Geschichte mit der Hure und auch weil unser letzter Ausflug beinahe in einer Katastrophe geendet war. Ein Bekannter hatte mich gefragt, ob ich zu einem Fußballspiel mitkommen wollte. Eigentlich wollte ich nicht, weil mich Fußball nicht interessierte, darum fragte ich Markus, ob er mitkommen will. Der liebte Fußball und kannte alle Bundesligafußballer beim Namen. Der Bekannte hatte Karten für den Sektor in der Nordkurve der Brigata Graz, einer Ultrafangruppe des Fußballvereins Sturm Graz. Sturm Graz spielte gegen Rapid Wien. Die Stimmung war aufgeheizt. Markus und ich waren die Einzigen, die auf der Bank saßen, ein Bier tranken und eine Extrawurstsemmel aßen. Markus trug einen Sturm-Graz-Fanpullover, in dem ihm in der Menge schnell zu warm geworden war. Er stellte sein Bier neben sich auf die Bank, legte die Extrawurstsemmel vorsichtig auf den Becher und zog sich den Pullover aus. Danach konzentrierte er sich wieder auf Bier und Wurstsemmel. Es verging keine Minute und die Atmosphäre um uns wurde plötzlich feindselig. Beschimpfungen wurden ausgestoßen, aber nicht in Richtung Spielfeld gegen die Mannschaft von Rapid Wien, sondern in unsere. *Was zur Hölle …! Was ist mit dem?,* hörte ich, *Haben sie dem Mongo ins Hirn geschissen? Ist bei dem eine Lötstelle aufgegangen, oder was? Hat der nicht mehr alle sieben Zwetschken beisammen? Bei dem fährt der Lift auch nicht mehr ganz nach oben!,* hörten wir undsoweiter. Ein halb voller Becher Bier landete auf Markus' Rücken. Ich drehte mich um und schaute in hasserfüllte Gesichter, wie man so schön sagt. Ich war irritiert und wie eingefroren, so wie normalerweise Markus immer, wenn er irritiert war. Gleich darauf kam mein Bekannter, der auf dem Klo gewesen war, durch die Leute auf uns zugelaufen. Er war käseweiß im Gesicht.

Wollt ihr sterben?, sagte er.

Ich begriff immer noch nichts. Er zeigte entsetzt auf Markus. Jetzt sah ich es auch. Er hatte unter dem Sturm-Pullover ein Rapid-Leiberl angezogen gehabt, auf dem stand: *Rekordmeister aus Hütteldorf.* Das kam in Graz Liebenau nicht gut an. Vor allem nicht in der Nordkurve der Brigata-Ultras. Wir fingen sofort damit an, Markus das Leiberl auszuziehen, was nicht so einfach war, weil er eisern an seinem Bierbecher in der einen und an der Wurstsemmel in der anderen Hand festhielt.

Er wehrte sich und sagte: AH, ICH DENKE WAS, ICH BIN IN DICH BELEIDIGT.

Mit viel gutem Zureden gelang es uns schließlich. Zum Glück fiel auch gleich ein Tor für Sturm Graz, wodurch die Aufmerksamkeit nicht mehr auf Markus gerichtet war. Den Rest des Spieles saß er mit nacktem Oberkörper da und ich war froh, dass mein Bekannter nicht längere Zeit am Klo oder beim Bierstand gebraucht hatte und wir deswegen anschließend mit dem schwer verletzten Markus in das Uniklinikum Graz hätten fahren müssen.

Markus wollte auf alle Fälle wieder mit mir mitkommen, weil er Ausflüge liebte, selbst wenn das Ausflugsziel diesmal eine Tötungsanstalt war, in der zwischen 1940 und 1944 rund dreißigtausend Menschen ermordet wurden, mehr als die Hälfte von ihnen Unsichtbare wie Markus. Sicher, ein Ausflug in den Tiergarten Schönbrunn wäre ihm lieber gewesen, aber er sagte trotzdem sofort zu. Wir fuhren mit dem Auto hin. Ich holte ihn zeitig in der Früh in seinem Wohnheim in Kindberg ab, wo in den Jahren zwischen 1940 und 1944 auch hundertzwanzig Unsichtbare aus dem damaligen Pflegeheim in Richtung Hartheim abgeholt wurden, von Bussen mit verdunkelten Seitenscheiben. Hatte man denen auch gesagt, dass sie einen Ausflug machen würden? Hatten die sich auch schon, so wie Markus heute, auf den Ausflug gefreut, als sie in die Busse eingestiegen waren?, dachte ich.

Markus wartete schon vor der Tür, mit einem Rucksack auf dem Rücken und mehreren Ausgaben der *Kronen-Zeitung* in den Händen. Die Fahrt würde circa zweieinhalb Stunden dauern, ich wollte die Zeit deshalb nutzen, ihn auf Hartheim vorzubereiten, beziehungsweise auf das, was dort passiert war, und das tat ich dann auch.

AH, WAS DENKE ICH GERADE, sagte Markus, ICH HABE EINE FRAGE, WAS HEISST GNADENTOD?

Man hat die Menschen, die so sind wie du, umgebracht, sagte ich. Mit der Ausrede, dass sie nie richtig würden leben können. Dass man ihnen einen Gefallen tut, wenn man sie umbringt, weißt du.

AH, WAS DENKE ICH GERADE, ICH HABE EINE FRAGE, sagte Markus, ABER MAN KANN JA GAR NICHT NIE LEBEN, ODER? WENN MAN DOCH SCHON EINMAL AM LEBEN IST, sagte er.

Ich musste lachen.

Nein, sagte ich, und richtig schon gar nicht.

Er legte seinen Kopf zur Seite, miaute und streichelte mich am Kopf. So wird einem die verbrecherische Vergangenheit des eigenen Landes, von der man eigentlich nichts mehr wissen will, weil man ja nichts dafür kann, wie es immer heißt, ins eigene Privatleben gespült und hinterlässt dort ungustiöse braune Streifen, wie in der Kloschüssel nach einem fettigen Stuhlgang, dachte ich. Markus wäre auch in einem der Busse gesessen. Er hatte alle Qualzuchtmerkmale, die die damaligen »Ärzte« aufgestellt hatten und die ihn dafür prädestinierten, als einer der Ersten in einem der Busse zu sitzen und gnadenhalber erlöst zu werden, dachte ich.

Wir kamen um circa zehn Uhr vormittags in Hartheim an. Das Wetter war herrlich: sonnig und warm. Das Schloss liegt etwas abseits, umgeben von ein paar Bauernhäusern und Siedlungen. Idyllisch, doch irgendwie entrisch. Beim Vorbeifahren fiel mir eine Radwerkstatt auf, die sich auf Reparatur und Umbau behindertengerechter Fahrräder spezialisiert hatte. Gegenüber dem Haupteingang des Schlosses steht das Institut Hartheim, ein Betreuungszentrum für Menschen mit kognitiver und mehrfacher Beeinträchtigung, wie es genannt wird. Wir bogen auf den Parkplatz ein. Auf den Wiesen links und rechts des Parkplatzes standen Schafe und fraßen gemütlich ihr Gras. Wir stiegen aus und streckten uns einmal. Ich hatte mit der Dame, die uns durch das Schloss führen würde, vereinbart, dass Markus und ich uns einer Gruppe Oberstufenschüler anschließen durften. Es war noch niemand da, darum gingen wir alleine durch den Rundbogen in den Hof hinein. Auf der linken Seite hing eine Gedenktafel:

Aus Anlass des 50 jährigen Regierungsjubiläums
Seiner kaiserlich-königlichen
Apostolischen Majestät Kaisers
Franz Josef I.
widmet Seine Durchlaucht
Fürst Camillo Heinrich Starhemberg

dieses Asyl den armen Schwach- und Blödsinnigen, Idioten und Cretinösen im Jahre
1898.

Später erklärte unsere Begleitung, dass der Fürst Starhemberg das Schloss verkaufen wollte, weil er sich den Erhalt nicht mehr leisten konnte, aber um den Preis, den er sich vorstellte, nicht anbrachte. Deshalb stiftete er es aus steuerlichen und Imagegründen als Asylheim für die *armen Schwach- und Blödsinnigen, Idioten und Cretinösen*, was seinerzeit keineswegs herabwürdigende Bezeichnungen waren. Im Gegenteil war die Einrichtung fortschrittlich, weil damals beeinträchtigte Menschen meist sich selbst überlassen waren und deshalb üblicherweise auf der Straße oder im Gefängnis landeten. Im Inneren des Renaissancebaus war ein Hof, an der rechten Seite hingen weitere Tafeln zum Gedenken an die hier Ermordeten. Markus stand lange vor der Tafel mit der Aufschrift: *Zum Gedenken an die 140 Opfer aus dem Pflegeheim Kindberg. Gestiftet von der evangelischen und katholischen Pfarrgemeinde Kindberg.*

Ich schlenderte derweil durch die Räume und überflog die Bilder der damaligen Belegschaft: »Ärzte«, »Pflege«- und »Verwaltungspersonal«, auch Formulare, penibel geführte Statistiken, makabre Details zu Zahlen und Fakten undsoweiter waren ausgestellt. Inzwischen war die Schülergruppe eingetroffen. Aus dem Innenhof hörte ich Tuscheln und gelegentliches Kichern. Ich ging auch raus und holte Markus ab, der immer noch bei der Gedenktafel stand. Als sie Markus sahen, hörten die Schüler mit dem Tuscheln und Kichern auf. Einige Mädchen hielten sich an den Händen, manche schauten in den Boden hinein, andere in die Luft, die meisten Burschen machten einen auf lässig. Unsere Begleitung begann mit ihrem Vortrag über die Geschichte des Schlosses, die ich zum

Großteil aus eigener Recherche schon kannte, und erzählte von dem, was sich hier abgespielt hatte. Ich konnte mich aber nicht richtig auf den Vortrag konzentrieren, immer schweifte ich mit meinen Gedanken ab, wie man so schön sagt, und beobachtete Markus. Ich sah ihn hier neben mir stehen, in seiner Dreiviertelhose, den bunten Socken, die in Ledersandalen steckten, dem Hawaiihemd, an dessen Saum er mit beiden Händen herumzwirbelte. Die Zunge hatte er wieder über seine Unterlippe herausgeschoben und er bewegte den Kopf die ganze Zeit hin und her, den Blick auf das Dach gerichtet, als würde er irgendetwas suchen. Ich stellte mir vor, dass er genauso verloren dagestanden wäre, nachdem die sogenannten Pfleglinge in dem Holzschuppen, der als Entladestelle für die angelieferten Unsichtbaren als Sichtschutz an das Schloss angebaut worden war, angekommen waren. So unsichtbar waren sie dann doch nicht, dass man sie nicht vor den Blicken der Einheimischen hätte abschirmen müssen. Durch einen schmalen, mit Brettern verschlagenen Gang wurden sie in den nächsten Raum geführt, wo sie sich ausziehen mussten. Hier wurden also die Püree-Erdäpfel von den festkochenden aussortiert, dachte ich. Heutzutage kann man das Gott sei Dank schon vor der Geburt machen, wie es uns der Kaugummi-Güllekologe ausführlich erklärt hatte. Ich fragte mich, was sie ihnen wohl erzählt haben? Was der Grund dafür war, warum sie sich gleich nach der Ankunft ausziehen mussten? Was hätte sich Markus gedacht, wenn er sich mit all den anderen zusammen nackt hätte ausziehen müssen? Frauen, Männer und Kinder zusammen, wo sie sonst immer so strikt getrennt waren? Wäre er stutzig geworden? Hätte er etwas geahnt? Unsere Begleitung sagte gerade das Wort *Tiergartenstraße*, nach der die *Aktion T4* benannt worden war, als Deckname für die planmäßige Massenermordung von behinderten Menschen.

AH, ICH WEISS WAS, sagte Markus, IM TIERGARTEN WÄRE ICH JETZT AUCH GERNE.

Ein paar aus der Schülergruppe lachten. Unsere Begleitung lächelte leicht und führte uns zu den weiteren Räumen: durch den Untersuchungsraum, die Gaskammer, danach den Raum, in dem die Leichen nach der Vergasung übereinander geschlichtet und gestapelt wurden, bevor man sie in den Ofen steckte und verbrannte. Hier hätte man also *unseren Gestörten vergast, so wie es sich eigentlich gehört*, wie es sich der Telefonterrorist auch für Markus gewünscht hatte. Die Räumlichkeiten sahen unspektakulär aus. Kleiner als angenommen. Ein bisschen wie eine alte Waschküche, es roch auch unpassend angenehm nach Lavendel. Markus blieb zwischen den Räumen, die man über eine Rampe betreten konnte, immer wieder stehen und sah sich um. Aber es gab nicht viel zu sehen, nur kleine Tafeln mit den nüchternen Zahlen und Fakten. Massenmord ist trockene Statistik. Wie ging der Kalauer noch mal? *Der Tod eines Einzelnen ist eine Tragödie, der Tod von Millionen ist Statistik*, oder so ähnlich. Markus schien etwas enttäuscht zu sein, eher gelangweilt. Unsere Begleitung meinte, sie wollten hier keinen Gruseltourismus, weshalb die Hinrichtungsstätte so neutral wie möglich gehalten wurde. Unverständlich wie erschütternd war für mich vielmehr das Normale im Monströsen. Dass das, was scheinbar niemals zusammenpassen kann, anscheinend problemlos zusammenpasste für die hier arbeitende und lebende Belegschaft. Dass sich das Zusammenleben und das Töten nicht im Geringsten störten oder in die Quere kamen, ganz im Gegenteil. Georg Renno, Tötungsarzt und Anführer des Höllenfahrtskommandos der Tötungsanstalt, in der Umgebung als ausgezeichneter Arzt geschätzt und beliebt für sein Querflötenspiel, hatte als Rattenfänger von Hartheim überhaupt keine Bedenken, den die Unsichtbaren erlösenden

Gashahn aufzudrehen. Nur dass man so viele Menschen auf einmal in die fünfundzwanzig Quadratmeter kleine Gaskammer pferchte, kam ihm etwas unappetitlich vor. Vorher wurden sie von ihm noch untersucht, um bei den Hinterbliebenen keinen Verdacht zu erwecken und nicht versehentlich eine unmögliche Todesursache auf die Todesnachricht zu schreiben, wie zum Beispiel einen Blinddarmdurchbruch, wo gar kein Blinddarm mehr im Bauch des in ein paar Minuten zu Vergasenden vorhanden war, oder eine Blutvergiftung wegen Mandelentzündung, wo die Mandeln längst vorsorglich aus seinem oder ihrem Hals entfernt worden waren. Die Todesnachricht wurde den Hinterbliebenen später als Schimmelbrief zugestellt, mit dem Hinweis, doch bitte auf die Hinterlassenschaften des »Verstorbenen« zu verzichten, weil diese durch die notwendige Desinfizierung ohnehin unbrauchbar geworden wären. Mehr als ein paar Habseligkeiten wie Häferl, Geschirr oder Strickutensilien waren es ohnehin nicht gewesen. Die verscharrte man im Hof. Die dumme Liesl ging durch den Rauchfang, die Strickliesel in den Boden hinein. Meistens erhielten die Hinterbliebenen die Todesnachricht ein paar Monate verspätet, damit man von ihnen noch das Pflegegeld für die längst *desinfizierten* Verwandten kassieren konnte. Effizienz und Ausbeutung bis über den Tod hinaus: Bei der Voruntersuchung wurde auch festgestellt, ob sich eventuell Goldzähne in den Mündern der Unsichtbaren versteckten, die nach der Vergasung daraus entfernt gehörten. Wenn er fündig wurde, malte der Querflötenliebhaber Georg Renno für die spätere Wiedererkennung und Aussortierung im Leichenstapel ein schwarzes Kreuz auf den Rücken des Goldzahnbesitzers. Dem Rattenfänger von Hartheim wurde nach Kriegsende in Deutschland der Prozess gemacht. Alles, was ihm im Laufe der Verhandlung nachgewiesen werden konnte, hatte er vorher abgestritten und nur zitzerlweise zugegeben. Er sei nur für sein Querflötenspiel in Hartheim gewesen, sagte er zu Beginn, immer wieder sagte er die Worte *Querflöte* und: *schön*. Neinsagen ist nur halb gelogen, wie mein Vater immer gesagt hat, dachte ich. Die Strategie ging auf, der Staatsanwaltschaft blieb als einzige Sanktionsmöglichkeit der Führerscheinentzug. In Österreich ist kein einziges Euthanasieverfahren je mit einem Urteil abgeschlossen worden. Volk, begnadet für das Schöne, viel gerühmtes Österreich, dachte ich.

Nach der Erlösung folgte die Auflösung. Ich stellte mir vor, wie Markus' schlaffer Körper nach der Vergasung von Vinzenz Nohel, der in Hartheim als sogenannter Brenner angestellt war, von dem Leichenstapel heruntergezerrt und wie eine Schweinehälfte auf eine Pritsche gewuchtet wird. Wie er ihm die Backen zusammendrückt, so wie damals der Kinderarzt bei der Untersuchung, um Zunge und Gaumen zu überprüfen, wie meine Schwiegermutter erzählt hatte. Wie er den Goldzahn sucht, ihn mit einer abgegriffenen Kneifzange aus dem Kiefer herausbricht und in eine mit blauen Blumen verzierte Keramikschüssel plumpsen lässt, die schon zur Hälfte mit blutverschmierten Goldzähnen und Kieferknochenresten gefüllt ist. Was denkt er in dem Moment, der Vinzenz Nohel, dachte ich, der später bei der Gerichtsverhandlung als Milderungsgrund für die Tötung von Behinderten seine eigene Behinderung anführte, weil ihm bei einem Unfall ein Baum auf den Kopf gefallen war, während Markus' rot gefärbter Speichel aus dem Loch in seinem Kiefer und dem Mundwinkel rinnt, weiter über die aus dem halb offenen Mund und wie zu Lebzeiten über die Unterlippe geschobene Zunge auf den Boden tropft, wo sich von seinen Vorgängern schon eine Blutschleimlache gebildet hat. Denkt er gerade an seine fünf Kinder, die er nicht mehr gescheit ernähren konnte und weswegen er den gut bezahlten Job als Goldzahnausreißer und Leichenverbrenner von seinem Bruder vermittelt bekommen hatte? Hat er eine Wut auf seine fünf Kinder, weil er ihretwegen ständig Goldzähne aus Kiefern brechen, Leichen verbrennen und die untermenschlichen Überreste in einer Knochenmühle verarbeiten und in Säcke füllen muss? Oder hat er eine Wut, weil er bei dem Bunten Abend nicht dabei sein kann, der im oberen Teil des Schlosses stattfindet? Während er hier unten die Drecksarbeit machen muss? Oh, it's a dirty job but someone's gotta do it!, wie es im Lied *We Care a Lot* von der Band *Faith No More* heißt? Einer muss sich ja kümmern! Denkt er sich, ich muss hier den Unnötigen die Goldzähne herausreißen, während die anderen oben zu den von Georg Renno auf der Querflöte so schön gespielten Jodlerweisen und dem Kaiserwaldwalzer tanzen und sich betrinken? Oder ist er eifersüchtig auf den sogenannten *Fahrer*, der die Verwaltungsangestellte Traudl geheiratet hat, auf die er auch gespitzt hatte? Die der Fahrer an einem Sommerabend am Donauufer gefragt hatte, ob sie seine Frau werden möchte und sie Ja gesagt hatte? Den romantischen Platz am Donauufer kannte der Fahrer ja nur deswegen, weil sie dort die Aschesäcke der Erlösten und Verbrannten in der Donau versenkten, damit sie sich endgültig auflösten. In nichts gewissermaßen, dass sie ja sowieso vorher auch schon gewesen waren. Immer wieder mussten sich die Fahrer neue Plätze suchen, damit es nicht auffiel in der Bevölkerung, und bei der Suche hatte er den romantischen, für den Fahrer am besten geeigneten Platz am Donauufer mit Blick auf den Sonnenuntergang für einen Heiratsantrag gefunden. *Hier werde ich die Traudl fragen, hier werde ich um ihre Hand anhalten,* wird sich der Fahrer gedacht haben, nachdem er den Inhalt der Asche- und Knochenmühlensäcke der Vergasten und Verbrannten in der Donau versenkt hatte. Dabei hatte er, Vinzenz, die Säcke mit der Asche befüllt. Die ganze Arbeit mit dem Leichen-Aufarbeiten hatte er, Vinzenz, den ganzen Lohn, nämlich die Hand der geilen Verwaltungsangestellten Traudl, die angeblich so gut lutschen konnte, wie in den Jausenräumen der Angestellten erzählt wurde, bekam der Fahrer! Neidisch beobachtete er, wie sie, ihren Arm beim Arm des »Büroleiters« und SS-Sturmbannführers Christian Wirth eingehakt, breit lächelnd über den Schlossinnenhof ging, wo sie im Jubel der Claqueure von Christian Wirth dem stolzen Fahrer übergeben wurde. Sie trug eine teure Bluse, auf dem Kopf einen schicken Hut mit Stoffblumen und in der Hand hielt sie eine weiße Rose. Denkt er sich: Ich hab das Pech und sie haben das Glück? Oder doch: *Memento mori?* Überfällt ihn vielleicht gerade der Gedanke an seinen eigenen Tod bei dem Anblick von Markus' debilem, ausdruckslosen Gesicht und der anstrengenden Bearbeitung von so vielen toten Leibern im Allgemeinen, die er wie Schweinehälften hin und her heben muss?, dachte ich, wie Markus an der Stelle stand, wo der Krematoriumsofen gestanden war und über dem durch einen versteckten Kamin der Rauch geführt wurde, der in der Umgebung einen derartigen Gestank verbreitete, dass die Anrainer aus Ekel ihr Mittagessen ein paar Stunden nach hinten verschieben mussten, damit es sie nicht reckte, wenn sie ihre wohlverdiente Beuschelsuppe schlürften. Wahrscheinlich nicht, dachte ich. Wahrscheinlich denkt er nur an den Viertelliter Schnaps, den er täglich zusätzlich als Schmankerl für diese Arschhacke bekommt, während er Markus in den Ofen schiebt, seinen Körper anzündet und sich selbst zur Entspannung eine Zigarette.

Mittlerweile waren wir wieder im Innenhof angekommen und unsere Begleiterin wollte eine Diskussion um den Wert eines

Menschen anregen. In Hartheim hatte man diesen Wert klar festgelegt:

Bei einem durchschnittlichen Tagessatz von RM 3,50 ergibt sich hiedurch:

1. eine tägliche Ersparnis von RM 245.955,50
2. eine jährliche Ersparnis von RM 88.543.980,00
3. bei einer Lebenserwartung von
10 Jahren: RM 885.439.800,00
In Worten:
achthundertfünfund-achtzigmillionen-
vierhundertneununddreissigtausend-
achthundert Reichsmark,
d. h. diese Summe wird bzw. ist bis zum 1. Sept. 1951 auf Grund der bisher durchgeführten Desinfektionen von 73.273 Personen erspart worden.

Hier hatte man den konkreten Wert für die unnützen Esser, wie meine Mutter oft zu mir gesagt hat, wenn ich wieder einmal zu faul war, im Haushalt mitzuhelfen. Es folgte eine Gegenüberstellung der Ersparnisse mit den Kosten der unterschiedlichen Lebensmittel, angeführt in Kilogramm.

Was ist ein in der allgemeinen Sichtweise nicht gesunder Mensch wert?, fragte unsere Begleiterin die Schülergruppe. Eine Weile sagte keiner was, die Schüler schauten wieder in den Boden hinein, in die Luft, nestelten an ihren Kleidungsstücken herum oder beobachteten verschämt Markus, der schon seit einer Weile mit dem Zeigefinger in seinem Ohr bohrte. Einige mussten sich das Lachen verkneifen.

Könnt ihr euch eine flexible Solidarität vorstellen?, sagte die Begleiterin weiter.

Ein Schüler hob die Hand.

Bitteschön, sagte sie.

Nein, das kann ich mir nicht vorstellen, sagte er.

Aber warum denn nicht?, sagte sie. Heute ist die Betreuung der Menschen doch noch teurer. Früher kam auf zehn Pflegebedürftige nur eine Pflegerin, und das waren meistens Nonnen, die kein Geld verlangten. Heute kommt auf einen Pflegebedürftigen ein professioneller Betreuer, der auch was verdienen will.

Weil mein Bruder auch schwerstbehindert ist, sagte der Schüler. Er kann nur in seinem Bett liegen und muss rund um die Uhr gepflegt werden.

Alle Schulkolleginnen und Kollegen waren überrascht. Sie dürften davon nichts gewusst haben. Die Mädchen umarmten ihn, ein paar Burschen klopften ihm aufmunternd auf die Schultern.

Wieder ein Unsichtbarer, dachte ich, so wie das Kind der Nachbarin aus meiner Kindheit, das in der riesigen Galeere wohnte, und dem wir stundenlang auf der Straße auflauerten, um es zu Gesicht zu bekommen, es aber nie schafften. Zu Gesicht haben wir zum Schluss nur den leeren Rollstuhl bekommen.

Dann sagte ein Schulkollege: Aber wozu ist er denn dann wirklich da, wenn er nichts anderes tun kann, als herumliegen und in die Luft schauen?

Keiner sagte was, alle waren baff. Selbst der, der die Frage gestellt hatte, schien verblüfft über die eigene Frage. Er lief rot an, schaute in den Boden hinein und kratze sich hinter dem Ohr. Es schien ja auch eine logische Frage zu sein, dachte ich. Wer hat sich diese Frage denn noch nicht gestellt, beziehungsweise die Frage: Ist das ein Leben? Denken wir das nicht insgeheim schon bei weniger drastischen Fällen?, dachte ich. Ein jüdischer Witz fiel mir ein: Treffen sich zwei Bekannte am Karmelitermarkt, sagt der eine: Hast du schon gehört? Der Blau ist gestorben! Darauf der andere: Was redest du denn, da drüben im Rollstuhl sitzt er ja! Darauf der andere wieder: No, ist das a Leben?

Wie oft habe ich mich das schon gefragt? *Ist das ein Leben?* oder: *Das ist ja kein Leben!* Wie oft schon und ganz nebenbei? Zum Beispiel beim Anblick von den alten Zauseln in den Altersheimen, die eh nichts mehr zu erwarten haben als drei Mahlzeiten am Tag und eine Dusche? Bei denen mit körperlichen Behinderungen nach einem Unfall? Den Blinden, Gehörlosen, Querschnittsgelähmten? Bei den Adipösen und den Magersüchtigen? Bei den Krebspatienten und Diabetikern, bei denen nicht nur die Lebenslänge, sondern durch stückchenweise Amputationen der ganze Körper verkürzt wird? Den Schmerzpatienten und chronisch Kranken? Den Alkoholikern, Junkies und Giftlern? Oder beim Anblick derer, denen es wirtschaftlich nicht so gut geht? Bei denen, die hungern? Den Biafrakindern, wie die Mutter immer gesagt hat? Den Menschen aus dem ehemaligen Ostblock? Oder denen aus dem Süden? Den Chinesen? Den unterdrückten Minderheiten? Den Unterdrückten und Ausgebeuteten im Allgemeinen? Den alleinerziehenden Müttern? Den Arbeitslosen? Den Einsamen? Den Obdachlosen, Sandlern und Bettlern? Den Armen? Bei allen, zu denen man sich nicht dazurechnet? Ist das ein Leben, das die haben? Wozu sind die denn dann wirklich da, wenn es kein Leben ist? Ob man sich dann noch dasselbe fragt, wenn man selbst einmal zu einem von denen gehören sollte, denkt man sich nur selten, oder eigentlich nie, dachte ich. Ist es das, was als *soziale Kälte* bezeichnet wird? In der Straßenbahn hat eine Frau beim Anblick eines auf einer Bank schlafenden Sandlers zu ihrem Mann einmal gesagt: Schau dir das an, die soziale Kälte nimmt auch immer mehr zu bei uns! Worauf er, während er gelangweilt die Gratiszeitung durchblätterte, gesagt hat: Dann soll er sich halt anbrunzen, damit er es wärmer hat.

Gute Frage, sagte der andere, mein Bruder ist dazu da, damit wir ihn lieb haben können und damit er uns lieb haben kann!, sagte er.

Eine einfache Antwort auf eine komplizierte Frage, dachte ich. Das gibt es selten.

Somit ist alles gesagt!, sagte unsere Begleiterin eilig und führte uns aus dem Innenhof hinaus auf den Vorplatz, wo sie uns verabschiedete.

Komm, sagte ich zu Markus, lass uns hier verschwinden. Hast du Lust auf was Süßes? Ich lade dich ein.

Wir gingen zum Parkplatz, stiegen ins Auto und fuhren in die nächste Ortschaft. Bei einer Konditorei hielt ich an, parkte mich vor der Tür hin und wir gingen rein.

Bestell dir, was du willst, sagte ich, nachdem Markus ausgiebig die Karte studiert hatte. Er bestellte eine Cremeschnitte, einen Punschkrapfen und ein Stück Linzer Torte, dazu trank er ein Krügel Bier. Nicht alles auf einmal essen, dachte ich, sagte es aber nicht. Das hatte meine Mutter immer gesagt, wenn es einmal etwas Außergewöhnliches gegeben hatte, was natürlich völlig verkehrt war. Das ist wahrscheinlich noch so ein Spruch aus dem Krieg gewesen, den meine Mutter wiederum von ihrer Mutter einfach übernommen hatte, genauso wie den Spruch mit dem *unnützen Esser*, dachte ich. Die Unweisheiten werden uns von den Eltern weitergegeben und auch wenn wir es besser wissen, bleiben sie dort drinnen gespeichert, um bei den unmöglichsten Gelegenheiten wieder aufzutauchen. Während Markus langsam und genüsslich sein Essen kaute und es genauso genüsslich mit Bier hinunterspülte, schaute ich mir die Bewertungen über das Schloss Hartheim bei Google durch:

Ein wirklich interessantes Schloss!

Bei Sonnenuntergang sind mir hier sehr gute Bilder gelungen.

Auch ein Bistro ist vorhanden.

Der Herr im Verkaufsraum war richtig nett.

Es war schon interessant, aber ein zweites Mal würde ich nicht hingehen.

Die Gaskammer öffnete 1969? Da haben sie aber etwas Zeit gebraucht, um sie zu bauen.

Das Internet: Meinungsmülldeponie und Mördergrube. Ich legte das Handy wieder weg und schaute Markus lieber beim Genießen zu.

Was machst du für ein komisches Gesicht?, sagte ich zu ihm, als er auf einmal aufgehört hatte zu kauen.

AH, ICH DENKE WAS, sagte er und grinste wie Bigfoot, IN MEINER FREIZEIT BIN ICH WITZIG.

Komiker was?, sagte ich, bist du fertig? Dann pack dich zusammen, wir fahren jetzt, ich möchte nicht zu spät daheim ankommen.

Er grinste weiter, wischte sich gründlich den Mund und jeden einzelnen Finger mit einer Serviette ab, faltete sie zusammen, legte sie auf den Teller und schließlich langsam und vorsichtig das Besteck oben drauf.

AH, ICH HAB WAS IM GEFÜHL, sagte er, AUF GEHT'S!

Bei der Heimfahrt im Auto redeten wir nicht viel. Markus schaute aus dem Fenster und in die Gegend hinein. Manchmal entdeckte er einen Feldhasen oder ein Reh oder einen Mäusebussard, denen er lange nachschaute. Nach gefühlt einer Stunde, in der keiner von uns etwas gesagt hatte, sagte er: AH, ICH DENKE GERADE WAS: DAS NÄCHSTE MAL GEHEN WIR WIEDER IN DEN PRATER, DA IST ES LUSTIGER.

14
DAS ZEBRA IST EIGENTLICH EINE ILLUSION

Das Erste, was meine Schwiegermutter nach der Geburt unserer Tochter bei ihrem Besuch im Krankenhaus gemacht hatte: Sie nahm das Baby, legte es im Beistellgitterbett auf den Rücken, kontrollierte beide Handflächen, zählte Finger und Zehen ab, verglich die Abstände dazwischen und fuhr mit ihrem Zeigefinger in seinen Mund hinein, um sich die Zunge anzuschauen, was nicht funktionierte, weil es gleich an ihrem Finger zu saugen anfing.

Schaut gut aus, sagte sie erleichtert, ein Mongerl ist es schon mal nicht.

Markus kam zusammen mit meinem Schwiegervater auf Besuch. Er hatte zur Feier des Tages sein schönstes Hawaiihemd und eine Bundfaltenhose angezogen, in die er das Hawaiihemd *hineingestrickt* hatte, wie meine Mutter immer sagte. Er traute sich das Baby zuerst nicht anzugreifen und drückte sich deshalb in den Ecken des Zimmers herum, bis Katja aus dem Bett aufstand und es ihm auf einen Arm legte, seinen anderen Arm daneben hin und das Köpfchen in seine Handfläche. Ich legte meinen Arm auf seine Schulter und konnte spüren, wie er zitterte.

AH, ICH DENKE WAS, sagte er, ICH BIN EIN COOLER ONKEL, ICH GLAUBE, ICH SCHMEISSE ES NICHT HINUNTER.

Wir lachten. Langsam wurde er ruhiger und auch das Baby war ruhig, das bunte Hawaiihemd schien ihm zu gefallen. Markus stand regungslos da, nur kaum merkbar schaukelte er vor und zurück und miaute zwischendurch, bis das Baby einschlief.

SO SÜSS!, sagte er, SO LIEB!, und blieb noch weitere zehn Minuten in derselben Haltung stehen, nachdem Katja ihm das Baby wieder aus den Armen genommen hatte. Danach zitterte er nicht mehr.

Die Fähigkeit von Markus, das Baby zu beruhigen, kam mir sehr zugute. Vor allem in den ersten Monaten, als es unter den sogenannten Dreimonatskoliken litt, weinte und schrie es durchgehend. In dieser Zeit waren wir oft bei meinem Schwiegervater, wo auch Markus an den Wochenenden wohnte, um uns beim Herumtragen meiner Tochter abzuwechseln. Nur so, beim wippenden Gehen, konnte sie einschlafen. Während ich das brüllende, im Gesicht rot angelaufene Kind auf einen Arm legte, mit der anderen seinen Hintern tätschelte und im Wohnzimmer auf und ab ging, in der Hoffnung, dass es endlich einschlief, kamen immer öfter ungute Vorstellungen und Bilder in mir hoch. Nachdem ich schon anderthalb Stunden auf und ab gegangen war, stellte ich mir die Schönheit eines stillen Zimmers vor, oder die, die im Inneren eines Sarges herrscht, obwohl die Stille die letzten Monate eigentlich schon so weit weg gewesen war, dass ich mich nicht einmal mehr daran erinnern konnte, selbst die Vorstellung von Stille schaffte ich nicht mehr. Wie still war es doch, als dieser winzige Terrorist noch in Abrahams Wurstkessel geschwommen ist! Wäre er doch nur dortgeblieben! Hätte ich den Herrn Wurst doch nur rechtzeitig aus Katja herausgezogen!, dachte ich in den Momenten. Diese wunderschöne Stille, die einmal in meinem Leben geherrscht hatte, stellte ich mir vor, konnte nur dadurch erreicht werden, indem ich meine Tochter an den Beinchen packte und ihr Köpfchen schwungvoll gegen die

Kante des Türstocks klatschen ließ. Die Schlagzeilen in den Panorama-Abteilungen der Tageszeitungen kamen mir hoch wie Sodbrennen: *Vater schüttelt Kind zu Tode! Säugling erneut Opfer einer Schüttelattacke!* Was damals beim Lesen Übelkeit und einen Hass auf die unbeherrschten Männer beziehungsweise die Tat vertuschenden Frauen auslöste, kam mir jetzt wie eine selbstverständliche und nachvollziehbare Notwehrhandlung vor. Bevor ich also auch mit einer Schlagzeile in der *Kronen-Zeitung* landete: *Vater schlägt Baby mit Kopf gegen Türstock – Ärzte kämpfen vergeblich um das junge Leben!*, drückte ich Markus das Kind in die Hände und sagte: Bitteschön, du bist dran. Ihn konnte das Geschrei nicht aus der Ruhe bringen. Wie ein Rasenmäh- oder Staubsaugroboter zog er langsam seine Runden durch das Wohnzimmer, wippte hin und her und auf und nieder, zwischendurch miaute er ein bisschen, bis die Kleine eingeschlafen war.

Drei Jahre später kam unsere zweite Tochter zur Welt. Wie immer bei den Zweitgeborenen machten wir nicht so viel Aufhebens wie beim ersten Kind. Auch in der Schwangerschaft nicht. Katja ließ nur die im Mutter-Kind-Pass vorgeschriebenen Untersuchungen durchführen. Die Nackenfaltenmessung spritzten wir komplett. Auch hier nach der Geburt das gleiche Prozedere der Schwiegermutter: Handflächen inspizieren, Finger und Zehen abzählen, Abstände dazwischen vergleichen, Zungendicke kontrollieren. Ergebnis: kein Mongerl. Große Freude allerseits.

Bei seinen oder unseren Besuchen wurde Markus immer von den Kindern belagert. Am Anfang war er ihr Spielzeug, weil er sich alles gefallen ließ. Sie kletterten auf ihm herum, verkleideten ihn, schminkten ihn und machten ihm mit den

Plastik-Lockenwicklern der Oma, die die achtziger Jahre in irgendeinem Schrankfach überlebt hatten, komische Frisuren. Er machte alles mit, solange er zwischendurch von seiner Extrawurstsemmel oder seinem Linzer Stangerl abbeißen konnte. Als die Mädchen älter wurden, war er ein Spielkamerad, der bei allem dabei war. Sie tanzten viel, sangen Lieder und spielten Karten, meistens Jolly.

Wir mögen ihn sehr, sagten sie. Er versteht uns. Er ist sozusagen auch noch ein Kind (sie sagten tatsächlich: sozusagen). Außer halt, dass er Kaffee, Bier und Cola trinkt, sagten sie. Nerven tut nur, dass er im Bad so lange braucht. Es dauert ja schon mindestens zwei Stunden, bis er in der Duschkabine steht! Da muss man halt schauen, dass man vorher dran ist. Wer will ihn schon die ganze Zeit nackt neben sich stehen haben? Außerdem hat er eine eigene Sprache, sagten sie.

Eine eigene Sprache?, sagte ich, welche denn?

Eine die jeder versteht, sagten sie und zuckten mit den Schultern.

Was denn zum Beispiel?, sagte ich.

Na ja, einmal hab ich ihn gefragt: Ist das Zebra weiß mit schwarzen Streifen oder schwarz mit weißen Streifen?, sagte die Ältere.

Und, was hat er gesagt?, sagte ich.

Das Zebra ist eigentlich eine Illusion, hat er gesagt, sagte sie.

Aha, sagte ich.

Siehst du!, sagte sie.

Dass Markus behindert sei, sagten sie nie. Wenn sie jemand direkt darauf ansprach, zuckten sie mit den Schultern und sagten: Es gibt halt solche und solche.

15
WAS IST, WENN MAN SELBST NICHT MEHR IST

An den Tag, an dem wir alle das letzte Mal zusammen waren, kann ich mich gut erinnern. Es war bei Katjas Sponsionsfeier. Nach den Feierlichkeiten in der Universität Wien gingen wir in den Böhmischen Prater. Wir hatten beim Werkelmann einen Tisch reserviert. Markus trug, wie immer bei festlichen Anlässen, sein Hawaiihemd. Beim Gruppenfoto auf der Stiege beim Eingang der Hauptuni war er neben mir gestanden. Ich hörte ihn leise ein Lied summen: *Aloha Oe* von Freddy Quinn.

Wir saßen beim Werkelmann am Tisch, der Kellner nahm gerade unsere Bestellung auf, als ihn eine Frau vom Nebentisch unterbrach, die sich eben zu ihrer Gruppe dazugesetzt hatte: Entschuldigen Sie, sagte sie, ich bin gerade gekommen!

Der Kellner hörte kurz zu schreiben auf, drehte seinen Kopf zu ihr und sagte: Gratuliere. Als wäre nichts gewesen fuhr er mit der Aufnahme unserer Bestellung fort, indem er sich den Zeigefinger ableckte, das Blatt auf seinem Block mit der Aufschrift *Gösser Bier* umblätterte und zu Markus sagte: Bitteschön junger Mann, was hätten S' denn gern. Es lebe die Wiener Halbgastfreundlichkeit. Zwanzig Minuten später brachte er die Getränke. Ich wollte gerade mein Bier nehmen und auf Katja anstoßen, als mein Schwiegervater mit dem metallenen Zippo-Benzinfeuerzeug meiner Schwiegermutter ein paarmal gegen sein Weinglas schlug, bis es ruhig wurde. Selbst die Gäste an den Nachbartischen hörten auf zu reden oder unterhielten sich im Flüsterton weiter. Mein Schwiegervater stand auf und ich stellte mein Bier wieder auf den Tisch zurück. Er sah ungewohnt aus. Mit dem Anzug, den er anhatte, dem Hemd und der zu kurzen Krawatte sah er mehr verkleidet als schön angezogen aus. Sonst trug er immer ausgewaschene Jeans, verkochte, ausgebleichte bunte Polohemden und Vollbart. Heute hatte er sich sogar fast rasiert gehabt. Er nestelte einen zusammengefalteten Zettel aus der Innentasche seines Sakkos und räusperte sich, wischte sich über das Kinn, weil er es gewohnt war, sich über den Bart zu wischen, wenn er nervös wurde. Dazu wippte er leicht mit dem linken Fuß. Das fiel auch gar nicht auf, wenn man ihn nicht kannte. Mir fiel es gleich auf. Ich hatte ihn oft so gesehen, als ich um halb vier Uhr in der Früh aufstehen musste, um mit dem Zug nach Wien in die Arbeit zu fahren. Ich hörte die Stimmen aus der Küche, schon als ich mich im ersten Stock aus Katjas Zimmer schlich, weiter die Stiege ohne Handlauf hinunter, an der Küche vorbei und gebückt raus aus der Haustür. Ich setzte mich in mein Auto, das vor dem Haus parkte, und bevor ich zum Bahnhof losfuhr, schaute ich meistens noch fünf Minuten durch das Fenster in die Küche hinein. Es war stockfinster rundherum, weshalb der Fensterausschnitt wie ein großer Fernseher oder eine Kinoleinwand aussah. Mein Schwiegervater saß am Küchentisch, zog regelmäßig und lange an seiner Zigarette und wischte sich dazwischen mit der anderen Hand über den Kinnbart. Sein Oberkörper bewegte sich durch das nervöse Wippen seines linken Beines leicht auf und ab. Vor ihm ging meine Schwiegermutter hin und her, in einer Hand hielt sie auch eine Zigarette, mit der sie immer wieder auf meinen Schwiegervater zeigte, ihm Worte und Sätze an den Kopf warf und ihm mit der anderen Hand tatsächlich Dinge wie Bierkapseln, ein Geschirrhangerl und andere Küchenutensilien an den Kopf warf, die er dann später, als die Schwiegermutter schlafen gegangen war, vom Boden aufhob und neben sich auf die Eckbank legte, von wo aus er sie wieder an ihren Platz räumte. Mein Schwiegervater nickte die ganze Zeit nur, wischte sich über den Bart, wippte mit dem linken Fuß und zog kräftig an seiner Zigarette der Marke Falk, während gleichzeitig meine Schwiegermutter an ihrer Zigarette der Marke Hobby Extra zog und: DU! NICHTS! NIE! oder: ICH! IMMER! ALLES! schrie und Katja sich oben im ersten Stock den Polster über den Kopf zog und ein Lied summte, um die Stimmen und die Stimmung in der Küche in ihrem Kopf auszublenden. Das ging so lange, bis meine Schwiegermutter zu erschöpft, zu besoffen oder zu müde war und schlafen ging beziehungsweise von meinem Schwiegervater ins Schlafzimmer getragen wurde, nachdem sie mit dem Gesicht auf der Tischplatte eingeschlafen war, oder er selbst ebenfalls in die Arbeit musste, von der er erst spät nach Hause kam, am liebsten, wenn die Lichter im Haus ausgegangen waren und alle anderen schon schliefen, bis er am nächsten Tag um drei Uhr in der Früh von der Schwiegermutter wieder aufgeweckt wurde. Und das für Wochen, Monate, Jahre.

Nachdem er sich geräuspert und den Zettel auseinandergefaltet hatte, begann mein Schwiegervater mit seiner Rede. Ich hatte ihn vorher wie nachher nie mehr so viel an einem Stück reden gehört, obwohl die Rede nicht länger als ein bis zwei Minuten dauerte:

Liebe Katja, sagte er, vielleicht, oder eigentlich ganz bestimmt, habe ich mich mit Lob dir gegenüber immer zurückgehalten. Obwohl du von klein auf selbständig und verantwortungsbewusst gewesen bist. Und du immer gewusst hast, was du willst und das, was du dir einmal in den Kopf gesetzt hast, auch stur verfolgt hast. Ich habe lange darüber nachgedacht, warum das so gewesen ist, warum ich das gemacht habe, und bin zum

Schluss gekommen, dass wohl Markus der Grund dafür war. Ich glaube, dass ich dich wegen Markus nie oder viel zu wenig gelobt und dir nicht das Gefühl gegeben habe, dass ich stolz auf dich bin. Dass ich, im Gegensatz zu Markus, bei dir immer alles vorausgesetzt habe, wo ich bei Markus nichts voraussetzen wollte, obwohl ich heute weiß, dass nichts Schlechtes daran gewesen wäre, hätte ich es auch bei Markus getan. Deine Mutter hat es ja auch gemacht. Sie hat ganz im Gegenteil bei Markus dasselbe wie bei dir vorausgesetzt. Das habe ich nicht verstanden und wollte es auch nicht verstehen. Aber einfach nur um dir das Gefühl zu geben, dass du nicht die Einzige bist, von der Dinge vorausgesetzt werden, hätte ich es tun sollen, hätte ich es tun müssen. Dass du nicht die Einzige bist, die Verantwortung übernehmen muss, was du ja sowieso nicht nur für dich, sondern wie selbstverständlich auch für deinen Bruder immer getan hast und hinter ihm gestanden bist, was nicht leicht war. Das wissen wir alle. Darum wäre es rückblickend gar nicht notwendig gewesen, mich mit Lob dir gegenüber zurückzuhalten und meinen Stolz zu verbergen. Vor allem weil Markus dich immer gelobt hat und stolz auf dich war, genauso wie du Markus immer gelobt hast und stolz auf ihn gewesen bist, was zwar ganz normal unter Geschwistern sein sollte, aber doch nicht selbstverständlich ist. Wahr ist, dass ich es wegen der anderen nicht gemacht habe. Wegen denjenigen, von denen sowieso kein Verständnis zu erwarten war. Das klingt komisch, war aber so. Weil ich gedacht habe, wenn ich dich lobe und sage, wie stolz ich auf dich bin und auf das, was du erreicht hast, hätte ich natürlich gleichzeitig auch Markus loben und sagen müssen, wie stolz ich auf ihn bin. Leider habe ich mich geschämt, das über Markus zu sagen, und wollte mir die Ausdrücke in den Gesichtern der anderen ersparen, die wahrscheinlich gesagt hätten: Auf was bist du denn da bitteschön stolz? Was kann der denn schon, auf das man hätte stolz sein können? Aber vielleicht hätten sie das ja gar nicht gemacht, vielleicht hätten sie es sogar verstanden und sich aufrichtig mitgefreut? Warum denn nicht? Wer weiß das schon? Ich habe mich vorauseilend geschämt für etwas, dessen man sich nicht zu schämen braucht. Für das man sich nicht schämen darf. Darum habe ich es bleiben lassen, auch zu Hause. Dafür möchte ich mich heute bei dir entschuldigen, Katja. Und natürlich auch bei dir, Markus. Ich bin auf euch beide immer gleich stolz gewesen, das könnt ihr mir glauben, da gibt es keine Wertung. Die Wertung kommt dann automatisch durch das Umfeld, was keine Ausrede sein soll, aber ich hätte es euch beiden leichter machen können, das weiß ich heute und ich möchte, dass ihr das auch wisst, sagte er. Umso stolzer bin ich, dass du es auch ohne meine Hilfe so weit gebracht hast, das hast du ganz allein geschafft.

Natürlich fingen alle zu weinen an, sogar am Nebentisch sah ich eine Frau, die sich mit einer Werkelmann-Serviette die feucht gewordenen Augen abtupfte. Meine Frau stand auf, umarmte zuerst meinen Schwiegervater, drückte ihn fest an sich und machte dann dasselbe bei meiner Schwiegermutter und bei Markus. Der machte das Daumen-nach-oben-Zeichen und sagte zu meinem Schwiegervater: AH, ICH WEISS WAS, WIR MÖGEN DICH TROTZDEM.

Meine Schwiegermutter starb kurz darauf, ein paar Tage vor ihrem dreiundsechzigsten Geburtstag. Sie schaltete wie jeden Tag in der Früh die Filterkaffeemaschine ein, machte das Fenster auf, holte eine Zigarette aus der Packung Hobby Extra heraus, die sie immer in der vorderen Tasche ihrer Kleiderschürze verstaut hatte, zündete sie sich an und lehnte sich auf das Fensterbrett, um besser auf das Stuhleck schauen zu können. Das war ihr Lieblingsberg. Dann fiel sie um und war tot. Aortariss, wie man später herausfand. Einen schöneren Tod kann man sich nicht wünschen, wie ihr zweiundneunzigjähriger Nachbar sagte, der sich schon seit über zehn Jahren mit den schönsten Todesarten vertraut gemacht hatte, sich aber immer noch bester Gesundheit erfreute. Der hatte sie auch gefunden, weil das Fenster immer noch offen stand, obwohl es nach einem heißen Tag zu schütten und zu stürmen angefangen hatte.

Habe ich ihr nicht immer gesagt: Möchtest du nicht deine Enkel erleben?, sagte meine Frau, als wir gemeinsam mit meinem Schwiegervater am Küchentisch in der Wohnung meiner Schwiegermutter saßen. Habe ich es nicht immer gesagt, hm? Möchtest du sie nicht aufwachsen sehen?, habe ich gesagt, zumindest ein paar Jahre? Möchtest du nicht sehen, wie sie gehen und reden lernen? Wie sie Radfahren und Skifahren lernen? Möchtest du nicht sehen, wie sie sich aufs Christkind freuen? Den Osterhasen? Den ersten Schnee? Wie sie als Taferlklassler die Schultüte halten? Möchtest du nicht erleben, dass sie dir zu deinem Geburtstag ein Gedicht aufsagen? Oder ein Lied vorsingen? Oder ein Bild malen?, habe ich das nicht immer gesagt? Kannst du dich erinnern?, sagte meine Frau und weinte in die Mulde zwischen meiner Schulter und meinem Hals hinein. *Wenn du auch den Schnee verbrennst, so bleibt dir doch die Asche,* hörte ich sie murmeln. Mein Schwiegervater saß daneben und zog kräftig an seiner Zigarette.

Beim Requiem in der feuchtkalten Dorfkirche hatten die Kinder ein mulmiges Gefühl. Sie waren vorher noch nie bei einer sogenannten heiligen Messe oder bei einem Begräbnis gewesen. Als der Pfarrer sagte: Im Namen des Vaters, des Sohnes und des Heiligen Geistes, Amen!, schrie die Kleine: Wo ist der Geist!

UI, DER GEIST!, sagte Markus, HILFE!, und duckte sich.

Am Grab standen wir in der Schlange und warteten darauf dranzukommen, um eine kleine Schaufel Erde in das Grab und auf den Sarg zu werfen.

Gehen wir zum Grab lustige Fotos machen?, sagte meine kleine Tochter zu Markus. Der nahm beide Mädchen an den Händen, drängte sich an den Leuten vorbei zum offenen Grab, schaute in das Loch hinein und sagte: AH, ICH DENKE WAS, DIE FALSCHE RICHTUNG.

Zum Leichenschmaus beim Kirchenwirt kamen nur wenige Leute. Aus der Familie meiner Schwiegermutter waren die meisten bereits verstorben oder sie lebten im Ausland. Außer uns waren der zweiundneunzigjährige Nachbar, eine ehemalige Arbeitskollegin und eine Dame aus dem Gemeinderat anwesend. Nach der Nachspeise und dem Kaffee verabschiedeten sie sich gleich. Die Kinder malten Ausmalbilder aus, mein Schwiegervater rauchte stumm eine Zigarette nach der anderen und Markus studierte die *Kronen-Zeitung*. Bei einer Schlagzeile fing er zu grinsen an: *Fußballer relaxen nach anstrengender Saison auf Hawaii!*

AH, ICH DENKE WAS: HAWAII!, sagte Markus zu meinem Schwiegervater, DAS WÄRE WAS FÜR UNS ZWEI, DU HAST SONST EH NIEMANDEN MEHR.

Mein Schwiegervater starb nur ein Jahr später mit fünfundsechzig Jahren im Schlaf an einer Lungenembolie mit Herz-Kreislauf-Versagen. Nach dem ersten Schock und der Trauer wussten wir: Markus hat jetzt niemandem mehr, außer uns.

Was ist, wenn man selbst nicht mehr ist? Was dann?, hat meine Frau damals zu unserem Kaugummi-Güllekologen gesagt, weil sie Angst gehabt hatte, selber ein behindertes Kind zu bekommen. Dass wir irgendwann einmal sowieso eines bekommen würden, an das hatten wir nicht gedacht. Als wir Markus kurz nach dem Tod meines Schwiegervaters im Wohnheim besuchten, streichelte er Katja am Kopf und sagte: AH, ICH DENKE WAS, NICHT TRAURIG SEIN, ICH WEISS, WO DER PAPA JETZT IST.

Wo denn?, sagte Katja.

AUF HAWAII!, sagte Markus und lächelte zuversichtlich.

Wenn jemand zuversichtlich lächeln konnte, dann Markus.

16
SPIELREGELN

Wie ich schon sagte: Trotzdem habe ich jetzt die Verantwortung, die ich nie haben wollte, hat meine Frau beim Frühstück gesagt, einen Monat nach dem Tod meines Schwiegervaters, bei dem wir darüber geredet hatten, wie alles gekommen ist und wie es dazu geführt hat, wie es eben jetzt war. Das wird schon werden, sagte ich, und habe meine Hand auf ihre gelegt. Was weißt du schon, sagte sie, du hast ja keine Ahnung, was diese Verantwortung bedeutet. Aber das stimmte nicht mehr. Damals schon, vor zwanzig Jahren hatte es noch gestimmt, aber heute stimmte es nicht mehr. Darum sagte ich auch: Das stimmt nicht. Ich habe sehr wohl eine Ahnung davon, was diese Verantwortung bedeutet. Ich habe sogar mehr als eine Ahnung davon, was sie bedeutet, sagte ich, und dann erzählte ich ihr alles, was ich wusste. Von Anfang an.

Mir fiel auf, dass Markus kaum mehr redete. Anfangs besuchten wir ihn noch jede Woche im Wohnheim, meistens am Sonntag. Bald nur mehr jede zweite Woche. Einmal im Monat kam er zu uns nach Hause, dann unternahmen wir etwas gemeinsam mit den Kindern, die keine Kinder mehr waren. Wenn sie Lust hatten. Meistens hatten sie keine Lust und kamen nur Markus zuliebe mit. Dann kam das Wochenende, an dem ich merkte, dass sich etwas ändern musste. Am Abend brachten wir ihn zurück ins Wohnheim. Der Gemeinschaftsraum hatte sich kaum verändert, seit ich das erste Mal da war, um den Röhrenfernseher abzuholen. Nur dass jetzt ein riesiger

Flachbildfernseher an der Wand hing und ein neuer Tischfußballtisch unbenutzt in einer Ecke stand. Wir gingen durch den Gemeinschaftsraum weiter die Stiegen hinauf, wo Markus sein Zimmer hatte. Auf dem Gang stand jemand auf den Zehenspitzen, mit dem Gesicht dicht an der Wand, dabei von einem Fuß auf den anderen hin und her wippend und sagte immer wieder: zigmal Leibnitz – Leipzig nie, zigmal Leibnitz – Leipzig nie, zigmal Leibnitz – Leipzig nie. Markus schaute mich mit einem genervten Blick an und sagte: AH, ICH WEISS WAS: DER ANDI. DABEI WAR ER NOCH NIE IN LEIBNITZ.

Sein Zimmer war modern eingerichtet. Mein Schwiegervater hatte immer nur das Beste und Teuerste für Markus gekauft. Doppelbett, Schwebetürkasten mit LED-Beleuchtung, an der Wand hing ein Flachbildschirm, darunter stand sogar ein eigener Liebherr-Kühlschrank. Es war das erste Mal, dass ich mit ihm in sein Zimmer mitging. Sonst hatte ich immer im Auto gewartet.

Nobel, nobel, sagte ich, aber da lag Markus schon auf seinem Bett, hatte den Fernseher eingeschaltet und starrte abwesend hinein. Er merkte es gar nicht, als wir gingen. Im Gemeinschaftsraum saß eine Frau alleine an einem Tisch und schaute auf die gegenüberliegende weiße Wand. Sie erinnerte mich an die Frau mit dem Autoreifenschlauch, wie hieß sie noch mal?

Das ging einige Monate so weiter. An einem Freitagnachmittag dann der Anruf vom Leiter des Wohnheims: Markus sei verschwunden. Er war nach der Arbeit nicht nach Hause gekommen. Der Busfahrer habe bestätigt, dass Markus in den Bus ein- und auch wieder wie immer an der richtigen Haltestelle ausgestiegen sei. Katja und ich stiegen ins Auto und fuhren ins Wohnheim. Katja war nervös.

Es wird ihm doch nichts passiert sein, oder?, sagte sie.

Aber nein, sagte ich, du kennst doch Markus, der wird wieder herumgetrödelt haben.

Aber so was hat er noch nie gemacht, sagte sie.

Ich zuckte mit den Schultern. Was soll man da auch sagen?

Wir bogen zum Parkplatz des Wohnheims ein.

Geh du schon mal rein, sagte ich. Ich fahre noch eine Runde und schau, ob ich ihn wo finde.

Katja nickte und ging zum Haupteingang. Auf dem Platz davor hatten sich schon einige Bewohner, ein paar Pflegerinnen und Pfleger und der Leiter des Wohnheims versammelt. So eine Action haben die nicht alle Tage, dachte ich, endlich mal wieder was los hier. Ich fuhr keine Runde durch die Stadt, so wie ich es zu Katja gesagt hatte, sondern direkt ins Lollypop. Er konnte nur im Lollypop sein, dachte ich. Dass die Betreuer nicht selbst darauf gekommen waren, dort als Erstes nachzuschauen, war mir ein Rätsel. Es sagte allerdings auch einiges aus. Das Lollypop war ein kleines Café, das bei der Stadteinfahrt unter der Autobahnbrücke lag. Nicht weit weg von der Bushaltestelle, an der Markus immer ein- und ausstieg. Es sperrte schon um fünf Uhr in der Früh auf und versorgte die Frühschichtler mit Durchhalteschnäpsen für den Tag und die Nachmittagsschichtler um elf Uhr abends mit ihren Schlummertrunken. Vormittags kamen die Hausfrauen und versorgten sich nach dem Einkaufen mit Kaffee, Torte und Eierlikör. Es war acht Uhr abends, als ich die Tür zum Lollypop aufmachte. An der Bar standen die Stammgäste bei ihrem Bier und besprachen wie immer Allfälliges. Die Kellnerin winkte mir zu. Sie kannte mich, ich war mit Markus schon ein paarmal hier gewesen. Sie hieß Betty. Betty nahm einen kräftigen Zug an ihrer Zigarette und deutete mit derselben Hand, in der sie die Zigarette hielt, auf den Ecktisch, während sie langsam in dieselbe Richtung den Rauch aus ihren Lungen blies. Dort saß Markus, alleine, vor sich einen Häferlkaffee, ein

Krügel Bier und ein Teller mit einer riesigen Portion Tiramisu, von der er gerade mit einem Suppenlöffel einen Bissen herunterstach. Betty richtete ihm immer eine doppelte Portion um den gleichen Preis her. Markus ist der höflichste und charmanteste Mann, den ich kenne, sagte sie immer. Ich fragte mich, die wievielte Portion Tiramisu das hier wohl war.

Ich ging rüber und setzte mich gegenüber von ihm hin.

Mahlzeit, sagte ich.

Er setzte sofort sein Grinsen auf, als er mich sah. Aber es war nicht sein unverstelltes Grinsen, das ich von früher kannte, sondern ein aufgesetztes, das er sich für seine Umgebung zurechtgelegt hatte: Himmelhochjauchzend und zu Tode vergnügt, fiel mir bei diesem Clown-Grinsen ein.

ICH DENKE SO WELCHES, sagte er, MEIN LIEBLINGSSCHWAGER! WAS TREIBT DICH IN DIESE GEGEND?

Wieso bist du nach der Arbeit nicht ins Wohnheim gegangen?, sagte ich.

AH, ICH DENKE WAS, ICH BIN EIN ERWACHSENER MANN, sagte er.

Du hättest ja Bescheid sagen können, sagte ich.

ICH BIN EIN ERWACHSENER MANN, sagte er wieder.

Gut, können wir?, sagte ich, deine Schwester macht sich Sorgen.

ICH BIN EIN ERWACHSENER MANN, sagte er noch mal und hielt sich mit beiden Händen am Tiramisuteller fest.

Ich legte meine Hand auf seine Schulter und spürte, wie er sich versteifte.

Ist schon gut, sagte ich, iss in Ruhe auf und dann gehen wir, in Ordnung?

Er nickte.

Es dauerte dreißig Minuten, bis er das Tiramisu aufgegessen und seinen Kaffee und sein Bier ausgetrunken hatte.

Markus bekam einen ordentlichen Anschiss und durfte zur Strafe eine Woche lang nicht fernschauen. Auch seinen Kühlschrank räumten sie aus und verstauten den Inhalt im Gemeinschaftskühlschrank. Der hatte ein Schloss und wurde um zwanzig Uhr abgesperrt. Katja und ich wurden gemeinsam mit Markus zu einem persönlichen Gespräch mit dem Heimleiter vorgeladen. Der saß wie alle Leitungs- und Führungspersönlichkeiten hinter einem viel zu großen Schreibtisch, der von vornherein klarmachte: Ich bin hier der Entscheider. Immer der gleiche Arschtanz mit dem Popanz, dachte ich. Halbwegs freundlich mussten wir auch noch sein, wir wollten ja nicht, dass irgendwas auf Markus zurückfiel. Wie alle Popänze, die mir in meinem Leben gegenübergesessen sind, genoss auch er das Machtgefälle. Von ihm hinunter zu uns, den Bittstellern und Nutznießern dieser vom Steuerzahler bezahlten sozialen Einrichtung, die uns das Leben leichter machte, wenn man sich nur an die Spielregeln hielt. Die Popänze, die sich auf der guten Seite der Macht verorten, sind die schlimmsten, dachte ich. Die sich liberal und empathisch geben, sich für die Gerechtigkeit und die sozial Schwachen und Hilfsbedürftigen in der Gesellschaft einsetzen, aber nur, wenn die sich auch an die Spielregeln halten, die natürlich von ihnen aufgestellt werden. Sie werfen sich den Umhang des Humanismus über ihre Schultern, um ihren eigentlichen scheißigen Charakter zu vertuschen, dachte ich. Wer sagt der Nonne schon gerne ins Gesicht, dass sie ein Arschloch ist? Wenn das Schlechte dafür verwendet wird, um das Gute zu unterstützen, kann es nicht ganz schlecht sein.

Markus muss sich an die Spielregeln halten, sagte der Leiter des Wohnheims dann selbstverständlich auch nach einer kurzen Begrüßung.

Nicht wahr, Markus? Du kennst doch unsere Spielregeln. Wenn das System hier funktionieren soll, müssen die Spielregeln eingehalten werden!, sagte er, in einer veränderten Tonlage gegenüber der, mit der er uns anredete. Wie eine Kindergartentante aus den Achtzigern.

Es folgte ein mit Sportmetaphern gespickter Sermon, in dem immer wieder die Wichtigkeit von Spielregeln, *vor allem in einer Einrichtung wie dieser,* hervorgehoben wurde. Das Wort Team fiel inflationär. Hinter ihm an der Wand hingen Fotos vom Heimleiter im Schiedsrichterkostüm, daneben auf einem Kasten standen einige Pokale und Fußballtrophäen in verschiedenen Größen und in einer Glasvitrine ein Paar gebrauchte Adidas-Fußballschuhe. Nach seinem Vortrag sagte er zufrieden: Ich hoffe, wir verstehen uns und Markus wird sich in Zukunft an die Spielregeln halten, dann sind alle glücklich und zufrieden, gell?

Markus saß zusammengesunken neben mir auf dem Sessel, die Zunge über die Unterlippe geschoben und reagierte nicht. Er hielt nur den Kopf etwas schief und schaute in die Glasvitrine mit den gebrauchten Adidas-Fußballschuhen hinein. Es war still im Raum, ich konnte deutlich seinen Atem hören. Das erinnerte mich an die Zeiten, in denen ich Katja jeden Abend von der Telefonzelle aus am Festnetztelefon anrief. Wir hatten damals beide noch keine Handys und ich in dem kleinen Wiener Zimmer, in dem ich wohnte, nicht einmal ein Festnetztelefon, weshalb ich immer von der Telefonzelle aus anrufen musste. Oft hatte ich nicht so viele Münzen dabei, weil ich zu Wechseln vergessen hatte und mich die Münzen in meiner Geldtasche außerdem nervten. Es warteten immer ein paar Leute vor mir bei der Telefonzelle und wenn ich endlich dran war, warteten wiederum hinter mir ein paar Leute, die ungeduldig durch die Scheibe schauten und auf ihr Handgelenk tippten, weswegen ich mich mit dem Hörer in der Hand in die Ecke verkroch so gut es ging. Ich schmiss am Anfang nur ein oder zwei Schillinge hinein, damit ich herausfinden konnte, ob Katja auch zu Hause war. Schmiss man eine Fünf-Schilling-Münze hinein und man verbrauchte nur einen Schilling, kam kein Restgeld heraus, darum versuchte man immer nur das Nötigste hineinzuschmeißen. Während es läutete, sagte ich mir Mantra-artig den Satz vor: *Bitte lass nicht Markus abheben, bitte lass nicht Markus abheben, bitte lass nicht Markus abheben.* Leider hob Markus oft ab, weil er gerne telefonierte. Wenn er abhob, hörte ich zuerst einmal nur sein Atmen. Es war dasselbe Atmen wie das, das ich gerade neben mir hörte. Dazwischen ein gelegentliches Schmatzen, wenn er seine Zunge kurz in den Mund zurück und wieder heraus über die Unterlippe schob. Und es war dasselbe Gefühl der Hilflosigkeit wie damals in der Telefonzelle, die in mir aufstieg, wenn er abgehoben und nach dreißig Sekunden gesagt hatte: AH, SERVUS MEIN FREUND, MEINER SCHWESTER GEHT ES GUT! Und wenn ich fragte, ob ich bitte mit Katja sprechen könne, er darauf sagte: ICH TELEFONIERE GERADE! Da wusste ich, dass ich Katja an diesem Abend nicht mehr sprechen würde können. Diesmal fühlten wir uns beide hilflos, als wir dem Heimleiter gegenübersaßen, der sagte: Ich hoffe, wir verstehen uns und Markus wird sich in Zukunft an die Spielregeln halten, dann sind alle glücklich und zufrieden, gell? Glücklich und zufrieden!, dachte ich, glücklich und zufrieden ist man nur geschieden, wie meine Schwiegermutter immer gesagt hat.

Natürlich, sagte Katja, so was wird bestimmt nicht mehr vorkommen. Nicht wahr, Markus?, sagte sie und streichelte ihn am Rücken. Sie wissen ja, es war nicht leicht für ihn die letzten zwei Jahre, sagte sie.

Der Gesichtsausdruck des Heimleiters verriet: Er wusste nichts.

Markus schaute in die Vitrine mit den darin wie ein Kunstwerk ausgestellten traurigen alten Adidas-Fußballschuhen des inzwischen dicklich gewordenen Wohnheimleiters, die von seiner erfolgreichen sportlichen Vergangenheit zeugen sollten und sagte: AH, ICH MÖCHTE ETWAS SAGEN: ICH HABE EINEN FUSSPILZ.

Eine gescheitere Antwort wäre mir auch nicht eingefallen.

So geht das nicht weiter, sagte ich zu Katja, als wir wieder im Auto saßen. Schau ihn dir doch an!

Ich weiß, sagte Katja.

Diese Gängelei, kein Wunder, dass er abschaltet, oder? Und dann die Medikamente! Weißt du, welche Medikamente er da jeden Tag schluckt? Und wie viele? Die ganzen Psycho-Tabletten? Vielleicht machen die ihn so langsam und maulfaul! Das müssen wir uns anschauen. Er gehört einmal richtig eingestellt, aber von einem Arzt, den wir aussuchen. Und dass er hier seine ganze Freizeit verbringt, ist auch nichts. Wir müssen ihn da rausholen. Die ganze Zeit *zigmal Leibnitz, Leipzig nie*! Ich bitte dich! Unter der Woche, wenn er arbeitet, ist es ja okay, aber am Wochenende und im Urlaub? An den Feiertagen? Wenn er krank ist? Wir müssen ihn zu uns holen, sagte ich, es hilft nichts.

Ich weiß, sagte Katja, das habe ich befürchtet. Dann darfst du ihn aber gängeln.

Wir richteten ein Zimmer für Markus ein. Er bekam das unserer jüngeren Tochter. Die freute sich, durfte sie doch stattdessen in unser Schlafzimmer ziehen, und das war größer. Katja und ich zogen ins Wohnzimmer. Wir malten frisch aus, kauften ein neues Bett, einen Flachbildschirm und einen kleinen Kühlschrank, wo er wie ein Extrawurstsemmel-Eichhörnchen seinen Nachtvorrat deponieren konnte. Wir gingen mit ihm zu einem Neurologen, den ich von einer Arbeitskollegin empfohlen bekommen hatte. Nach einem halben Jahr hatte sich die Situation verbessert. Markus fing wieder damit an, mehr und in ganzen Sätzen zu reden und hatte wieder sein unverstelltes Grinsen im Gesicht, das desto länger andauerte, je begeisterter er von seinem eigenen Schmäh und seiner eigenen Lässigkeit war, was er sich auch immer selbst bestätigte, indem er vor dem Spiegel stand, seinem Spiegelbild zunickte, sich selbst auf die Schulter klopfte und sagte: AH, EIN SO EIN FESCHER BURSCHE!

Das mit dem Sex lässt mir keine Ruhe, sagte ich zu Katja, als wir an einem Abend vor dem Fernseher saßen.

Fängst du schon wieder damit an? Ich erinnere dich nur daran, wie dein letzter Versuch ausgegangen ist, sagte sie. Ich sage nur: Lucy leckt! Wenn meine Eltern da draufgekommen wären …

Das ist aber auch schon zehn Jahre her, sagte ich. Ich habe die letzte Zeit viel darüber nachgedacht und quasi Erkundigungen eingeholt.

Aha, und was haben deine Erkundigungen ergeben?, sagte sie.

Es gibt Sexualbegleiterinnen, die sich auf Behinderte spezialisiert haben, sagte ich.

Spezialisiert?, sagte sie. So wie sich manche Schlosser aufs Schweißen spezialisieren?

Na ja, das sage *ich* so, sagte ich. Kann man das denn nicht so sagen in diesem Zusammenhang: spezialisieren? Klingt das komisch? Dann sage ich nämlich nicht, wenn ich die Sexualbegleiterin anrufe: Sie sind doch auf Behinderte spezialisiert, nicht wahr? Egal, jedenfalls richten die Sexualbegleiterinnen ihr Angebot an Menschen, die ihre Sexualität nicht ausleben können. Weil sie es bis jetzt nicht konnten oder durften oder gar nicht wissen, wie sie die Sache angehen sollen, weil ihnen keiner dabei hilft, wie bei Markus eben. Aber ich helfe ihm, sagte ich, und gab ihr die Sexualbegleiterinnen-Broschüre, die auf dem Couchtisch lag. Sie las sie lange und genau durch. Katja liest immer alles langsam und genau. Selbst die Werbeprospekte der Lebensmittelhändler studiert sie langsam, genau und genüsslich. Eigentlich sind die Werbeprospekte der Lebensmittelhändler ihr liebster Lesestoff. Ihre Alltagsliteratur. Sie vermitteln mir ein beruhigendes Gefühl der Sicherheit und der Normalität, sagt sie immer. Der Klimawandel ist halb so schlimm, wenn die Sommerbutter in Aktion oder die Kiste Gösser auf fünfundzwanzig Prozent heruntergeschrieben ist.

Als sie damit fertig war, sagte sie: Hört sich gut an, ich bin einverstanden.

Ich nahm mit der Frau Sexualbegleiterin Kontakt auf und vereinbarte mit ihr in zwei Wochen einen Termin beim Werkelmann.

An dem Tag ging ich also hin, um eine mögliche zukünftige Sexpartnerin für Markus zu treffen. Ihr Name war Sigrid. Es war ein komisches Gefühl, als ginge ich zum Autohändler, um ein neues Auto für meine Tochter auszusuchen. Um zu überprüfen, ob einem der Autohändler nicht ein aufpoliertes Wrack verkaufen will, eine *Tschesn*, wie mein Vater mein Auto immer genannt hat, für das man nach dem Kauf nie mehr ein Pickerl kriegen würde. Ich war nervös. Das Treffen dauerte circa zwei Stunden. Als ich zurückkam, saß Katja auf unserem Balkon bei einem Kaffee und einer Nussschnecke.

Und?, sagte sie, wie war's?

Darf ich auch eine Nussschnecke?, sagte ich.

Sie schnitt mir mit dem Buttermesser ein Stück von der Nussschnecke herunter.

Köstlich, sagte ich, nachdem ich den Bissen hinuntergeschluckt hatte, ich habe heute noch nichts gegessen, weißt du.

Erzähl schon, sagte Katja, wie war sie?

Sie schaut gar nicht wie eine Hure aus, sagte ich.

Wie schaut denn eine Hure aus?, sagte Katja.

Jedenfalls nicht so wie Sigrid, sagte ich. Die schaut eher aus wie eine Sozialarbeiterin. Zum Glück habe ich nicht gesagt, dass sie wie eine Sozialarbeiterin aussieht.

Warum denn?, sagte Katja.

Weil sie gesagt hat, dass sie das nicht leiden kann, sagte ich. Weil sie das die ganze Zeit von den Leuten hört.

Ja, und?, sagte Katja.

Die Leute glauben, sie sei eine Sozialarbeiterin plus, sagte ich. Sie sagen: Ich finde es so toll, was Sie machen! Es ist so wichtig, dass es Menschen wie Sie gibt!

Und das stört sie?, sagte Katja.

Ja, sagte ich.

Aber warum?

Weil sie sich denkt: Was für ein Mensch bin ich denn?, sagte ich. Und dann sagt sie es ihnen, was für ein Mensch sie ist. Einer, der einem anderen für Geld einen runterholt, ihn ausgreift und mehr.

Das hat sie gesagt?, sagte Katja, dass sie ein Mensch ist, der einem anderen für Geld einen runterholt, ihn ausgreift und mehr? Ausgreifen hat sie gesagt? Das hat man doch nur in der Schule gesagt: *ausgreifen*. Herr Lehrer, die Buben wollen mich die ganze Zeit ausgreifen!, hat es immer geheißen.

Vielleicht wollte sie sich nur höflich ausdrücken und nicht gleich mit der Tür ins Haus fallen. Mit dem Geschlechtsverkehr meine ich. Oft passiert ja auch weniger, hat sie gesagt, sagte ich, aber natürlich auch mehr. Einen runterholen und ausgreifen ist so dazwischen. Aber sie ist eine Hure und schämt sich nicht dafür. Es gibt keinen Unterschied zwischen ihr und einer, die im Laufhaus arbeitet, hat sie gesagt, sagte ich. Es ist ihre Arbeit, und die macht sie professionell. Genauso wie in ihrem vorherigen Job als Finanzbuchhalterin.

Finanzbuchhalterin?, sagte Katja, sie war Finanzbuchhalterin?

Komisch, oder?, sagte ich.

Wie kommt man von Finanzbuchhalterin zur Sozialarbeiterin plus?, sagte Katja.

Sag das ja nicht zu ihr!, sagte ich.

Eh nicht, ich finde es aber treffend.

Sie besteht aber darauf, eine Hure zu sein, sagte ich. Es geht ihr um die Seriosität. Darf ich noch ein Stück Nussschnecke?

Sie schnitt widerwillig noch ein Stück von der Nussschnecke ab.

Ich hab auch noch nichts gegessen heute, sagte sie.

Du hättest mir ja auch eine Nussschnecke mitnehmen können, sagte ich.

Ja, ist schon recht, sagte sie, erzähl jetzt weiter.

Die Arbeit als Finanzbuchhalterin hat sie gelangweilt, hat sie gesagt, sagte ich. Sie hat Tapetenwechsel gebraucht.

Auf Hure umzusatteln ist doch etwas mehr als ein Tapetenwechsel, stimmt's?, sagte Katja.

Stimmt, sagte ich, sie ist ja auch nicht mehr die Jüngste, so um die vierzig schätze ich.

Alt ist das aber auch nicht, sagte Katja, ich bin auch vierzig, willst du sagen, dass ich alt bin?

Natürlich nicht, sagte ich, außerdem habe ich nicht gesagt, dass sie alt ist, ich habe gesagt: Sie ist auch nicht mehr die Jüngste.

Ja, ja, sagte Katja, außerdem wird es bestimmt in jedem Alterssegment einen Markt geben, oder?

Sicher, sagte ich, und der Bürojob hat sie außerdem nur mehr gelangweilt. Die Vorstellung, dass sie den noch zwanzig Jahre machen soll, das hat sie fertiggemacht. Wen macht diese Vorstellung schon nicht fertig, habe ich mir gedacht. Sie wollte was komplett anderes machen, und Sex hat ihr schon immer Spaß gemacht, hat sie gesagt, sagte ich. Vor drei Jahren hat sie beschlossen, es auszuprobieren, hat sie gesagt. Seitdem macht sie es.

Und mit wem?, sagte Katja.

Mit allen, sagte ich.

Mit allen?, sagte Katja, was heißt mit allen?

Männer, Frauen, Paare halt, sagte ich.

Aber sie hat schon Erfahrungen mit Leuten mit geistiger Behinderung, oder?, sagte Katja.

Ja, natürlich, sagte ich, sie hat außerdem fast nur Stammkunden. Und das sind meistens alte Männer und welche mit körperlichen Behinderungen, aber eben auch geistig Behinderte und Spastiker.

Spastiker auch?, sagte Katja.

Ja, hat sie zumindest gesagt, sagte ich, warum?

Da muss ich gleich an Sybille denken, sagte Katja.

Sybille?, sagte ich.

Ja, du weißt schon, Sybille.

Sybille war das Kind einer Freundin meiner Schwiegermutter gewesen. Freundin war vielleicht zu viel gesagt, sie hatten sich am Supermarktparkplatz kennengelernt, als meine Schwiegermutter mit Markus den Einkauf in den Kofferraum geräumt hatte und sie Sybille, die im Rollstuhl saß, an ihnen vorbeirollte und sie ansprach, weil sie sich gedacht hatte: Sie hat ein behindertes Kind, ich hab ein behindertes Kind, das ist eine Gemeinsamkeit, die man mit den meisten Leuten nicht hat. Aus diesem Treffen hatten sich deshalb weitere ergeben, weil sich die eine von der anderen verstanden fühlte und es außerdem nicht so viele behinderte Kinder gab in der Umgebung, in der sie lebten. Sie hatte, wie sie glaubte, in meiner Schwiegermutter eine Gleichgesinnte gefunden, eine, von der sie sich verstanden fühlte, weil sie ein ähnliches Schicksal hatten, wie sie immer sagte. Jedenfalls fanden diese Treffen meistens im Zuge eines Mittagessens oder einer Nachmittagsjause oder bei Kaffee und Kuchen statt und immer bei Katja zu Hause, weil Sybilles Mutter mit ihr gemeinsam in einer kleinen Wohnung wohnte. Mindestens einmal im Monat kamen sie zu Besuch. Am schlimmsten für Katja waren die Mittagessensbesuche, und am allerschlimmsten, wenn es Suppen als Vorspeise gab, vor allem dickflüssige, cremige Suppen, wie Haferflocken-, Eintropf-, oder Erdäpfelsuppe. Noch heute isst Katja keine dickflüssigen Suppen und verzieht, wenn ich eine esse, angewidert das Gesicht, weil sie bei diesen Mittagessen immer neben Sybille sitzen musste. Sybille konnte schlecht schlucken, weshalb die Hälfte des Suppenlöffels, die ihre Mutter ihr immer viel zu schnell in den Mund steckte, wieder aus dem Mund und über das Kinn herausrann. Je mehr ihr wieder herausrann, desto schneller löffelte ihre Mutter ihr die Suppe in den Mund hinein, schabte mit dem Löffel die herausgeronnene Suppe am Kinn wieder zurück in den Mund hinein, von dem die Hälfte wieder zurück herausrann undsoweiter. Dazwischen verschluckte sich Sybille und musste husten, wodurch kleine und auch größere Batzen Suppe auf dem Tisch und manchmal sogar auf Katjas Tellerrand landeten, die dann Sybilles Mutter mit dem Mittelfinger wegwischte und ableckte. Immer musste sie neben Sybille sitzen und so tun, als ob nichts wäre, als ob das alles ganz normal wäre, wie auch meine Schwiegermutter immer so getan hat, als wäre das Leben mit Markus ganz normal. Den Cremesuppenekel und die Scheu vor Spastikern hatte sie seitdem behalten. Obwohl ihr Sybille leidgetan hatte, ekelte sie sich vor ihr.

Da würde mich schon ein bisschen ekeln, wenn ich mit Spastikern Sex haben müsste, sagte sie darum auch.

Ekel vor Körperflüssigkeiten darf man natürlich keinen haben, grausen darf es einem da vor nicht viel, sagte ich. Man wird ja auch nicht Tierarzt, wenn einem vor Blut, Scheiße und Gestank graust, oder?

Natürlich nicht, sagte Katja und nahm einen Schluck von ihrem Kaffee.

Sie wirkte nachdenklich, fragte auch gar nicht mehr nach, wo sie sonst der neugierigste Mensch war, den ich kannte und ich ihr immer alles en détail erzählen musste. Das mit dem Tierarzt sollte auch ein Witz sein, auf den sie komischerweise überhaupt nicht reagierte. Dass andere auf meine Witze nicht reagierten, war ich gewohnt, aber bei Katja nicht, Katja mochte sonst meine Witze, die die anderen nicht mochten oder erst gar nicht als Witze auffassten. Ich redete also einfach weiter, während sie ihren Kaffee trank, ihre Nussschnecke aß und dabei über das Balkongeländer in den Wald hinüberschaute. Ich sagte, dass Sigrids wichtigste Spielregeln ein ungestörter Raum und eine Duschmöglichkeit seien. Die Kunden hätten oft das Problem, dass sie inkontinent seien, einen künstlichen Darmausgang hätten, oder, bei den besagten Spastikern, einen unkontrollierten Speichelfluss undsoweiter. Ihre jungen Kolleginnen würden sie die Stoma-Oma nennen, sagte ich und lachte. Stoma-Oma! Verstehst du?, sagte ich noch mal, als Katja nicht reagierte. Aber sie reagierte trotzdem nicht, darum sagte ich: Sie habe jedenfalls kein Problem, das alles auf ihr zu haben, wenn sie es sich danach wieder abwaschen könne. Alles klar bei dir?

Das Problem wird sie bei Markus nicht haben, sagte Katja, der leckt sich ja sogar nach dem Abnagen eines Hendlhaxen minutenlang die Finger sauber wie eine Katze ihr Fell. Ja, alles klar bei mir, sagte sie, aber warum Menschen mit Behinderung? Wie kommt man darauf?

Keine Ahnung, Humanismus vielleicht?, sagte ich.

Wahrscheinlich, sagte Katja, stand auf und holte sich eine frische Nussschnecke aus der Küche.

Was, du hast noch eine Nussschnecke?, sagte ich.

Freilich, sagte sie.

Warum hast du mir dann nichts geben wollen?, sagte ich.

Weil du ein Mundräuber bist und mir so beiläufig immer alles wegisst, sagte sie. Und dann tust du so, als ob ich zu neidig wäre, dir etwas zu geben.

Über Humanismus kannst du von Sigrid noch was lernen, darf ich ein Stück?, sagte ich.

Sie schnitt widerwillig ein Stück von der Nussschnecke herunter und gab es mir.

So, sagte sie, und biss von der Nussschnecke, jetzt möchte ich endlich die Details wissen, du hast doch sicher nach den Details gefragt, oder?

Sicher habe ich nach den Details gefragt, sagte ich. Ich habe mich schon gewundert, warum du mich nicht über die Details ausfragst, wo du mich sonst immer ausfragst und jede Kleinigkeit genau wissen möchtest.

Du hast also gefragt, wie das Ganze abläuft, sagte sie.

Natürlich, sagte ich.

Und, wie läuft das Ganze ab?, sagte sie.

Sie trifft sich zuerst mit den Eltern, den Betreuern, oder eben mit einem Angehörigen, der sich kümmert, so wie mit mir, sagte ich. Die Leute rufen sie an, weil sie draufkommen, dass ihre Tochter, die sie schon ihr Leben lang pflegen, als Erwachsene auf einmal beim Unterhosenwechseln zu stöhnen anfängt oder der Sohn einen Steifen kriegt, wenn sie ihn mit dem Waschlappen zwischen den Beinen abreiben. Oder sie lesen was darüber oder sehen einen Beitrag im Fernsehen. Das sind aber schon die Aufgeschlossenen. Es ist immer noch anrüchig, zu einer Hure zu gehen, hat sie gesagt. Das gehört sich nicht und aus. Für die meisten geistig Behinderten wird deshalb der Zugang zu Sex immer fast unmöglich bleiben, sagte ich. Dann klärt sie ab, ob sie auf etwas aufpassen muss, sagte ich. Was darf man nicht tun oder sagen? Gibt es Aggressionen? Undsoweiter. Der Ablauf selbst ist bei jedem unterschiedlich, hat sie gesagt, sagte ich. Vor allem bei denen, die sich nicht ausdrücken können. Beim ersten Mal passiert meistens nichts. Sie redet, streichelt und versucht herauszufinden, wo die Grenze ist. Auch das ist völlig unterschiedlich. Einmal hat sie einen gehabt, der wollte immer einen runtergeholt bekommen. Er hat sich nackt ausgezogen und auf das Bett gelegt, aber immer seine Pelzhaube aufgelassen. Als sie ihn einmal gefragt hat, ob er nicht die Pelzhaube runternehmen möchte, war er völlig schockiert. Er hat sich schnell angezogen und sich nie wieder gemeldet. Bei manchen bleibt es beim Reden, manche wollen gleich und nur ficken.

Ficken hat sie gesagt?, sagte Katja.

Ja, ficken hat sie gesagt, sagte ich, du immer mit deinem *ficken sagt man nicht.*

Ich mag halt nicht, wenn jemand ficken sagt, das weißt du ja, sagte Katja.

Ja, aber sie ist eine Hure, glaubst du, die redet wie eine Religionslehrerin? Wobei wahrscheinlich auch die Religionslehrerinnen ficken sagen, sagte ich. Gerade die Religionslehrerinnen sagen bestimmt ficken. Nur *du* sagst nicht ficken.

Ich wollte es nur gesagt haben, dass ich nicht ficken sage, sagte Katja.

Manchmal glaube ich, du sagst immer nur *ficken sagt man*

nicht, damit du auch einmal ficken sagen kannst, ohne dich dafür genieren zu müssen, sagte ich.

Ich seufzte. Katja schmunzelte mit ihrem Bissen Nussschnecke im Mund.

Jedenfalls geht Sigrid es meistens langsam an, hat sie gesagt, sagte ich. Mit der Zeit lernt man, die Zeichen zu lesen, Gesichtsausdrücke, Gesten, Geräusche, Anspielungen. Man muss bedenken, viele haben null Erfahrung.

Danke für die Details, vor allem das mit der Pelzhaube, sagte Katja und nahm den letzten Bissen ihrer Nussschnecke in den Mund.

Und, war sie auch nett?, sagte sie.

Ja, sie war sehr nett, sagte ich. Nett und sympathisch.

Ich möchte nur jemanden Netten für Markus, sagte sie. Du weißt ja, wie sensibel er ist. Und das ist wirklich eine heikle Angelegenheit.

Natürlich ist es eine heikle Angelegenheit, ich weiß, sagte ich, wem sagst du das.

Es geht auch gar nicht um den Sex, sagte sie. Obwohl ich nie was davon wissen wollte, habe ich natürlich gewusst, dass er auch mal will, und dass es gut für ihn wäre, wenn er auch könnte. Du hast recht gehabt damit. Er ist auch nur ein Mensch, sagte sie. Den Spruch habe ich immer gehasst, eigentlich hasse ich ihn immer noch. Obwohl ich ihn selbst auch gedacht habe, habe ich ihn später, als ihn andere gedacht und laut gesagt haben, gehasst. Als ich beim Mittagessen neben Sybille gesessen bin, ihr die Cremesuppe immer wieder aus dem Gesicht und auf den Tisch geplumpst ist, und sie gehustet und geröchelt hat, habe ich mir gedacht: Warum muss ich mir das antun? Warum muss ich hier sitzen und so tun, als ob alles ganz normal wäre. Warum muss ich so tun, als ob mir meine Cremesuppe köstlich schmecken würde, wo ich mich in Wirklichkeit nur darauf konzentrieren konnte, gegen den Würgereflex anzukämpfen. Warum?, habe ich mir gedacht, und: Ich bin ja auch nur ein Mensch. Oder: Warum kann ich nicht einen Bruder haben wie andere auch, warum muss ich das alles aushalten müssen, ich bin ja auch *nur* ein Mensch. Später haben die Leute diesen Spruch meistens benutzt, um ihre Fehler und Schwächen herunterzuspielen oder Mist, den sie gebaut haben zu entschuldigen. Ich bin ja auch *nur* ein Mensch, haben sie über sich dann gesagt, oder bei jemanden, den sie verteidigt haben: Er ist ja auch nur ein Mensch. Bei Markus haben sie aber gesagt: Er ist ja auch ein Mensch. Das *nur* haben sie weggelassen. Natürlich war der Sinn und das, was sie gemeint haben, auch ein anderer. Der Satz »Er ist ja auch nur ein Mensch« macht die Leute trotz ihrer Fehler menschlich. Der Satz »Er ist ja auch ein Mensch«, bei Leuten wie Markus, macht sie nur *eventuell* menschlich und gleichzeitig hilfloser als sie sowieso schon sind, sagte sie. Es hat auch etwas Bedrohliches: Eigentlich könnte man ihn ja umbringen, aber er ist ja auch ein Mensch. Irgendwie. Möglicherweise. Vielleicht. Ein Wort, drei Buchstaben: nur. Und alles ändert sich. Mama hat über Sybille, nachdem ich mich bei ihr beschwert und gesagt hatte, ich bin ja auch nur ein Mensch, gesagt: Sie ist ja auch ein Mensch. Ich möchte nicht, dass Sigrid mit Markus ins Bett geht, weil er ja auch ein Mensch ist, es wäre schön, wenn sie mit ihm ins Bett ginge, weil er auch *nur* ein Mensch ist. Ich mache mir auch keine Sorgen deswegen, dass sie miteinander ins Bett gehen, ich mache mir eher Sorgen, was danach ist. Ich mache mir Sorgen, dass er sich in sie verliebt. Ich möchte ihn nicht wieder so dasitzen sehen müssen, wie ich ihn schon so oft als Kind dasitzen gesehen habe. Wie die anderen den Mopedführerschein gemacht haben und er nicht. Wie die anderen mit den Mopeds an unserem Haus vorbeigefahren sind.

Wie auf den Mopeds hinten die Mädchen gesessen sind und er auf der Küchenbank gesessen ist und stundenlang auf die Küchenuhr geschaut hat. Wie wir ihm erklären mussten, dass seine Betreuerin nicht seine Freundin ist und dass sie dafür bezahlt wird, dass sie für ihn da ist. Ich will ihm nicht wieder sagen müssen, dass jemand dafür bezahlt wird, dass er für ihn da ist, in welcher Weise auch immer, sagte Katja.

Mit dem Risiko wird er leben müssen, sagte ich. Wie wir alle. Und er tut es in allen anderen Bereichen in seinem Leben sowieso schon, oder? Glaubst du, die Gefühle hat er nicht auch ohne den Sex? Man verliebt sich ja ohne Sex genauso, oder? Besser gesagt, man verliebt sich großteils ohne den Sex, der Sex kommt ja meistens erst nach dem Verlieben, nicht wahr? Der Sex ist halt das Itüpfelchen auf dem Verliebtsein. Er ist ja auch *nur* ein Mensch, sagte ich.

Ich weiß, sagte Katja. Ich weiß. Wahrscheinlich bin ich deshalb so voreingenommen, weil mich seine Kränkungen mitgekränkt haben, und weil eigentlich ich mich nicht mehr seinetwegen kränken will. Man kränkt sich ja eh schon genug selbst, denke ich mir immer, dann will man sich nicht auch noch für einen anderen mitkränken müssen. Aber das ist wohl meine Aufgabe als Schwester, dass ich mich mit ihm mitkränken muss, das kann man sich halt nicht aussuchen, wenn man einen behinderten Bruder hat, nicht wahr?, sagte sie.

Vielleicht musst du dich ja gar nicht mitkränken, sagte ich. Vielleicht kannst du dich diesmal ja sogar mitfreuen.

Trotz ihrer Bedenken und Vorbehalte hatte ich das Gefühl, dass Katja damit einverstanden war, es mit Sigrid und Markus zu probieren. Sie stimmte einem Treffen schließlich zu. Jetzt mussten nur noch Markus und Sigrid ein gutes Gefühl haben. Das war das Wichtigste und das Schwierigste zugleich. Wir machten einen Termin aus, bei dem sie ihn kennenlernen sollte. Auch dieses Treffen verlief gut. Es gab wieder Kaffee und Nussschnecken. Markus mochte Nussschnecken, weshalb er von Haus aus in einer guten Stimmung war, und Sigrid mochte er auch. Sie war sehr geduldig mit ihm, und er schmeichelte ihr und machte Komplimente über ihre Frisur, ihre Augen und ihr Lächeln. Sie hielt seine Hand, er legte seine auf ihre und sagte: AH, ICH DENKE SO WELCHES: SO EINE SCHÖNE HOSE.

Vielen Dank, sagte Sigrid.

ICH MEINE MEINE, sagte Markus.

Wir lachten und Sigrid legte ihren Arm auf Markus Schulter.

Bevor sie ging, vereinbarten wir mit Sigrid und Markus, dass sie es miteinander probieren wollten. Seitdem kommt Sigrid einmal im Monat zu uns, und Katja, ich und die Kinder gehen derweil spazieren oder machen sonst irgendwas außer Haus, damit sie ihre Ruhe haben. So sind die Spielregeln. Wenn wir zurückkommen, sitzt Markus meistens in seinem Hawaiihemd und mit Badeschlapfen auf der Couch und sagt Sätze wie: AH, ICH DENKE SO WELCHES, ICH BIN SO SEXY, DER HEUTIGE TAG HAT GUT ANGEFANGEN, DARF ICH WAS SÜSSES?

17
AUSSICHT

AH, ICH HABE EINE IDEE. RICHTEST DU MIR EINEN KNUSPERZAUBER HER?, sagt Markus. So nennt er seine Frühstücks-Schokopops, die ich ihm am Sonntag manchmal herrichte. Heute ist ihm die Schokopops-Idee wieder gekommen. Wahrscheinlich vorhin im Bad, nachdem er eine halbe Stunde unter der Brause gestanden ist. Er wird wieder flotter, denke ich. Am Anfang hat es fast eine Stunde gedauert, bis er fertig gewesen ist. Als er auf den Balkon hinaus und an den Tisch kommt, sind wir alle schon längst fertig.

Was, du bist schon fertig?, hat meine Tochter gesagt, als er pudelnackt, nur mit seinen Puma-Plastikschlapfen ins Wohnzimmer gekommen ist. Sie ist dabei mit ihrem Handy auf der Couch gelegen, ohne davon aufzuschauen.

JA!, hat Markus stolz gesagt, ICH BIN HEUTE AKTIV!

Bis er angezogen gewesen ist, hat es noch eine weitere halbe Stunde gedauert. Ich richte ihm seinen Knusperzauber, eine Extrawurstsemmel und einen Kaffee her.

AH, ICH WEISS WAS, sagt er, DU BIST SO LIEB ZU MIR, EINFACH BEZAUBERND! WIE MEIN PAPA. Er miaut.

Nach dem einstündigen Frühstück macht er sich auf die sonntägliche Zeitungsständer-Runde. In den letzten Wochen haben sich in seinem Zimmer wieder einige Zeitungsstapel gesammelt. Ich versuche immer nur so viele oder so wenige Zeitungen wegzuschmeißen, dass es ihm nicht sofort auffällt.

Aber es fällt ihm immer auf. Zwischen den Ausgaben der *Kronen-Zeitung* habe ich letztens beim Ausmisten meine Notizen gefunden. Die hat er auch wieder aus dem Altpapiercontainer herausgefischt und in die Mittelteile mehrerer Sonntagsausgaben der *Kronen-Zeitung* eingeordnet gehabt, von wo aus sie beim Ausmisten herausgefallen sind. Ich habe mich gefragt, ob er sie gelesen hat, und wenn er sie gelesen hat, was er sich dabei gedacht hat. Er hat jedenfalls nichts zu mir oder zu Katja gesagt. Nur einmal ist er beim Frühstück gesessen, hat seine Marmeladesemmel nicht angerührt und aus dem Fenster gestiert.

Ist irgendwas?, habe ich gesagt.

Er hat mich kurz angeschaut, wieder weggeschaut, dann auf die Decke hinauf, hat an dem Bund seines Hawaiihemds herumgezwirbelt und ist auf dem Sessel unruhig hin und her gerutscht.

AH, ICH MÖCHTE ETWAS SAGEN, hat er nach ein paar Minuten gesagt.

Natürlich, was denn?, habe ich gesagt.

ICH BIN KEIN MONGO, hat er gesagt.

Nein, habe ich gesagt, du bist kein Mongo, und lass dir das auch von niemandem einreden, hörst du? Das hat meine Mutter auch immer zu mir gesagt, wenn ich geknickt gewesen bin, weil mich meine Schulverderber wieder mal traktiert hatten oder ähnliches. Lass dir das nicht einreden, oder, das redest du dir nur ein!, hat sie dann immer zu mir gesagt, um mich aufzumuntern. Lass dir das nicht einreden!, habe ich zu Markus automatisch gesagt, und ihm den Teller mit der Marmeladesemmel hingeschoben.

Er hat genickt und in seine Marmeladesemmel hineingebissen.

Es dauert geschätzte zehn Minuten, bis Markus auf der Straße und in unserem Blickfeld auftaucht. Markus wäre ein ideales Studienobjekt für jeden Promenadologen, denke ich. Entspannter und lässiger als jeder halbseidene Möchtegernzampano auf den istrischen Billigsouveniermärkten meiner Kindheitsurlaube, schlendert er jeden Sonntag von Zeitungsständer zu Zeitungsständer, dass man ihm beim Gehen die Schuhe aufdoppeln könnte. Katja und ich sitzen am Balkon, trinken unseren Frühstückskaffee und schauen ihm von oben dabei zu, wie er von einem Zeitungsständer zum nächsten flaniert, um sämtliche verfügbare Sonntagsausgaben diverser Zeitungen zu hamstern.

Er verzieht das Gesicht zu seinem glücklich-verarschenden Grinsen und winkt mit gönnerhafter Papst-Geste zu uns herauf. Ich winke zurück, stehe auf und frage Katja, ob sie auch noch einen Kaffee haben möchte.

Freilich, sagt sie.

Ich gehe in die Küche rein und richte die Kaffees her. Als ich zurück auf den Balkon komme, steht Markus, immer noch grinsend, neben dem Zeitungsständer und winkt zu uns herauf, dabei königlich-wissend nickend. Ich stelle die Kaffeehäferl auf den Tisch und setze mich wieder zu Katja.

Bitteschön, sage ich und seufze beim Niedersetzen.

Danke, sagt sie, alles in Ordnung?

Ich nehme einen Schluck vom Kaffee und nicke, obwohl ich gar nicht weiß, ob alles in Ordnung ist.

Sie legt ihre Hand auf meine und sagt: Es wird schon werden.